ちくま文庫

うれしい悲鳴をあげてくれ

いしわたり淳治

筑摩書房

うれしい悲鳴をあげてくれ

いしわたり淳治

目次

I 小説
顔色

Ⅱ　エッセイ　似合う色の見つけ方

Ⅲ 小説 うれしい悲鳴

Ⅳ エッセイ NEW MUSIC

V　ボーナス・トラック

I　小説　顔色

顔色

かわいいなと思って誘ってはみたものの、いざよく話してみると何とも退屈な女の子だった。深夜の静かなカフェ。終電まであと少し、この子は帰ると言い出すだろうか。

「たぶんー、今日の映画って、おもしろいんだと思うのぉ。きっと、きっとねーでもねーあたし、だめなんだぁ」

「は？　何が？」

彼女は昼間一緒に見た映画の感想をまだしゃべっている。おれはもうそろそろ話を合わせるのにも疲れ始めていた。だんだん返事がそっけなくもなってくる。それも仕方がない。この子の話はほとんどがどうでもいい話ばかりなのだ。

「だめなの。あたしぃー、字幕読むのがすんごい遅くってぇ、どんどんおいてかれちゃうのー。へへっ」

「ああそう。ふぅん」

馬鹿なのだ。この子は。可哀相な子なのだ。まあ、男には女が馬鹿なほうが都合のいいときもあるのだが。

「でもね、あたし、顔色は読めるのねー」

「顔色？」

　空気は読めないくせに、この子ときたら。本当に面倒くさいことばかり言う。なんだ、顔色がどうした。ハリウッドのゴシップを顔色から読み解いたりしてるのか。デーブ・スペクターにでもまかせときゃいいじゃないか、その辺はもう。ああ面倒くさい。

　――そんなことより。

　そろそろ電車のなくなる時間なんだ。なあ、どうする？　その辺のことを切り出したいがなかなか会話は途切れてくれない。女の子はひとりで盛り上がったまま、話を続けている。

「映画をね、見ててもねー、字幕じゃなくてぇ、あたし、俳優の顔をじぃっと見てんのー。そうしたら、ストーリーがぁ、ちゃんとわかるのね、あたし。英語も全然わかんないんだけどー。すごくない？　ね、すごくない？」

「あぁ、そう。すごいね」

「目は口ほどにいモノをゆー、的な？　顔がモノを言う、みたいな？　ふふっ。だから、逆にぃー。俳優が演技下手だとぉー、ストーリーがぜんっぜんわからないのっ。今日のは、まーまー、って感じ。ニコラスさん？　ケイジさん？　彼はよかったんだけど。相手役の女優の人がねぇー。ニコラス・ケイジが刑事役やったらケイジ刑事だねーっ。可笑しいねーっ」

可笑しくない。どうすんだ、この感じ。笑うか、とりあえず。あははは……。

女の子が腕時計を見て、ストローで氷をもてあそびながら限界まで薄まったアイスティーをすすった。ずずるっと鳴る。悲しい響きだ。

「もう一杯頼む？　っていうか、家どこなの？」

話が止んだところで、本題を切り出した。

「横浜」

店の時計を見やると針は午前一時を指そうとしていた。横浜か。でも、まあ都内であろうと、もう電車はない時間か。

「あ、そうなんだ。もう電車ないね。どうする？　うち来る？」

女の子がにこっと微笑んだ。いちばんかわいい顔をした。

「でも、どうしようっかなぁ……」

なかなかそのあとに言葉が続かない。時間が止まった。あ、何か変なタイミングで言ってしまったのか？　おれは。ああ……、もう。この子といると調子が狂う。彼女のペースに振り回されるうちにこちらまで空気を読めない人間になってしまったのかもしれない。いらいらする。

長い空白があって彼女はまっすぐこちらを見つめた。

「あたし……友達がこの近くに住んでるから、そこ行こっかなぁ」

「えっ？　あ、そう……？」

へぇ。そう来た？　あ、そう。そうなの。

「……あ、あーっ。もしかして、いま、おれの顔色見たんだろう？」

できるだけ自然な笑顔でそれとなく茶化す。こうやってジョークにでもしないと何だかバツが悪いじゃないか。

「えーっ、顔色ぉ？　んふふふ。見たよぉー。あー、怖い、怖い。どうも、ごちそうさま」

女の子はそう言うと一方的に席を立ち、店を出て行った。

食い逃げするわけにもいかず、おれは急いで会計を済ませてからあとを追ったが、通りにはもう彼女の姿は見えなかった。携帯に電話をしてみるがつながらない。なんだよ、まったく。でもまあ、いいさ。こんな日もある。

おれはタクシーをつかまえて乗り込んだ。やけに面倒くさそうに行き先を訊ねる運転手に、おれも面倒くさそうに答えると、返事もなしにタクシーは走り出した。おかしい。スピードが出すぎている。数秒後、タクシーが勢いよく駆け抜けようとした黄色信号の交差点に、横からトラックが突っ込んできた。ガシャーン――。

「ねえ。どうだったの？　今日の男は」

「顔と体はいいんだけどねぇ。中身が馬鹿でさー。ずっとあたしを見下しっぱなしでぇー」

「うわー。ははは。最悪ぅー」

「でもまあ、女には男が馬鹿なほうが都合のいいときもあるんだけどねぇー」

「はぁ？　あんた、その〝都合のいいとき〟ってのが、今日だったんでしょ？　なら、なんであたしの家なんかに来てんのよ？　そいつの家に泊まってくりゃよかったじゃん」

「そうなのー。でもさぁー、あたしって顔色読めるじゃん？」

「だから何？　いまさら、下心が見え見えでー、とか言うわけ？」

「違うの。そいつさぁ、会ったときからずっと、顔に死相が出てたの」

さみしい夜は

1　バー

「もう一杯飲む？」

「でも。もうすぐ終電がなくなっちゃう」

「大丈夫。タクシーで送るよ」

深夜十二時、バーのカウンターで酒を酌み交わす男女。どちらも三十歳前後といった感じだ。まださほど親密ではないようだが、互いの平凡な話題を精一杯楽しげに受けとろうとする様子から察するに、これから親密になる予定がないわけでもなさそうである。

程よく時が過ぎて終電の時間もとうに過ぎ、いい加減に酔いもまわってきたころ。さあ、そろそろと、ふたりは席を立った。店をあとにして大通りへ出る。しかし。

「あれ？　いないわよ、タクシーが一台も」

「ああ。なんでだろう？　いつもならこんなはずないんだけど」

道路にはいつもどおり車の往来はあるものの、肝心のタクシーが通らない。もしかしたらと思ってふたりは別の通りまで歩いてみたが、いくつ交差点を過ぎても、どの路地を折れても、どこにもタクシーの姿はなかった。酔いもまわり、歩き疲れた女が男の腕をつかんでもたれかかる。看板の冴えないネオンの灯りが女の横顔を照らした。

「少し休もうか?」

男が看板を見上げて言った。

「ふふふ。そうね、そうするしかないみたい」

ふたりはホテルへと消えていった。

2　レンタルビデオ店

夜十時。一組の男女がレンタルビデオ店へ向かって歩いている。同棲を始めて数年が経つが、ふたりは相変わらず仲がよい。しかし、仲がよいのはよいのだが、すっかり互いに色気がなくなってしまった。男はジャージのハーフパンツに色褪せたサイズの大きなTシャツ、女は毛玉だらけの灰色のスウェット上下というだらしのない恰好。静かな路地裏に、じゃっじゃっと、ふたりのサンダルを引きずる音が鳴り響いていた。

「『24』、あるかなぁ」

「今日はあるんじゃない？」

「どこまで見たっけ？　前の話、どんなんだった？」

「あれっ？　あたし、忘れちゃってるかも」

「大丈夫、おれわかるよ。にしても、ハマったねぇ。やっぱり見始めると誰でも止まらなくなるもんなんだね」

「あはは。そうよね。見る前はけっこう見くびってたんだけどね。こないだも結局朝まで見ちゃって、せっかくの休みを台無しにしちゃったねー」

　女はテレビ局のアシスタントディレクターを、男は美容師をしている。それぞれの仕事が忙しく、ふたりは普段、基本的にすれ違いの生活を送っている。大の映画好きのふたりは、休みが合ったときにレンタルのDVDで映画を一緒に見るのがいちばんの幸せだった。アパートから近所のレンタルビデオ店までは歩いて五分。この品揃え抜群の大手レンタルビデオ店が近いから、という理由でわざわざこの街に引っ越してきたほどだ。

「あれ？　閉まってる……？」

「おかしいな。でも今日って、金曜の夜だよ？　普通、休むか？　金曜に」

「えーっ。でも店の中真っ暗だし。もう……どうなってんの？」

「でもまあ、やってないんだから仕方ないか……帰るしかないよ」

「えーっ。やだぁ、なんなのよ！　楽しみにしてたのに」

ふたりは渋々、家へと戻った。このあとふたりは、久々に夜の長さを知ることになる。

3　コンビニエンスストア

ひとり暮らしの女性が夕暮れ、近所のコンビニに夕食を買いに出かけた。料理がめっぽう苦手な彼女の夕食はもっぱらコンビニ弁当である。そこに含まれる過剰なカロリーや添加物、保存料などは一度も気にしたことがない。いずれ人は誰でも死ぬ。食べなければもっと早く死ぬ。それが彼女の潔い言い分だった。

「あれっ……？　なんで？」

あろうことか近所の通い慣れたコンビニは閉まっていた。年中無休で二十四時間営業。それがコンビニエンスストアがコンビニエンスストアと呼ばれる所以だというのに。空腹も手伝って、女の腹底から沸々と怒りがこみ上げてくる。

普段は過剰に明るいあの店内が今は暗く静まり返っている。そんな状態など見たことがなかったから、その不気味さは彼女に店主にまつわる非常事態を連想させた。

「夜逃げかしら……？」

空想は巡るが、だからといって、彼女にはどうすることも出来ない。

彼女は仕方なく歩き出し、もうひとつ先の通りにある別のコンビニエンスストアへと向かった。しかし――。

近付いていくとその店の中もいつもより暗いことに気付いた。

「あれ？　まさか。えっ……？　なんで？　ここもやってないじゃない！」

店の前で立ち尽くした。彼女はまったく解せなかったが、今度は直ぐさま来た道を戻ることにした。帰り道、彼女はポケットから携帯電話を取り出す。

「あ、もしもし。こんばんは」

空腹に負けて彼女はひとりの男性に電話をかけた。電話の相手は数日前から何度もしつこく彼女を食事に誘っていた男性で、そのときは、というよりも今日だって、まったく乗り気ではないのだが、これから外食しようにもあいにく給料日前で彼女はあまり金を持っていない。背に腹はかえられないとばかりに、この男に晩飯をおごってもらおうと思いついたのだ。

「ええ。……そう。そうなの。すみません、いつもなかなか都合が付かなくて。なんか冷たく断ってばかりだったから、申し訳ないなぁと思って。……ええ。それで、急なんですけど今夜、もしよかったら、これからご飯でも……」

思いがけない誘いに、男はふたつ返事でオーケーした。

彼女は慌てて家へ戻り、メイクを直し、少しのお洒落をし、待ち合わせた夜の街へと出かけた。久々に食べたフランス料理は、当然ながらいつものコンビニ弁当の比ではないほど美味しく、心のこもった料理は心に幸せをもたらすのだということを彼女は数年ぶりに思い出した。

また、同時に彼女にはもうひとつ別の幸せが訪れていた。男は一見軽薄そうに見えてその実すごく真面目で、話す言葉の端々にポジティブさと気の利いたユーモアが見え隠れしていた。人は見かけによらない。突然に訪れた恋の予感。ふたりは夜の長さに比例して徐々に親密になっていった。

4　インターネット

深夜三時。ひとり暮らしの男が部屋でひとりパソコンの画面を見つめていた。

この男は一日中ほとんどパソコンの前から動かない。もともと出不精で面倒くさがりの性格で、今では買い物すらもほとんどオンラインショッピングで済ませてしまう。グラフィックデザインという仕事を選んだのも人とのコミュニケーションの煩わしさから逃れるために、自宅にこもって個人で出来る仕事、という観点から選んだものだった。仕事をしているとき以外は、ネットでオンラインゲームをしたり、調べものをしたり、くだらないブログを書いたり、オークションで稼いだり、卑猥なサイトを眺めたりといった調子で、男はあらゆる欲をパソコンですべて済ませていた。

「あれっ？　おかしい……」

突然、画面が白くなってメッセージが現れた。

――Not Found 指定されたページが見つかりません――

思いつく限りの原因を当たってから、何度かリトライするのだが同じメッセージが表れるだけだった。どういうわけか、突然インターネットがどこにもアクセス出来なくなってしまったようである。

「妙なウイルスにでも感染したか？」

コンピュータ依存症の気があるこの男の背筋を冷たい汗が走った。慌てて、似たような暮らしをしている親しい友人に電話をすると、やはりその友人も同じトラブルに見舞われていると言った。

翌日になっても状況は変わらず、その翌日も、またその翌日も、どういうわけかインターネットが機能しない日々が続いた。

風の噂によれば、日本中の「ひとり暮らしの若者が所有しているパソコン」にだけこの不具合が起きているのだという。しかし、普段から友達とのコミュニケーションがきわめて少なく、ニュースなどもすべてインターネットで閲覧していたこの男が、それ以上の情報を得る術はなかった。

インターネットが停止してから数日が過ぎたころ、男もさすがに不便を感じ始め、やむを得ず、仕事と生活に必要なもろもろを買い揃えるために久々に昼の街へ出た。そこには、現実に動いている街があった。男にとってそれは新鮮な光景だった。

初めのうちこそ気疲れしたが、男は次第に実社会に馴染んで行った。プリンタのインクを買ったとき、お釣りを手渡してくれた若い女性店員の可愛い笑顔にすこしドキッとした。

5　深夜のテレビ

深夜のテレビ番組。少し昔ならこの時間帯は、若手芸人たちが賑やかに騒いでいるのが通例だったが、あるときからどの局も政治に関係する堅い番組ばかりになってしまっていた。それは日本再建を謳って誕生した内閣の革新的な政策の一環であったらしいのだが、確かな理由は正直なところ、一年が過ぎた今でも誰もがよくわかっていない。というのも、その時間帯は政治にうるさい年寄り連中は皆すでに眠っているし、その時間帯にテレビを見るような若者はそもそも政治に興味などないからそんな番組は見ず、何が放送されているか誰もわかっていないのである。もはや「若者に政治に対する興味を持たせよう」という政府の狙いは完全に外れてしまっていると言える。

革新的だったはずの深夜の政治放送も、初めのうちこそは世間で物議を醸したが、すぐに「深夜番組はそういうもの」というあきらめが日本中に蔓延して行き、人々の話題から姿を消した。深夜、暇を持て余した若者たちは夜の街へと飛び出して朝まで騒いだ。それまでの深夜のテレビ画面の中のバーチャルな笑いとは違う、リアルな笑い声が日本の夜を包み込んだ。

6　政治家

「さて、次は何を停止させましょう?」

深夜。その日もテレビ番組の中では、国の将来を憂う政治家たちが日本再建について討論していた。

「テレビの深夜番組を政治討論のみに限定したのは、皮肉なことですが名案でしたな」

「ええ。テレビのつまらない夜に、子供は作られるといいますからな」

「ふぉっふぉっふぉ。若者は誰もこんな政治家の討論などに興味がないのだよ。まったく」

「興味がないならないなりに、そこを利用させてもらう。まさにこれは発想の転換ですな」

「少子化の流れはもはや、何者にも止めることが出来ないと思われていましたからねぇ。しかし、われわれは、テレビを退屈にし、インターネットを止め、コンビニエンスストアを閉め、人が人とふれあうようにしむけた。タクシーの深夜業務を止めたのもよかった。これによって男女のふれあいが朝まで続くようになったわけですからな」

「ええ。このままいくと、トツキトウカ経った頃にゃあ、日本中にベビーブームが訪れることでしょう」

「ふぉっふぉっふぉ。一年後が楽しみですな」

「子供が増えれば、福祉や年金、労働人口の低下といった高齢化問題が今後、大幅に改善されていくわけですから」

「いやはや。それにしても、将来や社会に不安があるとか何とか、生意気にも政治のせいにして、いまの若者は結婚もしないし子供も産まない」

「まったく、言いがかりだよ。そんなもの」

「そうですよ。子供を産まない原因はそんなことじゃない。人生に……」

「……人生に孤独を感じないせいでしょう！」

「そう！」「そうだ！」「そうだそうだ！」

政治家たちが声を揃えて賛同した。

「そう。まさに、そうなんだ。いまの若者というのは、いくらでも暇がつぶせてしまう。

いわば、さみしさを感じる暇がないのだよ。われわれの若かったころを考えてみなさい。夜は何もすることがなくて、ふと人肌が恋しくなったりしたもんだ。ははははは」

「やはり、さみしさがわれわれに結婚をさせたのですかな」

「ええ。そうかもしれません」

「かつて、子は国の宝と言われました。しかし、今の時代は、さみしさこそが国の宝である、と言えるのかもしれませんね」

「ははは。さみしい話ですな」

「ええ。さみしい話ですよ。ははははは」

幽霊社員

ひなびた温泉街の狭いホテル。男は飲み屋を数軒はしごして酔いつぶれ、薄れゆく意識と戦いながら這々《ほうほう》の体でどうにかホテルの自室にたどり着いた。シングルベッドの上、男の隣には目鼻立ちの整った若い女が座っている。だがはたしてこの女をどこから連れてきたものか。すっかり酔っぱらってしまい、男自身にもわからない。

女の恰好は胸元の大きく開いたタンクトップにデニムのミニスカート、足下には踵の高いサンダルを履いていた。化粧は薄く、長い髪を無造作に後ろでひとつに束ねている。歳の頃は二十歳くらいだろうか。ギャルな印象の派手な恰好とは対照的にその表情や物腰は穏やかで、菩薩のような雰囲気を湛えていた。

「おまえも、も、もぉー一杯、飲めよ」

男が女のグラスに赤ワインを無理やりに注いだ。

「ねぇ、飲みすぎじゃない？　ひとりでこんなところまで旅行に来て、そんなに酔いつぶれて。何か……。嫌なことでもあったの？」

温泉地とはいえただの田舎町である。どこの飲み屋も零時を過ぎるころには閉店してしまった。まだ飲み足りなかったこの男は、帰りがけにコンビニエンスストアに寄り、酒と粗末な乾きもののつまみを大量に買い込んでいた。

「嫌なこと？　ああ、嫌なことばっかりだよ、世の中はよぉ」

「でも今日は楽しいわよね。素敵な夜。ねぇもっと飲みましょう」

「なぁにが、素敵な夜だ。ばぁろう。あのなぁ、おれはいまから死ぬんら。自殺をしに来たんらぁ。飲まなきゃやってらんねぇよ。はははは。あはははは。お、お、おれなんてのぁ、生きる価値がねぇんだよ」

「まあ、そんな悲しいこと言わないで。さっきからお話を聞いてると、あなたって、とても正義感があって男らしくて。とっても素敵な志を持ってるじゃない」

女はさっと口角を釣り上げ、白い歯を見せて微笑んだ。

「ばぁか。おれは、その正義感のせいで破滅したんだよぉ」

「あらまあ。そうなの？　何をしたの」

女が優しい口調で訊ねた。

「内部告発さ。会社のやましい事情をなぁ、世間に暴露してやったんだ。でも、いま思えば、それがそもそもの間違いさ……」

男は目を伏せ、固まったまま動かない。

「でも、でも。真面目は素晴らしいことよ。あのね、不真面目でずる賢いっていうのはね、一見、幸せにやっているように見えるけれどそんなものは幻よ。嘘で得た幸せなんてのはね、やっぱり偽モノの幸せなの。全部、マボロシ。結局、真面目に生きることだけが、幸せへのいちばんの近道なの」

「んなことあるかぁ。世の中ってのあなぁ、ファッキンな、バカヤロウに付き合いきれる奴ばぁっかりが、いい思いするんら。ふっ。おれも、適当にやれてたらどんなにか幸せだったたか。ぺっ」

男が女に向かって、噛んでいた裂きイカを吐き出した。

「あら。あら。荒れてるわね。ふふふ」

女がなだめるように、頬に当たって落ちた裂きイカを拾い上げて自分の口へ運んだ。しおらしくて艶っぽい仕草だ。

「あぁ……。あんなことするんじゃなかった。おれも家族もみんなお仕舞いだ……」

男は財布から家族の写真を出して見つめ、涙をこぼした。

「あ。あなたの俯いた顔って少しイーサン・ホークに似てるわね。恰好いいわ」

「でもなぁ……うちの冷凍食品に使ってる野菜はなぁ……どれもこれも、わけのわからねぇ輸入野菜ばっかりでなぁ、ほとんどが日本の基準値の数百倍の農薬が使われてるんらぜぇ？　保存料やら添加物だって尋常じゃないほど使ってる……。それをおまぇ、平気な顔して売れるか？　おれには子供もいるんら。バカな大人どものせいで、可愛い子供たちの内臓が汚れていくのを、おまぇ、知らないふりできるかぁ？　おい」

「そんなの、私だって見過ごせないわよ。あなたが正しいわ。あなたは本当に、正しいことをしたの。素晴らしいじゃない。あなたの子供たちもきっとあなたのことを誇りに思うはずよ」

「るっせぇ。おれはいまから死ぬんだ。子供にも、もう会うことなんてない……」

男はしゃべればしゃべるほど頭に血がのぼり、いっそう酔いがまわっていくようだ。

「恰好いいじゃない、あなた。もっと胸を張ってよ！」

「いや……。結局、胸を張れるほどたいしたことも出来なかった……企業ってのは本当にひでぇもんでなぁ。トラブルにも、その言い訳にも、慣れてやがる……」

「ふふっ。あなたの声って、すごく胸に響くわ。心の美しさが声に滲み出てるんですもの」

「あ……、あ、あんたも見たろ？　あの謝罪会見。ハゲ頭が雁首そろえてペコペコしやがって。今回は事故れす。徹底的な原因の究明とぉ、再発の防止にぃ努めます、だぁとよぉ……。けっ。なんだぁ？ あの無味無臭の、カタチどーりの、謝り方はよぉ」

「でも、あなたの言うとおり事故なんかじゃないんでしょう？」

「当たり前だ。事故じゃねぇよ。確信犯さ。それどころかぁ、いまでも、いやいや、これからも、ずうっ……とぉ、あのファッキンな毒野菜を使い続けるさ。どうにかこうにか、うまいことなぁ……。ああいう手を使う以外によぉ、もう商品コストを下げる方法はねぇーんだ。競争社会ってのは残酷だよ」

「でもね、正義は最後に必ず勝つの。ねぇ、もっと世界に訴えましょう。テレビやマスコミに出るの」

「だぁめだ、だぁーめだ。おれはよぉ……会社が用意したヤクザ屋さんに命を狙われてるってぇのによぉー、堂々とテレビに出て語れ、だぁ? ふっ。無ぅ理だよっ。おれにはもう、未来がねぇーんだよ。仕事も、希望も、なぁーんもかも、ありゃしねぇ。もう家族に合わせる顔がねぇよ。ふふっ。家族もいまごろ、ヤクザ屋さんからばんばんいやがらせをこうむってる最中だろうよ。おれたちぁ、みんなお先まぁーっ暗よ! まぁーっ暗」

「家族は守らなくていいの?」

「家族は……でも……。たぶん、おれが死んだら、いやがらせも終わるさ。おそらく……きっと。それで、決着がつくんじゃないか……?」

男は申し訳なさそうな顔で女を見た。

「ねぇ? その経験を本に書いて出版社に売り込むのはどう? きっと反響があるわ。

インターネットでサイトを立ち上げるとか」

「ばーか。うるせぇよ。話聞いてんのか？　だぁかぁらぁ。どこ行って何をしようが、あいつらがおれをつかまえてお仕舞いなんだよ。あのなぁ、今の時代、真実が世の中に知られることなんて、あり得ねぇんだよ。いいからもう口出ししないでくれ。おれは死ぬんだ……そんなに言うならよぉ、このデータ。全部あんたにやるよ。ほら」

　男が鞄から書類の束を取り出して女にばさっと投げつけた。

「遺書の代わりだ。ここにはあのクソ会社のやってきたことがぜぇーんぶ書いてある。やりたかったら、あんたがこれを警察でもマスコミでも、好きに送りつけりゃあいい」

「まあ。ありがとう、でも私はあなたと一緒に、戦いたいわ。ねぇ、もう一杯飲みましょう。ほら、まずちょっと落ち着いて落ち着いて」

　女は男の怒気をなだめるようにグラスを差し出し、片方の手を男の膝に置いた。

　男が女の手を握り返したその瞬間、男の脳裏に血まみれで床の上に横たわる死体の映像がよぎった。酔いが足りないのか。やはりいざ死ぬとなると恐怖感が押し寄せて来るものだ。男は反射的に女から手を離した。冷や汗が体温を奪っていく。

「い、いや、覚悟は決めたじゃないか。おれは…よし、死ぬぞ。……死んでやるっ」

　男が自分の意思を確認するように叫んだ。震える手でワインを口に運ぶが、飲みそこなって口元からワインがこぼれた。ワインの赤色が男のシャツの胸元をゆっくりと染めていく。男の鮮血がこのワインに取って代わるのも時間の問題なのだろう。女はその緊迫した空気に気づいてか気づかずか、相変わらずの甘ったるい仕草で男の胸元を拭った。

「ああ、ああ。もう、酔っぱらいすぎよ。ねぇ、あきらめないで。あなたはきっと大丈夫。あなたはとても真っ直ぐで温かい心を持ってるわ。そんな素晴らしい心を持ってる人が、不幸になるわけがないじゃない」

「うるせぇ。死ぬぞ……いいか、次が最後の一杯だ。次を飲んだら死ぬ。注いでくれ」

男が空のグラスを突き出し、空いた手で乱暴に柿の種をわし掴みしてほおばった。

「嫌だわ。これを注いだらあなたが死んじゃうんなら、私が飲む」

女がワインボトルを引っ掴み、直接口に運んだ。数回、ごくりごくりという音を立てたかと思うと、次の瞬間にはもうボトルはすっかり空になっていた。無理をしたせいだろう。飲み終えた女の目にうっすらと涙が滲んでいた。

「どう?……これで、もう、死ねないでしょ?……うふふ」

女が涙目のままではにかむと、男は嬉しそうに見つめ返した。

「んふっ。何てことを」

男は女に抱きつき、唇を重ねた。冷たい。どこか現実感のないキスだった。

「ねぇ。あなたみたいな人がどうやって育って来たか知りたいわ。きっと両親のしつけが、よかったのね。小さいころ、どんな子供だったの?」

女の導きで話題が死から徐々に逸れていく。少年時代の話から、受験の話、初恋の話、学生時代の貧乏話、当時ハマっていた趣味の手品の種明かしと実演――。話が合うのか、女が合わせるのが上手いのか、笑い声が途絶えることはなかった。次第に男の顔に生気が戻ってくるのがわかる。

「おれ、大学生のころはさぁ、自動車サークルで、太陽電池で走る車を作ったりしてさ。エコに興味があったんだ。いずれはそういう車の開発の仕事に就こうと思ってたくらいでね。懐かしいなぁ。田舎から上京したばっかのころだったからなぁ。東京の空気の汚さが悲しくてねぇ。地球にやさしい暮らしをさ、したくて。……それが、何の因果か、こんなクソ食品メーカーに就職しちまって。農薬だぁ？　基準値の数百倍だぁ？　バカか。地球が泣いてらぁ」

話が会社のことに戻ると、男の目からまた涙がこぼれた。

「……あ、痛いっ。あっ、ごめんね、いい話の途中で……」

女が口元を押さえている。

「これ、開かないの。ちょっと、何か、針とか、硬い何か、あ、鍵とかでもいいわ。ないかしら、ここにね、ちょっと穴を開けたいの」

女はビニールで包まれたチーズかまぼこの金具部分を、前歯で捻り開けようとして失敗していた。

「ああ。そんなもん、すぐ開くよ。ほら……これでも使って」

男が旅行鞄から、刃渡り三十センチほどの包丁を取り出した。

「あ、ありがとう。ふふふ。あなた、気が利くわね。ずいぶん便利なものを持ち歩いてるじゃない？」

女は笑って包丁を受け取り、チーズかまぼこの透明なビニールをすうっと切り裂いた。

「よく切れる包丁ね。ありがとう。はい」

女が男に返そうとしたが男から返事はなかった。男は床に突っ伏し、とうとう酔いつぶれ、寝息をたてていた。

「もう」

女が包丁を見つめる。部屋の柔らかい照明を反射してぬらぬらと刃が輝く。

「それにしても、これ……私のとそっくりな包丁……。うふふふ」

男の寝顔に、別れを惜しむように女が冷たい手を添えた。

「この包丁は没収させてもらうわ。あなたみたいにこの世に未練を持ったまま死んだって何もいいことはないの。そうやって死んでも霊魂はね、どこへも行けずにさまようだけよ。大丈夫。あなたには、まだやるべきことがあるわ。今日からでもいいじゃない。太陽で車でも何でも走らせてちょうだい。今日が残りの人生の最初の一日よ。何かを始めるのに、遅すぎるなんてことはないの――」

女が立ち上がって部屋の隅へ歩き、真っ白い壁の前に立った。

「あなたは清潔な魂を持ってる。なんていい寝顔でしょう。きっと、目が覚めたらあなたは気分が晴れているはずよ。いままで、ここを訪れた人がみんなそうだったように」

「んがぁっ」

男がいびきで返事をした。

「それにしても。ここのオーナーはなんて頭が切れるんでしょう……」

女が足元からすうーっと消えていく。

「自殺しそうな雰囲気の客が来たときはこの部屋に泊めて、私に説得させるだなんて。たしかに私には自殺する人の気持ちがわかるし、私の説得で自殺がなくなればホテルのイメージも下げなくて済む。まさに一石二鳥」

女の姿はもうほとんど消えてしまった。首だけが空中に浮かんでいる。

「本当、オーナーには感謝してるわ……。若気の至りで自殺を選び、そのあと行くあてもなく悶々とこの部屋に居座っていたわたしに、幽霊社員という、新しい生きがいをくれたんですもの……」

女が消えた。

それでも女はたまに思う。自分のそばにも、下心も駆け引きもなしにこんなに前向きな言葉をかけ続けてくれる誰かがいたら、自殺なんてしなくて済んだかもしれない。自尊心を失わずに済んだかもしれない。でもすぐに思い直す。生きている間はみんな、自分が生きることで精一杯で、本当の意味で他人のためになるような言葉など、誰にもかけられやしないのだ。自殺するより、仕方がなかった。誰かを説得をする度に女の心の中に後悔の念が湧き上がる。でもいまではそれを押し殺すのもすっかり上手になった。

部屋の中には男がひとり。すうすうと寝息を立てている。白かったはずの壁紙に、いまはうっすらと黒くしみが滲んでいた。それは包丁を持った女のようにも見えた。

コイバナシュールリアリズム

「あ、かわいいねそのバッグ。こないだ言ってたグッチのやつ？」

「ううん、あれは高いから、それに似たヤツを買ったの。でも、いいでしょ？」

似ていると言えば似ているが、本物に比べたらやはり見劣りする。ふたりきりで会うのは二回目だった。まだあまり踏み込んだことも言えない。

「いいんじゃない？　かわいい、かわいい」

「ねえ、今日って、何の映画観るの？」

彼女は待ち合わせ場所で顔を合わせるなり不安そうに訊ねてきた。今日は映画を観る約束をしていた。

「いや、別に難しい映画じゃないよ。普通の恋愛映画。ほら、いま話題の……」

僕は根っからの映画好きだから、たしかにその辺の事情には明るい。でもわざわざ女の子に偏屈な知識を押しつけるつもりもない。洒落た洋服屋で店員をしているこの子なら、当然知っているであろう普通の恋愛映画を観ようと思っていたのだ。きっと難しい内容じゃないだろうし、気後れする必要はまったくない。

「へぇ、話題なんだ？　うぅん、でも……わかんない。最近あんま興味ないから。そういうの……。ねぇ、映画やめてご飯行かない？」

彼女のことはまだよく知らないが、気の変わりやすい性格なのかもしれない。

腕時計を見ると、夕食には少し早いくらいの時刻を指していたが、まあ、僕としては映画なんて普段から見飽きているわけで、今日は彼女と一緒にいられたら何だっていいのである。腹が減っているのならそれはそれで全然かまわない。

「わかった、いいよ。ご飯行こうか。何食べる？」

「居酒屋とか？　ゆっくり駄弁りたいの。ほら、こないだはあんまりしゃべれなかったから」

前回のデートは僕の提案で写真展に行ったのだが会場が思いのほか広く、ただ歩き回るだけで終わってしまった。写真はどれも素晴らしかったのだが、彼女は歩くのに疲れてしまったのか、終始浮かない顔をしていたのが印象的だった。

「かんぱーい」

カチッとジョッキを合わせて勢いよくビールをあおり、僕らは微笑んだ。

「うまいね」

「うん、おいしい」

店内は仕事帰りのＯＬやサラリーマンでガヤガヤと賑わっていた。

「ねぇ。いままでどんな人と付き合ってきたの？」

「えっ？」

突然の質問だった。急に彼女が切り出したそのひとことで、何となくいままでふたりの間にあったふわふわしたものが一瞬で固まって縮んでしまったような感覚がした。

「じゃあ、どんな人がタイプ？」

「えっ……？」

「わたしってさー、血管フェチなのねー。男の人の腕とか、こうツーッとプックリ出てる血管が、たまらなくってさぁ。前の彼氏の血管にフォーク刺したことあるの。美味しそう！　とかって思って」

「ああ……そう？」

「ちょっと、腕、まくってみて。どれどれ。うわー、ダメだ。全然ないじゃん。叩いたり、手首をギュッて血を止めてもダメ？　出てこない？　こうやって、バシッ、バシッ」

「痛たた。何だよ。出ないよ、血管なんて」

「あはは。あー、ダメか。でね、わたしの友達に、見かけが病弱そうな男の子がタイプって子がいてさ。母性本能っていうの？　もう、ホントに信じられないくらいそういう虚弱な男ばっかり捕まえてくるの。で、結局、風邪とか変な病気とか本気でうつされたりしてて。あははは。いっつもなーんかふたりで寝込んでんの。うわははは。最悪でしょ？」

　今日の彼女はやけによくしゃべる。まさかもう酔っているわけでもあるまい。

「んで？　ねぇ。ねぇ。どんな人と今まで付き合ってきたの？」

「え？　いや、まあ……別に。普通の女の子だよ。みんな」

「あはは。え、普通？　普通って何がどう普通？」

「いや……、よくわからないけど普通は普通だよ」

「普通ってったってさ、出会ったときの話とか、どこが好きだったとか、甘酸っぱい事件があったとか、理解出来ない癖があったとか、何とか、いろいろあるでしょ？」

「まあ、それなりにはあったけどさ……」

「言いたくないの？　あ、じゃあさ、別れた理由は？」

「別れた理由？　えっ？　……そんなこといきなり言うの？」

「あれ？　ねぇ、何？　わたし、なんか変なこと訊いてる？」

　僕は自分のペースを整えようと、ビールを飲んで少し間をおいた。

「なんかさ。女の子ってホントに恋愛の話が好きだよね？」

「えっ？　何しらばっくれてんの？　あれ？　わたしいま、バカにされてる？　は？　でも、恋愛の話が好きなのなんて女の子だけじゃないじゃん。この店にいる大人たちだって、結局、話してることはどうせみんな仕事の愚痴か恋の話でしょ？」

そう言われて僕は辺りを見回す。みんなにこやかに話しているが、まあたしかに言われてみると話題なんてどれもそんなものなのかもしれない。

「だいいちさ、恋愛の話以外に何をしゃべるの？　他に話すことなんてある？」

「えっ？　いや、たくさんあるんじゃない？　趣味の話とかさ。例えば音楽とか、映画とかでもいいし……」

「えーっ。映画なんてどうせ作り話じゃない？　いまいちピンと来ないし料金は高いし。それだったら友達のコイバナのほうが全然リアルで面白くない？　そう思わない？　だって居酒屋なら映画の料金で、リアルで面白い恋愛話にご飯とお酒がついてくるのよ？　ね、最高じゃない？」

「そういうもんかねぇ……」

僕はその発想にどうもロマンがない気がして、気分が萎え始めていた。

「そういうもんよ。ああ、もう。なんか、つまんない。ねぇ、友達呼んでいい？　友達でね、最近彼氏が出来た子がいるの。その彼氏ってのが……」

「あ、ああ……。まぁ、別にいいよ。呼びなよ、もう」

彼女が電話をかけ始めた数十分後、どういうわけか僕のテーブルには五人の女の子が座っていた。みんなでげらげらと心底楽しそうに他人の恋愛話を笑い、頼んでもない自分の恋愛観について熱弁している。僕はまったくついていくことが出来ず、明日が早いからと告げ、そっと席を立った。

帰り道、電車の車内で映画の吊り広告を見つけた。今日観ようと思っていた映画だった。キャストもストーリーも悪くない映画なのに、なぜだか客の入りが悪いという噂だ。

家に着いて僕はテレビをつけた。こんな時間にテレビを見るのは久しぶりだった。

素人の恋愛をドキュメント形式で追いかける番組をやっていた。ピンク色のバスに乗って見ず知らずの男女が旅をする。まったく。どうでもいい話だ。呆れてチャンネルを替える。そこでは三十がらみの女性タレントが自分の結婚願望をあけすけに語っていた。共演の芸人たちに一方的にいじられながらも必死に応戦している。見ていられない。またチャンネルを替える。今度は太った芸人が現役モデルとの熱愛を得意気に語っていた。ああ。これも正直、どうでもいい。

——そこまで見て、ふと不安が頭をよぎった。

「なんかさぁ、こないだー、写真展とか連れて行かれてさ。変な空の写真とか、海とか？　外人がキスしてるところとか？　なんかお洒落っぽいのがいっぱいあったんだけど、そんなのってどうでもいいっていうか、リアリティないじゃん？　あたし、なんか超退屈でー。あははは」

「そういうさ、変にアートに詳しいです、みたいな男って嫌だよねー。何かっこつけてんの？　あんた、どんだけー？　みたいな。あははは。男はやっぱ面白い人のがいいよねー」

今ごろ僕が去った居酒屋で彼女たちはそんな会話をしているんじゃないかという気がした。

もしかしたら本当に彼女たちが言うように、もはや素敵な恋愛映画は自分の友人の下世話な恋愛話に完全にとって代わられてしまっているのかもしれない。手の届くリアリティがいちばん重宝される時代なのかもしれない。

たしかに、本物とは何かと問われれば、それは、個人のリアルで下世話な恋愛話のほうなのかもしれない。でも美しさや芸術性で言えば……。いや、美しさも実話に勝るものはないと言われればそれまでだろう。このコイバナのインフレ、恋愛話に関する超現実主義の流れは誰にも止められないのかもしれない――理想はグッチかもしれないが、日々の暮らしに有効なのはそれとよく似た安価なバッグの方なのだ。

テレビでは太った芸人が、なんでお前が、調子に乗るな、といじられ、同年代の芸人に昔の女関係を暴露されて焦っている。

僕はぼんやりと前の彼女と別れた理由を思い出していた。居酒屋で訊かれたとき、別に言ってもよかった。でもまさか「映画の趣味が合わなかったから」だなんて、いまの時代いったい誰が納得してくれるだろう……。

大きな古時計の真実

昔むかしの話です。

あるおじいさんの家に大きなのっぽの古時計がありました。その時計は、おじいさんが生まれた朝に家族が買ってきた時計でした。

おじいさんは時計が何度故障してもその度に時計屋さんを呼んで修理をし、とても大事に使いました。まさにこの時計はおじいさんの人生すべてを知っている時計、うれしいことも悲しいこともみんな知っている時計です。

そして、時計がおじいさんと暮らし始めて百年を越えた、ある日のことです。

また故障でしょうか。時計が徐々に進み始めました。しかし、たいそう古い時計のことですからそれも仕方がありません。

でも、初めは一日に五分程度だった進みも、次の日にはもう十分、また次の日にさらには十五分と、加速度的にそのずれはどんどん大きくなっていくのでした。

さて、どうしたものか……。

本物のスローライフを地でいくおじいさんでしたが、三時間ほどずれたあたりで、さすがに不便を感じ出しました。夜も遅いし、針の進みなどはわざわざ時計屋さんを呼ぶほどの故障ではないと思い、おじいさんは時計前面の蓋を自分で開けて、手を奥に突っ込みました。そして、ようやく摑んだ時間調整のつまみを回そうとした、そのときです。

ギイイイイ――。

時計がおじいさんに向かって倒れてきました。時計は大きくて重厚な造りの、おじいさんの体重の何倍もの重さがあるような代物です。

ガシャーン！

哀れ、おじいさんは時計の下敷きになって死んでしまいました。

翌日の夕暮れ、おじいさんの家に遊びに来た孫娘が遺体を発見しました。孫娘は家族を呼び、家族からの通報によってすぐに警察が駆けつけました。

実況見分が終わるころにはもうすっかり夜中になっていましたが、現場の状況からおじいさんは事故死と断定されました。

葬儀屋が呼ばれ、遺体を運び出そうと警察が時計をおじいさんの体からどけたときです。孫娘はふと奇妙なことに気がつきました。警察が言っていたおじいさんの死亡推定時刻は昨夜午後九時ごろ。なのに、その文字盤のガラスの割れた古時計は十二時ちょうどを指して止まっています。まさか、倒れてからも動いていたということもないだろうし……。

不思議に思った孫娘は何気なく時計の針に手を伸ばしました。しかし、どんなに力を入れても時計の二本の針は数字の12の上で固く止まったままぴくりとも動きません。

「やめて！　もう永遠に私たちは離れたくないの――」

どこからともなく、孫娘の頭の中に不気味な声が飛び込んできました。孫娘は驚いて針から手をすぐに離しましたが、それでもまだ頭の中に直接その声が響いてきます。どうやら誰かと会話をしているようです。

「短針さん。ごめんなさい。わたしはあなたへの恋心を抑えることが出来ず、つい約束を破ってしまいました。一時間で一周するといういちばん基本的なお約束を……。でもどうかお許し下さい。あなたに一秒でも早くお会いしたくて仕方がなかったのです。けれど、わたしはいま大変幸せです。わずらわしいおじいさんも巧く始末することが出来ましたし、何よりこのとおり、晴れてあなたと重なり合ったまま、ついに永遠を手にしたのですから――」

恐ろしくなった孫娘はすぐに警察にそのことを伝えました。しかし、子供の言うことなど大人は取り合ってくれません。まして、時計の針が言葉を喋っているだなんて、誰が信じてくれるでしょう。

ゴーン、ゴーン、ゴーン、ゴーン、ゴーン、ゴーン、ゴーン、ゴーン、ゴーン、ゴーン、

ゴーン、ゴーン――。

十二時を告げる鐘の音が、止まったはずの時計から不気味に鳴り出しました。

その場にいた家族と警察は、時計がおじいさんの死を悼んで鳴らしたお別れの鐘の音だと言って、感動の涙を流しました。でも、孫娘にだけはそれが、いつか従姉妹のお姉ちゃんの結婚式で聞いた幸せの鐘の音と重なって聞こえていました。

おおきなのっぽの古時計　おじいさんの時計
百年いつも動いていた　ご自慢の時計さ
おじいさんの生まれた朝に　買ってきた時計さ
いまはもう動かないその時計

何でも知ってる古時計　おじいさんの時計
きれいな花嫁やってきた　その日も動いてた
うれしいことも悲しいことも　みな知ってる時計さ
いまはもう動かないその時計

真夜中にベルが鳴った　おじいさんの時計

お別れのときがきたのをみなにおしえたのさ
天国へのぼるおじいさん　時計ともお別れ
いまはもう動かないその時計
百年休まずにチクタクチクタク
おじいさんといっしょにチクタクチクタク
いまはもう動かないその時計

長針は短針に恋をしていました。もしかしたらおじいさんの幸せな結婚生活を長い間ずっと妬んでいたのかもしれません――。

その偏った恋愛感情から発生した残忍な殺人事件は〝百年よりそった時計とおじいさんの美談〟と誤解されたまま、のちに美しい歌になり、皆から末永く愛されましたとさ。

人間のオーバースペック願望

「自分の中の大事なものを……おれは決して腐らせたりしない。ぼぉぉっ！」

身震いしながらノッポが吠えた。

「ははは。なんだよ、今日もえらい威勢がいいなぁ」

チビのほうが、得意の軽妙な口調でノッポを誉めそやすように言った。

「でも、いつも不眠不休で働いてるあんたを見てると、正直、おれも頑張らなきゃって気になる。この職場でいちばんの体格とキャリアの持ち主だ、あんたは正真正銘のリーダーだよ」

「いや、おれなんて……真面目なだけの、ただの堅物だよ。むしろみんなからおれ、冷たい奴だと思われてるんじゃないかと……」

ノッポが不安そうにうつむいた。

「あはは。そんなことはないさ！　あんたは確かにクールな奴だよ。でも、あんたはリーダーらしく自分自身をクールに保とうとする一方で、実は周りにたくさん熱を放ってる。そうだろう？　その辺はおれ、よぉくわかってるつもりだぜ。本当のあんたは情熱にあふれたナイスガイだってな」

「そう……かな。そう思ってくれてるなら……うれしいよ。ありがとう」

ふたりは照れくさそうに、互いから目をそらした。

「おれはいつも感心してんだ」チビがつぶやく。「ほら、こうやって同じ職場で一緒に働いてるとさ、ときどきあんたの胸の奥が……ほら、見えるだろ？　でも、そのときおれ、無性にあったかい気持ちになるんだよ。あんたってさ、胸の奥がぽゎぁっと柔らかく光ってるんだ。そういうのをおれ、見かけたりなんかするとさ、すげぇ眩しくてさ……」

「あはは……そうか。きれいな光か……。そうか、そうか。ぼぉぉっ！」

ノッポは嬉しそうに呟いた後でぶるんとひとつ身震いをし、またいつもの咆哮をあげた。気合いを入れ直して再び仕事に集中しようという意気込みに見えた。

「まあ、あんたに比べりゃあ、おれなんてかなり暇なほうよ。でもさ、だからってボヤしてるわけじゃないぜぇ？　情報屋として、いつもアンテナを研ぎ澄まして時代の最先端をキャッチしてな、あんたとかみんなにチョットイイコトを教えてやろうと、見えないとこで頑張ってんだ」

チビが得意気に胸を張った。

「ははは。そうさ、おれにお前みたいな仕事は絶対に出来ないしな。お前はお前で、本当に偉い仕事してると思うよ」

今度はノッポがチビを誉めそやす。

「あ、そう？　あはは。参ったなあ。ようし、じゃあ、今日は何が知りたい？　地球の裏側のニュースか？　巷の流行か？　へへっ、何でもいますぐに教えてやるぜっ」

「おお、そうだな、じゃあ……ふふふ。今日は地上デジタル放送ってやつについて教えてくれないか？」

「えっ、地上……デジタル……。な、何だよ、あんたも人が悪いなぁ」

「ははは。嘘だ、ジョークだよ、ジョーク」

「まったく……。頼むよ、ホント。心臓にわりぃぜ。まあ、それ以外なら何でも……。ニュースだけじゃないぜ。笑える話だって、感動する話だって、何でも教えてやるさ！」

チビが力強く言い放った——。

深夜、ひとり暮らしのアパートの一室。〝ノッポ〟の冷蔵庫と、〝チビ〟のテレビが会話をしている。肝心の家主の青年はというと、まるで世の中に背を向けるかのような姿勢で床に寝転がり、いびきをかいている。テレビを見ている途中で眠ってしまったようだ。

「ああ、おれ、もっときれいな歌声出せるんだけどな」今度はステレオが愚痴を言い出した。「このバカ家主がよぉ、下品なロックしか聴かないもんだから、せっかくの美声を披露する機会すらねぇわけよ。ああ最悪だ、もうそろそろ喉がつぶれちまう！」

「ははは」電話機、照明、掃除機。部屋中の家電たちがステレオの言い分を笑った。

「おれたちはちゃんと自分のスペックがわかってるからなぁ」テレビが言う。「自分が出来ること、出来ないことをちゃんとわかっている……」

「なのに――」家電たちが声を揃え、いっせいに家主の青年を見下ろした。

「人間ってのは自分自身の正確なスペックを知らない」冷蔵庫が憐れむように言った。

「何をやっていても、これは自分には向いていないんじゃないか、もしかしたら自分はもっと素晴らしい才能を持っているんじゃないかって、いつも心の隅で迷ったり、無駄な夢を見たりしながら暮らしてる……」

「んでもって、そのうちに自分を見失って……」テレビが床の上の青年を鼻で笑った。

「見ろよ。いつの間にか超一流のニートになっちまった」

「まったく、情けねぇ話だよ！」ステレオがわめき散らす。「てめぇの才能なんかどうせ大したことねぇんだよ！　いいから、おれ様の、この素晴らしい才能にさっさと気づけって話だ！」

「まあ、落ち着けよ」冷蔵庫が笑いながら、なだめるように言う。「この男は、外に熱を発することも、心をクールに保つことも出来なくなってしまった。胸の扉は誰にも開けられることもなく、もしも開いたとしたって中はきっと真っ暗さ。もうこの男の中身は腐ってしまってるんだ」

「いよっ、さすがは冷蔵庫。うまいこと言うねぇー」家電たちがけらけらと声を揃えた。

自分のスペックさえわかれば無駄な夢を見る必要もなく天職に没頭できる。家電たちはみな職人の顔つきで、誰もが自分の仕事に誇りを持っているかのようだ。

偶像崇拝

閉店時刻の午後八時。今日も客はひとりも来なかった。虚しく看板の照明を消す。

半年前、男は勤めていた美容室から独立して自分の店を構えた。かつては系列店の中でも一番の売り上げを出すトップスタイリストだった。客からの信頼も厚く、独立した直後は、以前からの得意客の来店でそれなりに繁盛していた。しかし、なぜかその後、急激に客足が遠のいて今では週に二、三人の客しか入らない。

いったい何が悪いのだ――。

男はもう何度もこの問いを自身に投げていた。しかし、いくら考えてもわからない。店内の設備も最新のものばかり、立地も表参道から路地を一本入ったところで、申し分ない。となるとやはり自分の技術に問題があるのか……。それともお祓いにでも行って来たほうがいいのかもしれない。

ウィィーッ――。

入り口の自動ドアが開いた。そこには真っ白い布で全身を包んだ老人がひとり立っていた。

「えっ？　あっ……。い、いらっしゃいませ……」

「予約はしていないんじゃが、切ってもらえるかのぉ？」

老人は腰に届きそうなほどに長い白髪で、眉毛も髭も雪のように白い。右手にはいびつな形をした木の杖を持っている。足元は靴を履いておらず裸足だ。

「どうぞ。どうぞ」

時間外だし珍妙な客だとも思ったが、それでも久しぶりの客だ。邪険には扱えない。

「この店は開店したときから目をつけていたんだが、忙しくてなかなか来られんでなぁ」

「そうでしたか。どうぞ、こちらへ。シャンプーのほうからしていきますね」

開店した当初はこの店にもアシスタントがふたりいた。シャンプーなど、本来はアシスタントのする仕事だ。自らの手でシャンプーをするとき、男はあらためて自分の貧しさを実感する。

「かゆいところはございませんか？」

「いや、別にないよ」

シャンプーをしながら気づいた。老人の頭の上にぼんやりと金色の輪が浮いている。

初めは目の錯覚かと思ったが、そうではないようだ。だが、いくら輪を摑もうとしても手は宙をさまようばかりで触れることは出来ない。

「お客さん、お仕事は何をなさってるんですか」

「仕事か？　たいしたことではないが人間の人生をな、ちょこっといじったりしておる」

「人間の人生をいじる？　神様みたいじゃないですか」

「ははははは。いかにも。神様だよ、わしは」

「えっ……」

男は絶句した。男は普段、ＵＦＯや心霊現象はまったく信じないが、老人が神様であることは直感で理解した。服装、髪形、杖、どれを取ったって疑いようがない。それほどに老人の外見は、漫画や絵本、映画などで目にする神様と合致している。

「か、神様……ですか」

「ふぉふぉふぉ。そう驚くことはない。まさか初めて見るわけではなかろう」

「いえ……。あの、その、何というか。実際に見るのなんて初めてですよ……」

神様がまさかいわゆる言い伝えと、これほどまでに同じ姿をしているとは。

シャンプーが終わると神様は髪を肩のあたりまで切ってくれと命じたきり、ぐぅと眠ってしまった。疲れているのか、老人だからなのか。前後左右に頭が揺れて切りにくい。

それでも男は必死に仕事を続けた。もしも失敗して神様の機嫌を損ねたらどうなるかわからない。これは絶対にミスの許されない試練なのだ。

「……神様、神様。終わりましたよ」

どうにかこうにか切り終えて、男は恐る恐る神様の肩を叩いた。

「いかがでしょう？　髭と眉も少し整えておきましたが……」

「ん……。ああ」

神様は眠そうな目で何度か左右に首を動かし、襟足を軽く触って微笑んだ。

「いいよ。素晴らしいね」

「よかった。気に入ってもらえて光栄です」

「うむ、満足だ。しかしまあ、これほどの腕があれば普通は繁盛するものじゃわのぅ
……」

「あ、ありがとうございます。でも、それが……。ご覧の通り、客が入らなくて困っているんです。今ではもう、アシスタントを雇う金すらなくて」

「借金は？」

「あります……。開店のときにだいぶ金をかけましたから」

「苦しいか？」

「苦しいです……。とても」

「その苦しみから解放されたいか？」

「ええ……。もちろんです。この苦しみから解放されるのであれば、神様。あなたにこの身体と心のすべてを捧げてもいいとさえ……」

「さようか」

神様は大きく頷いて立ち上がり、男の肩に手を掛けた。

「すまんが、あいにくわしは金を持っていない。支払いのつもりでひとつ、おぬしの望みを叶えてやろう」

「ほ、本当ですか！　ありがとうございます！」

「ではそこに立ちたまえ」

男は店のフロアの真ん中に立たされた。神様は静かに目を閉じ、何ごとかつぶやき始めた。頭上で金色の輪が優雅に揺れる。

「では、杖を持ってきてもらえるかな」

男は入り口で預かっていた杖を神様に差し出した。

「では、いくぞ。目を閉じたまえ」

「はい……」

男は目を閉じてうつむいた。

――ンゴフッ！

店内に鈍い音が響いた。頭頂部から大量の血を流して男が床に倒れている。

「それにしても――」

店を出ながら神様は首をかしげた。

「人間どものわしの扱いはどうも丁寧すぎる。死神など普通は嫌がるものではないのか？　それともまさか、わしを誰かと勘違いしているのか？」

そのころ地球の裏側でおこなわれていた戦争の只中を、真っ黒い布で全身を包み、右手に巨大な鎌を持った神様が人々に愛と平和を説いて歩きまわっていた。しかし誰もがその姿を見るなり逃げ惑い、目や耳を覆うばかりでまったく神様の話を聞こうとしない。

戦争は激化の一途をたどるばかりである――。

どなたかお客様の中に

――どなたかお客様の中にお医者様はいらっしゃいませんか？

二万五千フィート上空の航空機の機内で、客室乗務員の女性が切羽詰まった表情で通路を歩み去って行った。目的地に到着するまでまだ三十分以上ある。

――どなたかお客様の中にお医者様はいらっしゃいませんか？

軽く腰をかがめて客室乗務員は静かに客の顔をのぞいていく。長身でスタイルがよく、すらりと伸びた長い手足はファッションモデルと見紛うほどだ。柔らかな声色や美しい身のこなしから育ちのよさが窺えた。

――どなたかお客様の中にお医者様はいらっしゃいませんか？

だが、いかんせんいまは緊急事態である。客室乗務員の瞳の奥にもかすかな焦りの色が見え隠れしている。仕方がない。こういうときにいくら平静を装ったところで、人間は誰しも隠しきれない感情が自然と顔に表れてしまうものなのであろう。

――どなたかお客様の中にお医者様はいらっしゃいませんか！

機体後方から、今度は別の客室乗務員が現れた。おそらく、この女性がチーフなのではないだろうか。少し年かさで、ベテランの風格が漂っている。年のころは三十五歳から四十歳くらいだろうか。ふわりと額にかかった長めのカールが、バブル全盛のころのトレンドを連想させる。

——どなたかお客様の中にお医者様はいらっしゃいませんか！

このチーフと思しき女性もスタイル、顔とも申し分がない。気が強そうな凛とした目つきから責任感の強さが伝わって来る。乗客に余計な不安を与えないための配慮だろう。切迫した事態だが、口元にだけわずかなアルカイックスマイルを湛えていた。

機内は静まり返っていて乗客の中から医者が名乗り出る気配はまったくない。そもそも医者が飛行機に乗り合わせる確率はどれほどのものなのであろうか。

——どなたかお客様の中にお医者様はいらっしゃいませんか！

また別の客室乗務員が現れ、歩み去って行く。

——どなたかお客様の中にお医者様はいらっしゃいませんか！

反対側の通路でも客室乗務員が医者を探していた。

——どなたかお客様の中にお医者様はいらっしゃいませんか！

はるか前方でも同様に医者を探しているようだ。

——どなたかお客様の中にお医者様はいらっしゃいませんか！

機内にはいったい何人の客室乗務員がいるのだろう。そしていま、その誰もが医者を探している。だが願いもむなしく医者は現れない。彼女たちの心の悲鳴がこちらまで聞こえてきそうだ。

ポーン――。

そのとき機内アナウンスを告げる電子音が鳴った。

お客様、当機はただいま静岡の上空を通過いたしました。目的地の天候は晴れ、気温は23℃でございます。また、到着予定時刻は午後3時30分を予定しております。それでは、今しばらく快適な空の旅をお楽しみください。

機長のアナウンスには特別焦った様子はない。しかし。

時間がないわ……。

客室乗務員たちの目はいっそう鋭さを増した。すれ違いざま、意味深な目配せをして去って行く。

――どなたかお客様の中にお医者様はいらっしゃいませんか！

――どなたかお客様の中にお医者様はいらっしゃいませんか！

――どなたかお客様の中にお医者様はいらっしゃいませんか！

――どなたかお客様の中にお医者様はいらっしゃいませんか！

――どなたかお客様の中にお医者様はいらっしゃいませんか！


客室乗務員の女性たちが皆一様に精一杯「心の声」を張り上げている。


――お客様の中に独身のお医者様はいらっしゃいませんか……。いないのであれば、では、どなたかお客様の中に独身の弁護士の方はいらっしゃいませんか？

――どなたかお客様の中に独身の大学教授はいらっしゃいませんか？

――どなたかお客様の中に独身の俳優はいらっしゃいませんか？

――どなたかお客様の中に独身のヒルズ族はいらっしゃいませんか？

――どなたかお客様の中に独身の音楽家はいらっしゃいませんか？

――どなたかお客様の中に独身のプロスポーツ選手はいらっしゃいませんか？

――どなたかお客様の中に独身の有名ラーメン店の成金社長はいらっしゃいませんか？

――どなたかお客様の中に……、とにかく、独身のお金持ちはいらっしゃいませんか！

永遠に続くもの

「ごめんください」

国内最大勢力のマフィアの事務所にひとりのしょぼくれた男が現れた。この男、白衣姿で顔は三十歳くらいとまだ若いのに頭がすっかりハゲ上がっている。

「何だ？　お前は」若い衆が邪険に出迎えた。

「あのですね、ひとつ耳寄りなお話がございまして」挨拶もそこそこに男がポケットから粉末の入った小さな瓶を取り出した。「これ、何と申しますか、その、ハゲ薬なんです」

男の話によると、この薬をグラスに小さじ半分ほど溶かして飲むと、翌日には髪の毛がごっそりと抜け落ちているのだという。この男は薬学博士で、自らの若ハゲを改善すべく毛生え薬の研究をしていた。抜け毛の原因を追究しているうちに偶然にも、毛生え薬ではなくハゲ薬が出来上がってしまったらしい。

「とんでもない失敗作でした。しかし、そこでわたくし考えたのです。これを売ってみてはどうかと。今の時代、殺人によって怨恨を晴らすよりも、ハゲというストレスを永遠に与えるほうが有効な苦痛と言えませんか」博士は照れくさそうに自分のハゲ頭を撫でながら続けた。「それに、もし捕まったとしても、殺人罪でなく傷害罪で済みますしねぇ。カジュアルな復讐劇。どうです？　リスクも低いわけです」

「ほう。何だ。うちらに商売を持ちかけようってのか？」

奥から兄貴分らしき男が出てきて口を挟む。

「おい、おれたちをなめてんのか？　おれたちから金を巻き上げようってか？　そんなくだらねぇ話をしに、うちにのこのこ来るなんてあんたもいい根性してるじゃねえか！　ああ？」

兄貴分が低音ですごんで見せる。

「いえ。商売とか、そういうのではなくて……。これは失敗作ですから、お金は要らないんです」博士は気圧されるように慌てて鞄から成分データと製造法の書かれた書類を出し、マフィアに渡してしまった。マフィアを甘く見てはいけない。男の顔には後悔の色が見えた。「あのう。これ、すべてあなた方に譲ります……。これで世間にハゲが増えてくれれば、わたくしのハゲも目立たなくなりましょう。たははは……。それはそれで、わたくしにとっても……好都合ですからねぇ……たははは」

マフィアは書類を受け取った。薬の製造や取り扱いに関するいくつかの質疑応答のあと、速やかにビジネスは成立した。ビジネスといっても一方的な権利の剝奪なのであるが。

「よかろう。ただし、お前に金銭は一円も渡さねぇ。それでいいんだな」

「は、はい……」博士は頷いた。「でも……ただ、大変厚かましいのでありますが……、ひとつだけお願いをしてもよろしいでしょうか？　向こう百年、いや、千年間、わたくしの研究所とその研究データがいっさい外に漏れないように、外部の者から守っていただけませんか。その上で、わたくしとその家族の平穏な暮らしを守っていただきたいのです……」

博士の研究室は開発した新薬の権利問題やデータの漏洩などで、いつもどこかともめていた。その筋からの恐喝や嫌がらせも絶えなかった。博士のデータの収集方法は法律に触れる人体実験が多かったことから、素直に警察に応援を頼むわけにもいかず、往生していたところだった。敵から身を守るためのもっとも確実な手段は敵と手を組むことである。幸いにもこのマフィアは国内最大勢力。他の組織も手を出しにくくなるであろう。博士にとっては好都合だった。

「よかろう」

兄貴分がにやりと笑う。こうして互いの利害はめでたく一致した。

手軽にヘビィなダメージを与えられるハゲ薬。これはまったく新しいタイプの毒薬だった。成分が思いのほか平凡で風邪薬と大差がなく、既存の法律では取り締まることが出来ないのである。麻薬でもなければ劇物でもない。ハゲ薬は法の網をすり抜け、闇の市場を通じて爆発的に広まった。一年が経つ頃には、国民の成人男性五人に三人がハゲという異常な事態に至った。

女性誌は、ハゲ男は誰かに恨まれていた男なのだから問題外である、髪の生えている男こそが真に素敵な男性だ！　と騒ぎたてた。薬が出回る以前にも増して髪の毛のある男がモテる時代が訪れた。しかし、モテすぎると今度は同性から妬まれて薬を飲まされかねない。また、モテるからといって色気を出して調子に乗ろうものなら浮気相手や恋人にも飲まされかねない。つまり髪の毛があるということはイコール、その男性が聖人のように心清く暮らしている証であった。精巧なカツラなども出回ったが、それがばれた時の周囲からの信用の失いかたときたらない。それはリスクの高い詐欺を意味していた。会社でも、髪の毛があるというだけで人間としての信頼が得られ、その事実だけで出世できてしまうという有様。世はまさに髪の毛至上主義の時代となった。

世の中のハゲは日ごとに増加していき、ハゲ薬によってマフィアは莫大な利益を得た。だが、あまりのハゲの増加ゆえにハゲ薬の売れ行きは次第に頭打ちの兆候を見せ始める。マフィアが肝を煎り始めた、ちょうどそのころ。

「よし。そろそろだな」

テレビを見ていた博士が助手につぶやいた。

「これ以上芸能界にハゲが蔓延すると、世間は逆にハゲが恰好いいなどと言い出しかねんしなぁ……いっひっひっひ」

生き馬の目を抜く芸能界、もはやテレビや映画に出演するほとんどの俳優やタレントがハゲていた。

「ええ。いよいよですね。待ちに待ったこの時が来たんですね。儲けましょう、がっぽりと！」

助手が目を輝かせて言った。

数日後、博士は自身で設立した小さな製薬会社から「毛生え薬」を発売した。ひと月ほど飲み続ければすべての毛根が再生するという優れた薬である。だが――。

実際には、この毛生え薬はハゲ薬よりも先に開発されていたのである。博士はその秘密を守るためにマフィアに警護を頼み、そのうえでマフィアにハゲ薬を与えたのだ。世間にハゲを増やし、自らの儲けを数十倍、数百倍にするために。

もはや世の中は、髪の毛があることこそが最大のステイタス。髪の毛こそが幸せを手に入れるための唯一の片道切符という時代。博士の毛生え薬は飛ぶように売れた。かなり高価な薬だったが、誰もが輝かしい未来への先行投資と考え、躊躇することなく買っていく。

また、髪のある男が増えることによって、ハゲ薬の需要も再び増加し、マフィアのふところも潤う。世の中に髪のある男が増えるとハゲ薬が売れ、ハゲの男が増えると毛生え薬が売れる。あとは勝手に巡っていく。

そして相変わらず博士の身のまわりは最大勢力のマフィアにしっかりと守られている。博士とその家族は巨万の富を得てからもどこの組織からも命を狙われることなく、平穏に暮らした。このまま繁栄を続け、末裔の末裔まで優雅に暮らすであろう。一方のマフィアも財源に恵まれて繁栄を続けていくに違いない。かくして、永遠のWIN-WINが成立した。めでたし、めでたし。である——。

この世に永遠なんてあるだろうか。永遠に変わらないもの。永遠に続くもの。そんなものはない、のかもしれない。でも僕はこんな商売の仕組みに、どこか永遠を感じる。永遠に金が儲かるような気がする。そして、われわれが気づいていないだけで、こういった仕組みの商品が実はすでに出回っているのかもしれないとも思う。人の心理につけ込む商売。そこに漂う永遠の香り。この世から悪や恨みや妬みや見栄や羞恥心や劣等感や優越感や、そんなものが消えることは永遠にないだろうから。すこし悲しいがそんな気がするのだ。

待ち合わせ

来ない。もう腹が減って死にそうだ。なのに、何だってこんな時間に、こんなにも腹を空かしてコンビニなんかで立ち読みなんかしていなくちゃならないんだ。いつまで待ちゃあいいんだ、まったく。ああ。そもそもあの日できっぱりあきらめたらよかったのかもしれない――。

――ぐぅるるるる。

あの日。それは一ヵ月前のことだ。

僕は会社に中途採用で入ってきたひとりの女の子に恋をして、その子を食事に誘った。会社の愚痴、同僚の噂話、好感の持てる失敗話、お互いがそんな他愛のないことを話しているうちに食事は終わった。会計を済ませて店を出ながら、僕はそれとなく彼女に訊いた。

「ねぇ。彼氏とか、いるの?」

彼女は笑った。

「ふふふっ。いるよ。もうすぐ結婚するかも。付き合って三年目、わたしも今年で二十七だもの。ねぇ？　すごく微妙な時期でしょ？」

「微妙かなぁ？　まだまだ全然大丈夫じゃない？」

「なによ？　大丈夫って！」彼女は笑いながら言った。「大丈夫かどうかなんて訊いてないわよ。肌だって十代みたいだし、大丈夫に決まってるじゃない」

「ふぅん。いつかその肌をもっと近くで見たいもんだねー」

「あはは。やめてよ。気持ち悪い」

「まあ、いいや。おれ、人の恋を邪魔したりしないしさ。君が幸せならそれでいいわ」

言ったそばから苦笑いが押し寄せて来る。僕は何を言ってるんだろう。こんなふうに誘っておきながら、まったく。恰好のつかない恰好のつけ方になってしまった。

「あはは。ホント、やめてよね。人の幸せ邪魔すんのは」

彼女が可愛い顔をした。あらためてこの子が好きだと思った。

「まあ、そのうち彼氏の愚痴も言いたくなるだろうし、たまにはこうして飯でも食おうよ」

「残念でした。愚痴なんてないんだよねー、すごく幸せだからぁー」

「言うねぇ。まったく、その幸せをこの不幸な男子に分けてくれよ」

「ふふっ。恋人いないの？　誰か紹介しよっか？」

「ああ、してよ。ホント、おれこないだ別れたばっかりでさ」

「何で？　原因は？」

「え？　話すと長いから。また今度話すよ」

駅が近づいてきた。

「そうね。じゃあまた来週、会社でね。今日はごちそうさま」

「ああ、またね」

彼女は駅の中にあっけなく消えていった。僕は誘いの電話やメールの中に彼女への、あきらかな恋心をちらつかせていた。そして彼女は誘いに乗って来た。どういうつもりだったんだろう。よくわからない。だが、それよりもわからないのは、彼女のことをさんざん好きだと思っていながら彼氏だとか結婚だとか聞かされてもさほどショックでもない自分がいることのほうだった。この気分は何なんだ——。その直後、彼女は会社を辞めた。

——ぐぅるるるる。

腹がまた鳴った。まだか。まだ来ない。何度も時計を見る。待ち合わせの時刻はとっくに過ぎている。ああ、もう何だか運命を感じない。こんなことなら別の子を誘うべきだったのかもしれない。読んでいる雑誌のどんな記事も頭に入って来ない。コンビニの店内にはおでんのダシの香りが意地悪く充満している。

――ピリリリリーッピリリリリリーッピリリリリリーッ。

隣で立ち読みをしていた若い男の携帯電話が鳴った。

「もしもし。あ、うん。そう、おれ？　もう着いてるよ。とっくに。え、いま？　立ち読みしてる、隣のコンビニで」

どうやらこの男も僕と同じで待ち合わせの相手が遅れているようだ。

「あっそう。わかった。じゃあ、着いたら電話して。待ってっから。おう。はい、はい――」

男は穏やかな言葉遣いとは裏腹に、乱暴な仕草で携帯電話を閉じてポケットにねじ込んだ。内心では相当に苛立っているのかもしれない。

男が読みかけていたストリート・ファッション誌を再び開いた。

そのページをちらと覗く。男が着ている服とよく似た恰好のモデルが載っていた。悪魔とバスケットボールをした帰りのような、邪悪な雰囲気のダボダボの服。僕は若者のファッションや美学には詳しくはないが、その恰好が夜遊びに適しているだろうことはなんとなく伝わって来た。僕の理解を超えたその恰好には、得体の知れない説得力や凄みのようなものがある。

――ティロリロロロッ。

今度は僕の携帯電話が鳴った。メールが届いたことを知らせている。

〝ごめんなさい！　いま会社出た。たぶん三十分後に着きます〟

画面の中で土下座する絵文字。すでに約束の時間を一時間も遅れているが、どうやら来る意志はあるようだ。

彼女が会社を辞めるとき、僕はその理由を訊ねた。はぐらかすばかりで何も教えてくれなかったが、結婚するのかもしれないと思った。彼女が辞めてからも、僕は彼女と連絡をとり続けた。そして今日。僕は久々に彼女を晩飯に誘い出すことに成功した。

〝わかった。着いたら連絡して〟

やさしい返事を打った。はらわたは煮えくり返り、胃袋は抗議の怒声を張り上げて止まないのだが。画面の中から封筒のイラストが能天気に飛び去っていった。

――ぐぅるるるる。

また腹が鳴る。携帯電話を仕舞ってまた棚から適当に雑誌を取った。政治経済、芸能ゴシップ、大人のカジュアル、ゴルフ、野球、エロ。いくら読んでも何にも興味がわかない。

――ピリリリリーッピリリリリリーッピリリリリリリーッ。

再び、隣の若い男の携帯電話が鳴った。

「もしもし。うん。うん。え？　はぁ？」

瞬間、男の声に怒りが混ざった。

「で？……来ないの？　マジ？　なんだよ、それ。バカじゃねぇの。え？　はぁ？　じゃあ早く言えよ。あっそ、あっそ。はい、バイバイ。ウザいウザいウザい。じゃね、バイバイ」

男は相手に言い訳の隙を与えず一方的に電話を切り、眉間にしわを寄せてやり場のない表情で店を出ていった。ドタキャンか。可哀想に。

――ぐぅるるる。

また腹が鳴った。空腹がピークに達していた。おでんの誘惑に負けそうだ。これ以上ここにいては精神的によくないと思い、僕も男に続くように店の外へ出た。コンビニの自動ドアを出ると、車道を挟んですぐ向かい側で立ち食い蕎麦屋の看板がチカチカと点滅を繰り返していた。

――ぐぅるるる。

とたんに胃袋が蕎麦の歓迎セレモニーを始める。いけない。もう蕎麦のことしか考えられない。こらえろ、待て。胃袋に言い聞かせる。今日はイタリアンを食べるんだ。予約もしてある。予約した時刻から少しずれ込んではいるけれど、それも店に連絡済みだ。彼女だって楽しみにしているはずだ。だが――。

こんなに腹が減っているんだ。一杯くらい蕎麦を食っても、そのあとにイタリアンのフルコースを食べることくらい、可能なんじゃなかろうか？……いや、ダメだ。どうせ食べるなら美味しく食べたい。あと、二十五分、たった二十五分の辛抱だ。二十五分……。もしかして、二十五分もあれば、いますぐ蕎麦を食ったって、そのころにはまた腹が減るんじゃないか？　いま僕の胃袋には通常の数十倍の胃液がスタンバイしているはずだ。蕎麦なんて、一瞬で消化できる……。いや、まさか。そんなわけはない。ダメだ、ダメだ――。

自制も虚しく、数分後、気がつくと僕は蕎麦屋の中にいて、かけ蕎麦をすっていた。ついでに小さなカツ丼まで食しながら。

――ティロリロロロッ。

〝ごめん。あと五分で着く！　お店の前で待ってて！〟

メールを読んで僕は慌てて蕎麦屋を出た。まずい。蕎麦もカツ丼もすでにほぼ完食していた。走る。腹よ、空け。一気に後ろめたさと後悔が押し寄せる。

三分後、待ち合わせのイタリアンレストランへ着いた。僕は吐きそうだった。走りすぎた。本当に吐けたらそれはそれでラッキーなのかもしれないが、ただ気持ちが悪いだけだった。少し遅れて店の前に着いた。彼女が先に着いていた。

「ごめん。本当にごめん。新しい会社、終わる時間がぜんぜん読めなくって」

「ああ、いいよ。気にしないで。っていうか、何だ？　またどっかで働いてるんだね？」

少しは怒ってもいいときだろうに。笑顔でそう言った瞬間、またあの気持ちが帰ってきた。何でおれはこの子にこんなにも気を使うんだ？　いったい何を期待しているんだ、おれは？　という、問いかけが。

「そう。働いてる。ああ、すっごいお腹すいたぁ」

「何の会社？」

「え？……まあ、いいじゃん、そんなことは。早く食べようよ」

「ああ、そうだね。……でも実は、おれ、まだあんま腹減ってないんだ。変な時間に昼飯食べちゃってさ」

口から自動的にこぼれる嘘。この子の前ではなぜだか思うように言葉を制御できない。ドアを開けると、混み合った店の奥から感じのよさそうな男の店員が歩み出てきて、微笑みながら僕たちを席へ案内してくれた。どこか今日の僕の笑顔に似ている。オートマティックな、理由なき笑顔。

「今日は？　彼氏は？　いいの？」

「うん、うちらって、ぜんぜん束縛しないからねー。気にしないで」

「そうなんだ？　おれ、君が会社辞めたのも結婚するからだと思ってたから、おれの誘いにノるなんてさ、もしかしてちょうどいま、婚約破棄寸前だとか別れそうだとか、ケンカしてる最中だとか、そういうのなのかなって、期待してたんだけど」

「残念でした」彼女が笑顔で否定する。「ご心配なく。すごく安泰よ。ふふふ」

おかしい。なぜか、また悔しくない。

心の中のどこかで大事な機能が壊れてしまっている気がした。「こんなに好き」なのに、「そんなに好きじゃない」のだ。金属疲労。ふいにそんな言葉が思い浮かぶ。頑丈な金属だって何度も衝撃を受けるうちに折れてしまう。心がガラスで出来ていようが、鉄で出来ていようが、壊れるときは壊れるのだろう。

ワインと前菜が運ばれて来たところで僕は改めて思った。蕎麦なんて、間違っても食うべきじゃなかった。彼女の笑顔を見るとなおさらだ。

「君があんまり遅いからさ、おれさっき立ち食い蕎麦食っちゃったんだよね」

えっ？　驚いた。自分の口がまた勝手に動いたのだ。言うつもりはなかった。今日の僕はどうかしている。自分の体をうまく操ることができない。

「うそ？……ごめんね。ホントに」

彼女が顔を曇らせて謝っている。

僕は黙っていた。今度は口が動かないのだ。何だ、今日は。心の中では君に話しかけているんだけれど、まさか聞こえるわけもない。そして、長い沈黙が始まった。

──僕は君が好き。でも君には大好きな彼氏がいる。なら君はそのまま暮らしてくればいい。たぶん僕は〝待ち合わせ〟にちょっと早く着いてしまっただけなんだろう。そう思っている。待ち合わせで待ちぼうけはつまらない。だからコンビニで適当に立ち読みして時間を潰したりする。そう。いまの僕は、適当に雑誌を手に取っては棚に戻し、取ってはまた棚に戻す、みたいな時間つぶしの恋愛を、誰かとしばらく楽しんでいようかなと思ってる。もしもいつか君の恋が終わって、この〝待ち合わせ〟に君が来れることになったら、その時はすぐ連絡して欲しい。待てる間は、待っているから。ただ、さすがにもう限界ってときには、まずい蕎麦でも平気で食べる。僕はそういう男なんだ──。

「もう、出ようよ……。食べれないでしょ？　わたしひとりで食べても美味しくないし」

彼女が暗い声で言う。

「いいよ、気にしないで。おれも適当に、食べれる分、食べるし」

僕は明るく言う。謝る必要なんてない。僕にとっては今日の遅刻なんかどうでもいいことなんだから。そんなことより、僕が気にしているのは〝人生の待ち合わせ〟のほう。わかるかな？　僕はだいぶ早く着いてしまっている。

「おれ、ぜんぜん怒ってないよ」

僕は軽く微笑んだ。でも、ちょっとイヤミに聞こえたかもしれない。だけど、それも仕方がない。

――なぁ、おれはこれから誰と時間をつぶせばいい？

さっきからずっと、僕の心の声はいやらしく君にそう訊ねているんだから。

――トゥルルルル、トゥルルルル。

彼女の携帯が鳴っている。

「出なくていいの？　彼氏からじゃないの？」

僕が本心で訊ねた。

「いいの。今日は出なくても」

彼女は微笑んだ。そのかわいい笑顔は、僕の質問に対するとてもいいヒントに見えた。目は何か言いたそうだけれどそのあとに言葉は続かない。ホントはわたし、どこでも働いてなんかない。ここに来るのが遅れたのは彼氏との別れ話がもつれたからなんだ。彼女の唇がそう動くように、僕は念じた。

世界の中心

「ぴっ、138円。ぴっ、498円。ぴっ、20％引きになります。ぴっ、ぴっ。ぴっ、248円。ぴっ……」

おれはデパートの地下にある食品売り場のレジで働いている。商品をレジのバーコードリーダーにくぐらせる度に単調に繰り返される電子音が、徐々におれを機械化していく。

夕暮れ時、いちばんレジが混む時間帯だ。おれの持ち場を含めて五箇所あるレジ、そのどれもに常時五、六人ほどの列が出来ている。

「お先、大きいほう、ご、ろく、なな、はち。８０００円と……。残り、500円とレシートのお返しです。どうもありがとうございました。またお越しくださいませー」

おれは頭を深く下げて礼を言った。仏頂面で会計を済ませた主婦はもうとうにおれの前から去っている。おれの言葉など誰も聞いちゃあいない。そのくせこういうタイプの女に限って、おれが礼の言葉を言わないとお前のとこのバイトは何なんだ！　と烈火のごとくクレームをつけてくるのである。……まったく。

「いらっしゃいませ。ぴっ。98円。198円、158円……」

じゃがいも、たまねぎ、にんじん、豚肉、カレールウ。ほかに牛乳、納豆、ああ、なるほど。この辺は隠し味とトッピングか。ほらみろ。おれは機械じゃない証拠に、知りたくもないこの家の今晩の献立がわかってしまう。ちゃんと感情や思考力があるのだ。

レジには、バーコードリーダー部分よりも前に籠がふたつ置けるスペースがある。今現在会計をしている客のほかに、ふたりの客が籠を台の上に置いて順番を待つことが出来るようになっている。

しかし、次のキャリアウーマン風の女性ときたら、自分の籠をそのスペースの真ん中にどかっと置いたきり、忙しそうに携帯のメールを打ち続けている。後ろで重い籠を持ちながら順番を待っている主婦が、メール女の横顔をにらみつけてあからさまに苛ついている。

「……ぴっ、398円。ぴっ、598円。ぴっ……」

おれはその険悪な雰囲気を察知して、リーダーをくぐらせながらさり気なく、メール女の籠を手前に引いてやった。それによって空いたスペースに、次の待っていた主婦がガタン！と不機嫌そうに籠を置いた。メール女はそれに気づく様子もなく、不機嫌な主婦はおれに礼を言うでもなく、当たり前のように事は過ぎていく。

「３０１６円。ちょうどのお預かりです。こちらレシートのお返しです。どうもありがとうございました。またお越しくださいませー」

　頭を下げるおれの目の前を、また何の返答もなく平然と客が去っていく。ありがとうの一言くらい返って来たなら、こっちにもどれだけやりがいがあるだろう。

「いらっしゃいませ。ぴっ、398円。ぴっ、298円。ぴっ、188円……」

　この女はまだ忙しそうにメールを打っている。いまおれがレジを間違えても気づかないだろう。こういう不躾な客にはわざと間違えてやりたくもなる。それが人間の感情ってもんだ。

「ぴっ、178円。ぴっ、398円、30％引きになります……」

　あっ――。あろうことか、ついさっきまで怒りもあらわにメール女をにらみつけていた主婦が、いまは口をぽかんと開けて阿呆面でぼうっと立っている。考えごとでもしているのか。つい一分前に自分が味わった不愉快な気分をもうすっかり忘れてしまっているようだ。そのせいで今度は、その後ろの主婦が籠を置けずに苛立っている。

「ぴっ、168円。ぴっ、88円……」

　おれはさり気なく阿呆面の主婦の籠を手前に引き寄せた。スペースが空いた。次に待っていた主婦がそこに籠をガタン！　と置いた。

「150円とレシートのお返しになります。どうもありがとうございました。またお越しくださいませー」

そしてまた無言のうちに客がメール女から、阿呆面へと機械的に入れ替わる。

「いらっしゃいませ。ぴっ、288円。ぴっ、328円……」

また次の客がぼうっとしている。その後ろの客が苛立っている。おれはさり気なく籠を引き寄せる。ガタン！　次の客が籠を置く。ありがとうございました。返答はない。客が入れ替わる。また次の客がぼうっとしている。その後ろの客が苛立っている。おれはさり気なく籠を引き寄せる。ガタン！　次の客が籠を置く。ありがとうございました。おれはさり気なく籠を引き寄せる。また次の客がぼうっとしている。その後ろの客が苛立っている。返答はない。客が入れ替わる。また次の客がぼうっとしている。その後ろの客が苛立っている。おれはさり気なく籠を引き寄せる。ガタン！　次の客が籠を置く。ありがとうございました。返答はない。客が入れ替わる。また次の客がぼうっとしている。その後ろの客が苛立っている。返答はない。おれはさり気なく籠を引き寄せる。ガタン！　次の客が籠を置く。ありがとうございました。返答はない。客が入れ替わる。また次の客がぼうっとしている。ガタン！　次の客が籠を置く。ありがとうございました。その後ろの客が苛立っている。返答はない。おれはさり気なく籠を引き寄せる。ガタン！　次の客が籠を置く。

おれの目の前を無言で通り過ぎていく客たち。

ニューヨークチーズケーキ、アイダホポテトチップス、広島の牡蠣、北海道の鮭、中国産の野菜、オーストラリアの牛肉、ホッキョクグマのイラストのついたアイス。右から左へバーコードリーダーをくぐり抜けていく商品たち。

こんな小さなデパートの地下食品売り場にすら、世界中から商品が集まってくる。でもここは世界の中心なんかではない。かといって世界の中心は、ニューヨークでもアイダホでも広島でも北海道でも中国でもオーストラリアでも、ましてや北極点でもない。

世界中の誰もが自分の不愉快にだけ敏感に生きている。世界の中心は自分自身なのだと言い張るように――。

共通の敵

1　家庭（1対1、2対2、4対1）

双子の兄弟の兄のほうが弟の頬を殴ると、弟も負けじと兄の横腹に飛び蹴りを見舞った。

これはいつもの兄弟喧嘩。日々、原因はさまざまだが、どれも小学生らしい他愛のないものばかりである。ゲーム機の取り合いや馬鹿だ馬鹿じゃないの言い合い。母親が、いい加減にしなさい、と一喝すると、しぶしぶ兄弟は体を離し、汚い言葉を投げつけ合いながら、それぞれの部屋に入って行った。

夕暮れになって、父親が帰宅する。疲れたの、暑いだのと愚痴をこぼしながらスーツを脱ぎ散らかし、靴下を脱ぎ散らかし、いつものように部屋着に着替える。しかし、そのがさつさが母親は許せない。結婚したときはこんなだらしない男じゃなかった、という類いの陰口を聞こえよがしに言う。父親も、うるせぇばばぁ、と応戦する。だが、この言い争いも毎日のことである。日課ともいうべき愚痴り合い。そういったものが一段落したところで、不景気のあおりで今年はボーナスが出ないことを父親はさらりと告げた。なるべく波風を立てぬように、なるべく自然に言ったつもりであったが、母親はその言い方がまた気に食わなかった。頭に思い描いていた、家族旅行や贅沢な買い物や忌々しい住宅ローンの早期返済などの前向きな計画が一瞬ですべて立ち消えになったのだ。母親はヒステリックに怒鳴り散らした。あんたの働きが悪いからだ、と罵った。

母親の大声に反応して、部屋から兄弟が出てきた。母親は息子たちに、今年はボーナスが出ない、ひいてはあんたたちの月の小遣いも減らさざるを得ないと冷酷に告げた。当然、兄弟はふたり団結して、それは困る、どうにかしてくれ、と母親に乞うた。夫婦はその申し出をどうにかなだめようと、団結して息子たちに言葉の贅を尽くした。所詮は子供である。今度の誕生日には、だとか、テストでいい点を取ったら、だとか言っているうちに上手く丸め込むことが出来た。

家族が平穏を取り戻し、一家で夕食のテーブルを囲んでいると、窓外を見ていた母親が舌打ちをした。また隣に住むジジイが時間外にゴミを出しているのだ。この家の前の電信柱が町内のゴミ集積場所になっているのだが、夜のうちにゴミを出されては、野良猫やカラスに漁られて大惨事になる。そういう被害がこれまでに何度もあった。以来、町内会には厳重に注意を呼びかけていた。しかし、それでも時々事件は起こる。皆、犯人が誰なのかわかっている。まさに、このジジイなのだ。

母親は玄関を駆け出して怒鳴りつけた。ジジイは、知らない、自分のゴミじゃない、としらばっくれた。叱責する母親の声が長引くにつれ、父親と息子たちも、これはたまらんとばかりに戸外へ駆け出した。ふざけんな、くそジジイ。家族がいま全員で見てたんだ、とぼけんじゃねぇ。止めに入るはずが、のらりくらりと言い逃れを続けるジジイの態度に業を煮やして、父親と息子たちも加わっての4対1の口論へと発展した。そこを町内でも有名な陰口好きの主婦のふたり組が通りかかった。あら、いやねぇ、あの家族、なんて下劣なの。あの子たち、うちの子と同じ学校なんだけど、学校でもいろいろ問題起こしているそうなのよ。なるべくならあんな人たちとは関わり合いになりたくないものだわ。などと囁き合い、蔑むようなまなざしを斜めに投げつけて主婦たちは去って行った。

2　マンション建築（100対3）

翌朝、一家は耳に障る不快な金属音と、腹底をどつくような地響きに叩き起こされる。家の裏手で巨大なマンションが建設中なのである。たまの休日だというのに、不本意な目覚めを強いられて家族は皆、一様に不機嫌だ。

そして、まさにこの日はこのマンション建築業者から周辺住民に対する説明会の当日であった。これほどの大掛かりな建設工事であるにもかかわらず、説明も予告もなしに勝手に始められてしまった。つまり、あろうことか、正式な説明会はこれが初めてなのである。どこか確信犯的とすら思える、建築業者の後手後手の対応。住民たちの怒りはピークに達していた。

カーテンを開けると閑静な住宅街の細い道路を、泥土やセメントの滴をだらしなく撒き散らして、ミキサー車やトラックが大仰な列を成して走り去っていくのが見えた。建設中のマンションはすでに十五階の高さまで組まれていた。ここから取り壊すとなっても、莫大な費用がかかるに違いない。現段階でも周辺一帯を日陰にしてしまうには十分な大きさだが、恐ろしいことに、この先マンションはさらに高層になるという噂だ。この一家の一軒家は、巨大マンションのちょうど麓に位置しており、もはやほとんど太陽を浴びることが出来なくなっている。

朝食を済ませ、夫婦は子供に留守番を言いつけ、近所の説明会場へと出向いた。血のにじむ思いで家のローンを返し続けているのだ。このような無茶苦茶なマンション建設など絶対に許してなるものか。問題は陽当たりだけじゃない。もしも入居者向けに百台以上も収容可能な地下駐車場が作られるようなことがあれば、この辺の細い道路が毎朝渋滞することは必至だ。バスで通勤している夫などは間違いなく被害をこうむるであろう。どうしてもこの建設は阻止せねばならない。夫婦の不満と怒りは頂点に達していた。

夫婦が説明会場に入り、席に着くと、隣には昨日のゴミ口論のときに通りかかった例の主婦ふたり組が座っていた。昨日は大声出してしまってすみませんでした。妻がしおらしく頭を下げて機先を制すると、主婦たちは無愛想に、あら、お気になさらず、と十分な含みで応戦した。

会場は百人ほどの住民と業者側の三人が、対面する形で座っている。説明会はまるで要領を得ない不誠実な内容で、数分の後に住民たちの怒りは噴火した。夫婦と、件の主婦ふたり組も、このときばかりは心と声を一致させて建築業者の無礼を糾弾した。収拾のつかない険悪ムードに、建設業者側は第二回目の説明会をかならず近日中に開きますと言い残して、逃げるように退座した。

3　原発事故（1000対5）

説明会の数日後、一家の暮らす市の隣町にある原子力発電所で過去に大規模な放射能漏れ事故が起きていたことが発覚した。電力会社は、その事故を半年以上に亘って隠蔽していたという。居ても立ってもいられず、夫婦は電力会社が開催した説明会場へ足を運んだ。

会場には千人を超える近隣住民と大勢のマスコミ関係者が集まっていた。その中に、ひと際大声を張り上げている集団がある。よく見るとそれは先日の巨大マンションの建設会社の社員たちであった。われわれのマンションの価値が下がってしまうではないか！　どうしてくれるんだ！　目を剝き出し、怒りもあらわに彼らは罵声を投げつけている。しかし、住民やマスコミからの、どのような質問にも、電力会社幹部五名は事務的に何度も深く頭を垂れて、詳細は調査中でいまはまだ何も申し上げられない、と紋切り型の答弁を繰り返すばかりだった。

4　茶番の会見（1対1億2千万）

数日後、県知事が謝罪会見を行った。そのような事故が起きていたという報告は受けていなかった、知らなかった、申し訳ないと、ひたすら繰り返すばかりで、結果的には日本中の国民を敵にまわす内容だった。

5　大量破壊兵器（1国対同盟6カ国）

そのころ、日本の裏側では、大きな戦争が勃発していた。

Ｉ国が大量破壊兵器を密かに開発してＡ国をテロ攻撃しようとしているという裏情報が流れ、それを知ったＡ国側がＩ国に先制攻撃を仕掛けたのが事の発端だった。

Ａ国は、Ｉ国の行為は世界の秩序を乱す、許されざる暴挙である、団結してこれを武力で制圧せねばならない、と世界各国に国際協力を呼びかけた。Ａ国と親交の深い日本やＦ国を始めとした六つの国がその戦争に加担した。

だがしかし。程なくして、Ｉ国は大量破壊兵器などまるで持っていなかったことが判明する。

すべてはＩ国を普段から疎ましく思っていたＡ国が仕掛けた自作自演の侵略劇だったというのだ。しかし、時すでに遅し。戦争の代償はあまりに大きく、Ｉ国の被害は甚大で、国家はもはや崩壊寸前、数万人の罪のない命が奪われてしまったあとであった。

６　アルマゲドン（１国対世界１９０カ国）

Ａ国の行為こそ世界の秩序を乱す、許されざる行為である。国連は一転してＡ国の傍若無人ぶりを非難した。すると今度は世界各国が団結し、Ａ国を標的とする戦争を始めてしまった。

強大な国力を持つＡ国は一歩も引かずに世界中の攻撃に応戦した。

両者一歩も譲らぬ大戦争。かくして地球は、アルマゲドン、まさしく最終戦争の段階に突入する。もはや世界中の国の長が核ボタンに片手を置いているような状況だ。地球の滅亡の日も近い。世界は鬱屈とした絶望の香りに包まれていった。

7　宇宙戦争（宇宙人対地球人）

ある日のこと。

当たり前のように空を飛び交う無数のミサイルのうちの一発が、誤ってどこかの星からやって来たＵＦＯを撃ち落としてしまった。数日後、その星から地球にＵＦＯ群が大挙して押し寄せてくる。

宇宙人たちは激怒している様子で、突然、地球に報復攻撃を開始した。地球側が、あれは不可抗力であり、ただの事故だった、といくら説明しようとしたところで、いかんせん言語が通じない。仕方なく地球側も異星人の攻撃に応戦せざるを得ない恰好になった。こうなったら仕方がない。アルマゲドンは一時休戦し、Ａ国もＩ国もＦ国も日本も、いや、もう国境を越えて地球全体が一丸となって宇宙人と戦わねばならなくなった。

8　国連会議室（ノーサイド）

「……全く。悲しいもので、人間という生き物は〝共通の敵〟を得たときにだけ団結する。宇宙人役の地球人の数千の命が犠牲になってしまったし、偽のＵＦＯ群を開発するためにも莫大な費用がかかったが、他の方法はなかったのだから仕方あるまい。さあ、そろそろ、宇宙人側は敗北を認めて退散したことにしよう」

宇宙人は退散した、地球は勝利した。国連が世界中のメディアに通達すると、地球は最上級の歓喜に包まれた。国境、人種、世代、あらゆる垣根を飛び越えて皆が素直に手を取り合い、地球側の勝利を祝ったのだ。

「これでしばらくは平和に暮らせるだろう。仮に、いつかまた地球にアルマゲドンの危機が訪れても、再び偽の宇宙人と我々は戦えばいいのだ――」

国連会議室での最後の会議を終え、国連幹部たちも静かに握手を交わして作戦の成功を祝った。

９　平和（再び１対１から２対２へ）

双子の兄弟の兄のほうが弟の頬を殴ると、弟も負けじと兄の横腹に飛び蹴りを見舞った。

いつもの兄弟喧嘩である。日々、原因はさまざまだが、どれも小学生らしい他愛のないものばかり。ゲーム機の取り合いや馬鹿だ馬鹿じゃないの言い合い。母親が、いい加減にしなさい、と一喝すると、しぶしぶ兄弟は体を離し、汚い言葉を投げつけ合いながら、それぞれの部屋に入って行った。

夕暮れになって、父親が帰宅する。疲れたの、暑いだのと愚痴をこぼしながらスーツを脱ぎ散らかし、靴下を脱ぎ散らかし、いつものように部屋着に着替える。しかし、そのがさつさが母親は許せない。結婚したときはこんなだらしない男じゃなかった、という類いの陰口を聞こえよがしに言う。父親も、うるせぇばぁ、と応戦する。この言い争いも毎日のことである……。

Ⅱ　エッセイ　似合う色の見つけ方

浮き浮きウォッチング

都心に程近い高台にある公園、時刻は夜十一時をまわったころ。朝方から日暮れまで降り続いた雨で辺りの草木はまだ濡れていた。それでも梅雨どきの湿気を帯びた生ぬるい風に追い立てられて、昼間の雨雲はすっかり退散してしまったようで、空には満月間近のぽってりとした月と幾つかの星が出ていた。

星と星の隙間で光の粒が放射状に広がったかと思うと瞬間消えて、横一直線にまた現れる。

僕はＵＦＯを見ていた。複雑で多彩なフォーメーション。ＵＦＯが夜空で暴れている。僕の頭では、湿気を吸って天然パーマが暴れている。我ながらひどい髪形だ。悲しい気持ちになってくる。ああ、これだから雨の日は嫌いだ。

この髪質のせいでというわけじゃないが、僕は湿っぽいことが基本的に何もかもみんな嫌いだ。気候だけじゃなく、湿っぽい小説も映画も音楽も、湿っぽい性格の人も嫌いだ。涼しい顔をしていても心の中は暑苦しくて湿っぽい、そういう高温多湿な性格の人は意外に多い。そういうタイプの人と長い時間一緒にいた日は、それだけで変に疲れてしまう。

湿っぽい人たちは大切なものが見えていないのだと思う。愛はいつもすぐそばにあるのに、それを疑ってばかりいたりする。愛なんてものはハナから「ない」と決めつけてしまっている人さえいる始末。何とも残念なことだ。僕はまったくの無宗教で、神もいないと思っているけれど、愛は信じている。愛こそすべてと思っている派だ。素敵じゃないか、愛。

夜空をゆっくり眺めるのは久しぶりだった。まさに、湿っぽい人と湿っぽい仕事をした帰りでひどく疲れていたが、それでもわざわざバイクを停めたのは、公園でひとりセンチメンタルを気取りたかったからではなく、通りかかったその公園にまつわる噂をふと思い出したからだった。

その公園には不思議なおばさんが出るのだという。その人は、よく晴れた夜にひとりで空を眺めていて、こちらが何をしているんですかと訊ねるとＵＦＯを見ているんですと答える。ほらとおばさんが指差すその彼方には、たしかに不思議な光が浮かんでいる――。ＵＦＯおばさん。どこか都市伝説的な胡散臭さを感じるし、そんな人はやはりどこにも見当たらなかったが、この公園がＵＦＯウォッチングの名所であることはどうやら間違いない。まさか本当にＵＦＯが見られるとは思いもしなかった。

ある朝、寝坊した。慌てて出掛けようとしたが財布が見つからない。まずい。このままでは飛行機に乗り遅れる。頭の中で昨日からの行動をプレイバックする。乱暴にソファの上でクッションをひっくり返し、いつも置くはずの棚の上、テーブルの上、昨日穿いていたジーンズやコートのポケット、鞄の底、机の引き出しの中（普段はそんなところに置くわけないのだが）、思いつく限りあらゆる場所を探す。仕舞いにはトイレの床に這いつくばってもみたが、ない。どこを探してもない。時計を見る。もう駄目だ、間に合わない！　呆然とソファに身を投げ出す。するとどうだろう。テーブルの上、財布はそこに堂々と置いてあった。なぜだ、ここは何度も見たはずなのに！

そういう経験が誰にもあると思う。そんな感じのことを井上陽水も歌っていた。そんな感じのことを故意に見せてＭｒ．マリックはお金を稼いでいる。さっきまでは絶対に「なかった」はずの場所に、探し物が突然「現れる」。探し物は探そうとすればするほど見つからない。見えているのに見えないものがあるせいだ。人間の目なんていい加減なものなのだ。

そこにあるのに見えない。そういうことは人間にとってよくあることらしい。その昔、アメリカの大地で暮らしていたネイティブアメリカンたちはコロンブスの巨大船が初めて岸にやってきたとき、それが見えなかったという説がある。その巨大船は当時の彼らの想像や知識の範囲をはるかに超えていた。その結果、彼らの目や脳には「そこにある」船がまったく「見えなかった」のだそうだ。

実際に宇宙人がいるかどうかは知らないが、なぜか僕はいままでにＵＦＯを何度か見たことがある。もしかしたらＵＦＯは四六時中飛んでいるのかもしれない。そしてそれは、本来みんなにも四六時中見えているのではないか。

普段何気なく空を見上げるときは誰もＵＦＯのことなんか考えもしない。当然、まさかいるとは思っていない。だからそのときのＵＦＯは「コロンブスの巨大船」的な意味で見えない。逆に、誰かがＵＦＯはどこかにいるはずだと躍起になって探したとする。しかし今度はいわゆる「探し物」的な意味で見えない。どうだろう、そんなふうにも考えられないだろうか。だからなかなかＵＦＯは見えない、と。

おそらく想像を超えた未知の物を見つけるには特別なセンスが必要なのだ。うまく説明できないが、五感に頼っていては理解できないものはある。第六感、シックスセンス。あるいは第七感。それはＵＦＯだけに限らず、愛についてもそうだし、ものごとの本質を探し出すときに重要な感覚のはずだ。目が見えるからといって、目に頼りすぎてはいけない。そういう心がけは普段の生活でも大切だと思うが。

今年もそろそろ稲川淳二の季節がやって来る。それにしてもなぜ夏になると怪談が流行るのだろうか。怖い話をいくら聞いたところで、単に怖いだけで、おかげで涼しくなったと感じたことなど一度もないのだが。

そこにいるのに見えない。もしかしたら幽霊もUFOと同じような存在なのかもしれない。でも僕は物心ついてから幽霊を見たことは一度もない。見えないほうが幸せだし、そもそも怨念だとかそういう湿っぽいものに僕は全く興味がないのだ。幽霊なんて存在自体が陰鬱で、考えただけで気が滅入る。こんなことを言うと丹波哲郎やその道の専門家に、幽霊と霊魂は違うとかで叱られそうだが、ともかく見えなくていい。

僕は愛を感じながらシンプルに暮らしていたいだけだ。第六感は愛のために使う。これからも幽霊とチューニングが合うような湿っぽい人間にだけはならないでいたいのだ。

深呼吸をひとつして天然パーマをヘルメットに押し込み、少し潤った心で僕はバイクに跨がって走り出した。UFOはもう見えなくなっていた。

ヒラメキの４Ｂ

ヒラメキたい。いいアイデアを。しかるべきときに、すっと。いい感じで、さり気なく。

音楽を作っていると、ときどき煮詰まる。ヒラメキが止まるときが来る。

ヒラメキの４Ｂというのがあるらしい。ベッド（bed）、バー（bar）、バス（bus）、バスルーム（bathroom）の頭文字をとって４Ｂ。これらはどれもヒラメキの生まれやすい場所なのだそう。きっとエジソンやアインシュタインは、さぞかし呑んべぇで、風呂好きで、不眠症で、乗り物マニアだったに違いない。逆にもしこれらすべてに当てはまる人がいたら、その人は天才かもしれないからいますぐに世紀の大発明にいそしんでいただきたいと思う。

「ベッド」

たしかに眠る前のベッドの中というのはヒラメキまくる。で、朝にはだいたい忘れている。これだとばかりに書き留めておいても、あらためて読み返してみるとまるで使えない、ということも多い。それでも、ポール・マッカートニーのように「朝起きたら〝イエスタデイ〟がまるっと一曲頭の中で鳴っていたんだ」なんていう例もあるくらいだし、ベッドはあなどれない。少しキザな考え方をするなら「ベッドは愛にいちばん近づける神聖な場所」とも言えそうだ。そういう意味でも、美しい魔法がベッドには宿っているのかもしれない。

「バー」

わざわざヒラメキを探しにバーに行ったことがないからわからないけれど、ヒラメキと酒。この相性はどうなのだろう。飲みながら浮かんだアイデアは、どれもそれなりのものが多い気がするけれど。

「バス」

公共の乗り物はいい。好きだ。車内はまるで目的の違う他人同士による偶然の組み合わせだから、そこには思いがけない風景が生まれる。そういうのは見ていると面白い。

「バスルーム」

バスルームにはそこにいるだけで、なんとなくリラックス効果があると思う。

考えてみると、シャンプーの途中に背後にオカルト的な気配を感じて慌てて振り返ったりしてしまうのも、実はバスルームでは感覚が研ぎ澄まされていることの証拠なのかもしれない。ホラー映画の見過ぎなどではなく、普段の暮らしでは気づけない「何か」を本当にキャッチしてしまっているだけなのかもしれない。まあ、インスピレーション（ヒラメキ）には霊感の意味もあるくらいだし。


先日、部屋で仕事をしていてピタッとヒラメキが止まったときのこと。

僕は渋々、掃除を始めた。頭の中がこんがらかると、まず部屋が散らかるらしい。人は頭の中を整頓出来なくなると、目に見える世界も整頓できなくなっていくのだそうだ。部屋はたしかに散らかり始めていた。

僕は「掃除好き」と「きれい好き」は別モノだと思っている。実際に僕が「掃除嫌いのきれい好き」なのである。「きれい好き」が過ぎて、自分の手も汚したくないから「掃除が嫌い」になってしまった、という。

それどころか、いつからか僕は「掃除」と「風呂に入ること」がどこか似ている気がして、風呂場に長居しないようになった。

きれい好きだから体が汚いのは嫌。だから毎日ちゃんと風呂場には向かう。でも、早く「きれいにする作業」を終わらせたい！　面倒くさい！　と思って、髪と体を洗ってさっさと出てしまう、おかしな人間になってしまった。今でも湯船には年に数回しか入らない。みんなは湯船で考えごとをしたりするのだそうだ。そう考えると、普通の人よりヒラメキを損しているのかもしれない……。

一向に気乗りしないままダラダラと部屋の掃除を続けていると、普段はあまり気にしない場所、ベッドと壁の隙間から細長い紙切れが一枚出てきた。

それは引っ越してすぐのころに部屋に大量の荷物を納めるためにさまざまな収納グッズを買ったときのレシートで、裏返すと黒いボールペンで「たくさんの〝たまに〟必要なものを持って暮らしている」と書かれてあった。少しの苛立ちが込められた、僕の字だった。過去にこんな言葉をヒラメいていたことなんて忘れてしまっていたが、なかなか的を射た言葉だと思った。

あらためて部屋を見渡すと、なるほど部屋には「たくさんの〝たまに〟必要なもの」が溢れている。住むためではなく、そういうものを律儀に保管するために部屋を借りているような気がしてくるほど。いったい、300枚のTシャツを、一度読んだきりの本を、聴き返す予定もない大量のCDを、この先僕はどうする気なのだろう。とりあえず全部仕舞ってあるだけだ。そこで僕は決心した。

「いくら持っていても使いたいときにすぐ出てこなかったら、それは持っていないのと同じことだ——」

だからいつか本当に必要なものが見つけにくくならないように、たいして要らないものは勇気を出して捨ててしまう必要がある。

奇しくも「掃除嫌いのきれい好き」がいちばん手っ取り早く部屋をきれいにする方法、それは物を捨てることだ。僕は部屋中の「あってもなくてもいい物」を、手あたり次第に捨てて捨てて捨てまくった。

ヒラメキたい。いいアイデアを。しかるべきときに、すっと、いい感じで、さり気なく。

部屋を掃除しながら思った。頭の中の記憶も同じように、バシバシ捨てたり、びしっと整頓できたりしたら、どんなにいいだろう。でも実際は、知ってしまったことは勇気を出せば忘れられるというわけではないし、結局そういう要らない知識や先入観が邪魔をして新しいヒラメキが浮かんでこないなんてこともよくある。まったく。

「いくら知識があっても使いたいときに思い出さなければ、それは知らないのと同じこと」

世界でいちばん整頓の難しい場所は、間違いなく自分の頭の中だ。

要らない知識や先入観を忘れたい。いっそ、バカになりたい（BAKA ni naritai）。

これが僕の5つ目のヒラメキのBである。

チャレンジ運転

福岡空港に着いて、僕はタクシーに乗り込んだ。車窓を流れていく景色はもうすっかり春だった。東京から着込んできた重たいコートを脱いで、窓を少しだけ開けると心地の良い風が入ってくる。

「長崎のハウステンボスとかってチューリップがいまごろすごいんだろうね」一緒に来た友人と話していると運転手が、「そうですね今がちょうど……」と割って入ってきた。土地柄もあるのだろう、気さくなその態度は好感が持てた。

料金メーターを見ると初乗り料金が東京よりもずっと安いことに気づいた。土地柄というのはこういうところにもあるのかと感心する。なんだかいちいち感じのいい街だ。住んでみてもいいかもしれない。人は誰でも楽しい旅行をするとその土地に住んでみたいと思ってしまうもの。だから、この感じはきっと幸先がいい証拠なのだろう。始まったばかりのこの旅が良い旅になる予感がした。

そんなことをぼやぼや考えながら、僕はふと何だか妙な違和感を感じて視線をデジタルの料金表示からその少し横のほうに移した。料金メーターの横に、見慣れないプラスチックのプレートが貼ってある。

「チャレンジ、無事故連続100日」

プレートにはそう書かれていた。運転手は相変わらず、福岡の桜はどこそこがきれいだ、とのんきに話を続けていたが、もう僕は彼との会話のいっさいが面倒になっていた。それどころじゃない。自然と笑いがこみ上げてきて、心の中では、今にも映画『TAXi』と『TAXi2』の同時上映が始まりそうだった。リュック・ベッソンにも教えてあげたい。すごいタクシーが福岡にはあるんだ、と。


プロだったら言ってはいけないことがあるだろう。それがたとえ真実だとしても。まさかこのプレートを見せられたところで、誰も、「わあ、タクシーの運転手っていつも死と隣り合わせなんですね、なんて儚くて美しい職業なの！」とはならない。

もし、入った寿司屋のカウンターに「チャレンジ、無事故連続100日」だったら。大至急帰るだろう。通報するかもしれない。保健所に。あるいは写真に撮って投稿する。VOWに。

もし、駆け込んだ病院の受付に「チャレンジ、無事故連続100日」だったら。保険証を嚙み千切り、癌も自力で治してやる、そう心に誓うだろう。あるいは写真に撮って投稿する。ＶＯＷに。

もし、デートで乗ろうとしたジェットコースターに「チャレンジ、無事故連続100日」だったら。ふたり手をつないで（おててのしわとしわをあわせてしあわせ）、どんなに怖いお化け屋敷にだって喜んで駆け込むだろう。あるいは写真に撮って投稿する。ＶＯＷに。

もし、飛行機の機体に「チャレンジ、無事故連続100日」だったら。いままでみんなありがとう。僕は今日まで幸せでした。父さん、母さん、大した親孝行もしてあげられなくてすみませ……。震える手で機内誌の余白に小さく愛ある遺書をしたためるだろう。降りたら投稿する。ＶＯＷに。

もし、原子力発電所に「チャレンジ、無事故連続100日」だったら。それはもう駄目だ。外人になる。地球の裏側で帰化してやる。そしてエアメールで投稿するんだ。ＶＯＷに。

車窓を流れていく景色をぼんやりと見送りながら、僕はさまざまなもしもを想像していた。

そう。プロだったらやってはいけないことがあるのだ。例えば――。

プロボクサーは喧嘩をしてはいけない。彼らの拳はもはや凶器扱いなのだという。まあ、それはもっともな話だろう。小学校の教師が「おたくの子は頭も性格も最悪です、出来ればいますぐ転校していなくなって欲しいです」なんてその子の親に言ってはいけないし、オリンピックの代表選手が「メダルなんて無理無理無理。プレッシャーとかキツいし、期待しないで下さい」とは言ってはいけない。そう。プロとはそういうものだ。

僕はプロのミュージシャンをしている。スターを夢見ている若者に音楽業界の仄暗い裏側を話したことは今までに一度もない。そういうことだ。いや、そういうことか？


タクシーが市街地へ入り、ダイエーの前を過ぎていく。がんばれ福岡ダイエーホークス、と書かれた垂れ幕が掲げられていた。さすが福岡。そうか、今年ももうすぐペナントレースが開幕するのか。

僕は小さいころ、プロ野球選手になるのが夢という、子供らしい子供だった。そのころからずっと阪神タイガースのファンで、去年の日本シリーズ（福岡ダイエーホークスVS阪神タイガース）では、苦い思いをした。今年はもうがんばらなくていいんだぞ、ホークス。心の中でつぶやく。

プロ野球選手という夢を諦めた今でも、僕はプロ野球中継を見るのが好きだ。その理由はひとつ。選手の面白い顔が見られるからである。当然だけれど、バッテリーは打者心理の裏を読んだり、逆に真っ向から力でねじ伏せようとしたりする。打者は打者で気迫の構えでボールを待つ。一球一球に一流の駆け引きがある。

　まあ、こういう駆け引きは野球に限らず、スポーツなら全般的にそうだとは思う。でも、野球の場合、テレビカメラによって選手の表情がいちいちアップで映し出されてしまうという点において、他のスポーツとは大きく異なる。野球はサッカーやバスケとは違って一球ごとにいちいちプレーが止まる、鈍くさいスポーツだ。どちらかというとゴルフなんかに近い。そのせいで選手の顔色が一球ごとに全国ネットで暴かれていくわけだ。

　読心術、というわけじゃないが、顔には未来（結果）がもうすでに表れていることが多いと僕は思う。ピンチのとき、打たれる投手は投げる前から「打たれそうな顔」をしているものだし、逆にチャンスのときに打つ打者というのは打つ前から「打つ顔」をしているものだ。それに気づいたのはいつだっただろう。それ以来、野球中継を見るのが俄然楽しくなった、という記憶がある。見れば見るほど、いつも選手は例外なくいい顔をしている。

　そんなわけで、僕にとってのプロ野球の面白さは、イコール選手の顔の面白さである。気迫みなぎる表情で打者をねじ伏せる「プロ」の投手の精悍な顔つきに感銘を受けたいし、弱気な目つきでやっぱり打たれる「プロ」の投手の瞳の奥にドラマを感じたい。プロ野球選手になれなかった僕の目はいつしか「プロ」の目つきを観察するようになった。

ふとバックミラー越しに運転手と目が合う。彼の目はプロの目だろうか。

目的地のホテルまであと少しというところで細い路地を左に折れると、そこで事故が起きていた。タクシーと白い国産の乗用車がハザードランプをせわしなく点滅させながら停まっている。車の横で警官とタクシー運転手が立ち話をしていた。

「チャレンジ、無事故連続100日」

それはもしかしたら、他のタクシー会社よりうちは安全ですよ、というアピールだったのかもしれない。

ホテルに着いて、つり銭を受け取るとき、運転手の目は穏やかに微笑んでいた。彼も三ヵ月のうちに事故を起こすのだろうか。ホテルの前でわずかに咲き始めている桜の花よりも、運転手の笑顔は儚く見えた。

from 新居 with love

東京に住んで六年。このあいだ、三回目の引っ越しをした。

自分では気づかなかったのだけれど、普通からするとこれはハイペースなのだそう。賃貸物件はだいたい二年で更新をするものだが、思えば僕は更新というものをしたことがない。それは単純に、更新したい物件に住んだことがないからなのだけれども。

まあ、こう何度も引っ越しをしていると物件を見る目も肥える。少しぐらいのことでは納得しない。さすがにパチンコ玉を床にばら撒いたり、天井裏に頭を突っ込んで配管の設計の具合を調べたりまではしないが、何十件も内見するし、珍妙な間取りの笑える物件があれば物見遊山気分で見に行ったりもする。学生時代に引っ越し屋でアルバイトしていたせいか、引っ越すという作業自体がさほど億劫でもない。もはや僕の場合、引っ越しが趣味と言っていいのかもしれない。

家賃、陽当たり、間取り、デザイン、収納、築年数、広さ、音漏れ、騒音、階数、駅からの距離、都心までの交通の便、近所の商店街やコンビニの有無、駐車場の有無、ぺット可、バイク可、ピアノ可、条件は挙げ始めたらきりがない。

僕が東京で初めて住んだ物件は、陽当たりがよすぎた。エアコンのリモコンには設定温度と現在の室温とが表示されるものだが、その部屋のリモコンには夏になるといつも「設定温度18℃、室温H」と表示されていた。Hというのはおそらく HIGH の略で、つまりは計測不能ということだ。そのままエアコンを三十分ほど運転させて、ようやく「室温36℃」と表示される。まるで温室のビニールハウスを冷やしているようなものである。だが毎日そこまでして耐えても、当たり前に超高額な電気料金を請求される。理不尽だ。二回目の夏が来たとき、「もう我慢できない！」迷わず引っ越した。

次に住んだ物件は、場所が閑静すぎた。高級住宅街の真ん中で辺りには緑が多く、窓からは小鳥のさえずりや虫の声くらいしか聞こえてこない。近所には飲食店やスーパーはおろかコンビニすらなく、最寄り駅までは徒歩三十五分。マンションに住む者の中で車を持っていないのは僕だけで、誰もかれもみな高級外車に乗っていた。僕はバイクには乗っていたが、それでも雨の日はとにかく不便で、家に食べるものがない大雨の日などは何度も餓死しかけた。タクシーも通らない場所で、乗るときは電話で呼ぶしかなく、当然、そんなへんぴな場所に友人はほとんど遊びに来てくれなかった。だんだん自分から出かけるのも億劫になって部屋にばかりいた。静かに時が過ぎ、孤独な二回目の夏が訪れたある夜、ふと見ると窓の網戸に野生のカブトムシがとまっていた。そっと捕まえたら、なんだか急に切なくなった。「おれ、もっと外に出てみんなと遊ぶ！」都心の近くに住もうと決心した。

次に住んだ物件はデザイナーズ物件だった。外観はコンクリート打ちっぱなし、中も洒落た感じで新築、都心にも近い。最寄り駅からも徒歩七分と悪くない立地。近所に商店街もある。いい物件だと思った。しかし、住んでみるとその物件は北向きの一階で、まったく陽当たりがなかった。よく晴れた昼間でも部屋の照明を点けねばならず、その照明がまた洒落たカフェのような柔らかい間接照明だもんだから、朝から妙にまったりとしてしまい、すぐ眠くなる。気分も身体も常にだるい。体内時計は日毎に狂っていき、すぐに生活は無茶苦茶になった。遊びに来た友人は、すごく落ち着くね、と部屋を褒めてくれたりもしたが、それは溜まった湿気で壁の隅に真っ黒いカビが生えていることを知らないからだ。エアコンから吹く風も常にカビ臭い。四度目に来たエアコン清掃業者に「毎回ちゃんと掃除してるんですよ」と思いがけず言い訳をされたとき、急に悲しくなり、「おれ、太陽の下で明るい生活がしたい！」引っ越そうと思った。

そして引っ越してきたのがこの部屋だ。まだ住んで間もないが、欠点にはもう気づいている。今度は繁華街の只中にあるせいで夜中でもガヤガヤとうるさくて気が休まらない。幹線道路沿いで車の騒音もひどい。「また失敗か……」もう泣きたくなる。

僕も初めのころは、まるでこの東京のどこかに最高の掘り出し物件があるかのような幻想を抱いていたが、最近はいい加減気づいてきた。おそらく、いくら探してもそんなものはない。仮にそう思えるものに出会って、そこに住んだとしてもどこかに必ず不満は出てくるものなのだ。

きっと、驚くほど高額な家賃を払わないと満足いく物件になど住めないのだろう。それでも高額というのは欠点だし、「これだけ高い家賃払っているんだから」というような気持ちがあるうちは、また不満が出てくるはずだ。と、考えると満足のいく家に住むには結局のところ、家賃が気にならないほどに働いて稼ぐしかないのではないかという、寂しい結論に到達する。働かざる者愚痴るべからず。まずは、ふところに余裕が必要なのだろう。

——と、ここまで書いておいてなんだが、僕は何も愚痴が言いたいわけじゃない。今回は「部屋選び」に喩えて「恋人選び」の話をしてみたいのだ。

両者はよく似ている。どちらも星の数ほどある中からひとつあるいはひとりを選ぶ作業だし、欠点のない部屋や人間は存在しない。ここに登場したそれぞれの部屋を人に喩えるなら、無駄に金のかかる人、育ちはよいけど地味で束縛のきつい人、お洒落で美人だけどものすごく湿っぽくて暗い人、明るくてがさつでうるさい人、といった感じだろうか。こうやって文字にしてしまうとどれも魅力的な人ではない気がするが、初めのうちは相手のいいところだけが見えていたから選んだわけで、そういうのは恋愛にもよくあることだと思う。

愛は与えた分だけ返ってくる。心が貧しくて相手に与えられるものをあまり持っていない人ほど、相手に多くを求めてしまう。それは「自分が支払う家賃」と「与えられる部屋」の関係に似ている気もする。

不満ばかりで、分をわきまえず強欲な人はいつまでたっても幸せになれないのだろう。人も部屋も悪いところを探したらきりがない。いいところを見て素敵だと感じながら暮らすほうが何倍も楽しくいられるのだ。

僕はもう新居の騒音はすっかり許した。もしかしたら二年後、初めての更新をするかもしれない。それくらい今は快適に暮らしている。

もうすぐクリスマス。パートナーがいる人もいない人も、いつも心にゆとりを忘れずに。以上、新居から愛を込めて。メリークリスマス。

ポケットから生まれた男

この連載もさらりと9回目を迎えた。新年を迎えても、学生時代から組んでいた大切なバンドが解散してしまっても、何となく、こんなふうにさらりと続いてくものらしい。何だかなぁであるが、連載には別に罪はない。仕事である。脳と心の正常な部分を使って、何とか書かねばならぬ。

この連載のタイトル「Opportunity & Spirit」はアリゾナ州在住のソフィ・コリンズちゃん9歳がつけてくれたものである。本当の話だ。「Opportunity」と「Spirit」。どちらも素晴らしい言葉だと思う。ちなみに意味はこう。

Opportunity…①機会、好機　②出世（昇進、向上、目標達成）の機会（見込み）

Spirit…①精神、こころ　②霊、霊魂、幽霊、悪魔　③気分、精神状態　④気力、勇気、気迫、情熱

僕はソフィ・コリンズちゃんのことをよく知らないが、言葉のセンスからするに、おそらく快活でポジティブな性格の持ち主なのではないかと思う。

とはいえ、まさか本当にこの連載のためにアメリカ人の少女が命名してくれたわけはなく、この「Opportunity」と「Spirit」という言葉は、一般公募によって決められたNASAのマーズ・ローバー（無人火星探査船）の名前なのである。21世紀、世界中の宇宙技術の粋を集めて開発された2台の火星探査船の名前が「Opportunity」と「Spirit」と知ったとき、僕の心にはぐっと来るものがあって、それを拝借させてもらったのである。

ぐっときたポイントはふたつ。

ひとつ目は、発射のときにあった。はじめに「Spirit」が地球を発ち、無事に軌道に乗ったところで、「Opportunity」が発射された。つまり、NASAは文字通り「Spirit（NASAの情熱）」を先に火星へ向けて飛ばした。それが成功してはじめて、いよいよ「Opportunity（目標達成の見込み）」を送り込んだのである。NASAの意外な人間臭さが漂ってくるようで素敵だ。7年前に送り込んだ火星探査船の名前が「Sojourner（一時的な〝逗留《とうりゅう》者〟の意味）」だったことを考えると、NASAもそれまでとは気合いが違ったのかもしれない。

ふたつ目の理由は2台の火星到着後の関係性だ。万が一、どちらかが故障して正常に機能しなくなってしまった場合、片方がもう片方のミッションを代わりに受け持つこともあり得るのではないか？　と思ったのだ。生命体もいない荒れた火星の地表で、ふたりぼっちの機械同士が助け合う。しかも名前的には、それはこういうことだ。「壊れてしまった情熱」を「目標達成の見込み」が救う。あるいはその逆に、「壊れかけた目標達成の見込み」を「情熱」が救うということも考えられる。字面だけで見れば、まるでヒューマンドラマの感動的なクライマックスシーンのようだ。おそらく感動モノのハリウッド映画のあらすじをドラスティックに要約したら、どれもこんな感じだろうと思う。そんなほほえましいことが、火星で機械たちによってひっそりとおこなわれているかもしれない。なんだか、考えただけでちょっといい気分になってくる。

そういうのは他にもあって、行き先を見失ってさまよう「Spirit」、いっこうに進まなくなってしまった「Opportunity」というのも（字面的には）絵になる。この2機の名前は結構何でもハマるのだ。ナイスだ。さすがはNASA。気が利いている——。

ネーミングの妙。僕はいつも、曲であろうが何であろうがタイトルをネーミングするときは、「気が利いているかどうか」がいちばん重要だと思っている。僕にとって「Opportunity & Spirit」は、その思いを象徴するような言葉なのである。

僕が小学三年生くらいのときのことだった。

ある日、新聞を読んでいた父がひとつの記事を指して言った。

「ほら、この人の名前をお前につけたんだ。見ろ、市長に当選したんだぞ。お前も、せめてこの人は超えろよな」

知らないオッサンの写真が載っていた。巨大な達磨の前で、歓喜に顔をひん曲げてバンザイをしている。父の顔は冗談を言っている様子ではなかった。

「お前が生まれたときに、ポケットにこの人の名刺が入ってた」

僕には兄がいる。父が言うには、兄の名前を考えたとき、その大変さを嫌というほど思い知ったのだという。僕が生まれたときは、もう名前を考えたくなかった、らしい。それで僕が生まれた瞬間、偶然ポケットに入っていた名刺の名前をつけた。父いわく「運命に賭けた」らしい。こうなるともう、「伊奈かっぺい（地元青森の有名タレント）」かなんかの名刺が入っていなかったことを喜ぶしかない。

親の名前の一文字を継いだわけでもない。歴史上の偉人から取ったわけでもない、ただの一般人、しかも恩人でもなければ、親友でもない、知り合い程度の他人から取った名前。人間の命名の理由で、ここまでいい加減なものはなかなかないだろう。

それでも、それを聞いて僕は不思議と悲しい気持ちにはならなかった。むしろ、少し爽快感があったくらいだ。

その十年後、僕はギターを始め、「スーパーカー」というバンドを組む。バンド名を決めたのは僕だ。理由は特にない。言葉の響きで選んだ。デビューシングルのタイトルは「クリームソーダ」。歌詞の中にクリームソーダが出てくるわけでもない。何となく言葉の響きでつけた。ファーストアルバムのタイトルは「スリーアウトチェンジ」。もちろん意味はない。これも言葉の響きで適当に。

デビュー当時の僕は、タイトルをつけるのがとにかく嫌で仕方がなかった。歌詞を書くのは好きだったがタイトルづけがとにかく苦手で、毎回おざなりにつけていた。今思うと、あの嫌悪感は遺伝だったのかもしれない。その頃の曲タイトルを見直してみると、あまりに無意味なものばかりで、我ながら呆れる。

子供が生まれるのは嬉しいが名前を考えたくないという父親の気持ちが、僕には何となくわかる気がする。そして、そこで自分の気持ちに正直に本当に何も考えずに名前をつけた父親の、その勇気とセンスはかなり気が利いていると思う。あっぱれだ。

その父親に敬意を表して、彼がこの名前に込めたたったひとつの想いだけは叶えてあげたいと思う。誰だかよくわからないが、僕はあのオッサンにだけは絶対に負けない。絶対に。

DANCE IN THE BOOOOOM

木を見て森を見ず。
この言葉の意味が最近になってようやく身にしみてわかった。細かいことにこだわりすぎると全体を見失うことの喩え。いい言葉だし真実を言い得ていると思う。木も森も見なければ、肝心なことを見落とすのだ。

いよいよ、お笑いに本格的なブームが訪れた。僕は以前からお笑いが好きだったから、正直、内心では戸惑っている。

つい数年前までお笑いシーンは迫害されていたとさえ言ってよかったと思う。例えば、友達の誰かを「週末、お笑いのライブに行くけど一緒にどう?」と誘ったとする。すると「……はぁ。あんた大丈夫?」と、ノイローゼの人に語りかけるようなやさしいんだけど突き放した感じの冷静な口調で返事されるのがオチだった。それほどに悲惨な状況だったのである。

なぜか音楽や映画、演劇、そういうものと比べてお笑いはエンターテインメント界での地位が低かった。お笑いはテレビでタダで見るもの。わざわざお金を払って無名のお笑い芸人を見に行くのはかなりカルトで痛い趣味、という風潮があった。それが、ここ一年半くらいだろうか。状況が一変した。若手お笑いブームの到来。最近では人気芸人のライブになると、逆に誰を誘うかで悩むことすらある。すごい。変われば変わるものだ。

そもそも人間は、基本的に「笑顔になりたがっている生き物」である、というのが僕の持論で、その考えでいくと辛気くさいインテリ映画や、小難しいオシャレ音楽なんかよりも、お笑いというのはエンターテインメントとして断然、優れていると思う。「あなたを笑わせます」と宣言してお金をとる職業。なんて潔い職業だろう。「よくわからないけど……なんかいいらしいよ」という感じで、つまらない映画がぼんやりと高い評価を得ているケースはよくあるが、お笑いにはそんな甘えは許されない。客は「面白くなければ笑わない」だけである。そう考えてもやはりお笑いは大変なオシゴトである、と思う。

世界中に星の数ほどあるオシゴト。その中で、僕は作詞を生業にしている。作詞業もそろそろ十年が経つ。十年間も、いったい何を書くことがあるのかと自分でもたまに不思議になるが、それでもこうやって長い間続けている理由は「言葉そのものが好き」ということに尽きると思う。

線や点が文字という記号を形成して、その組み合わせが言葉として何らかの意味を連れてきて、そこに発音があって、さらに音楽と相まってついには人の感情を揺らす。もう、それは、たいへんに素敵なことだ。「しぬ」はただの三本の曲線の組み合わせでしかないのに、その記号はものすごく大きなものを指している。そういう美が言葉にはある。言葉や文字のパズルは存在それだけでもうすでに立派なアートだと思うことさえある。

僕の好きなお笑いと作詞というオシゴト。もしかしたら、僕がお笑いを好きなのは「言葉」を新鮮な角度で聞けるからなのかもしれない。「やい」「あたしゃ認めないよ」そんな普通の言葉を（普通じゃないか？）、新鮮に聞こえさせて、他人を笑わせてしまうなんてすごい！と。この、言葉を扱うことが芸で、さらにその芸というのが、歌詞なんかと違って他人の笑顔へだけ直結している。これはもう、なんか漠然とかっこいいとしか言いようがない！

――というようなことを、あまりに熱く他人に語ると、いくらお笑いが市民権を得た今だとは言え、まあ当然、気味悪がられる。だから気をつけている、つもりだった。その辺のことはよくわかっている、つもりだった。こういうのが「木を見て森を見ず」なのだ、と。しかし。

ある日、こんなことがあった。

数人の友人とお笑いの話をしていて盛り上がり、少し熱っぽくなってきたところだった。

「はなわって、いちいち歌にするよね」

友人のひとりが、ぽつりと言った。まあ、別に間違ったことは言っていないわけで、その発言に対しては誰もリアクションせず、なんとなく流れた。でも僕はなんだか妙な違和感を持った。

そして話が進むうち、その彼はまたさらりと言った。

「はなわの髪形って変だよね」

さすがに僕はハッとした。それは、知り尽くした感のある自分の暑苦しいフィールドを、爽やかな風が吹きぬけていった感覚だった。

たぶん今、健全な若者ではなわがいちいち歌にすることだったりあの髪形だったりを、わざわざ「変だ」と言う人はそういない。たしかにあれは変な歌だし髪形だが。その友人はお笑いに疎いわけではない。むしろ好きなほう。もうひとつ言えば、彼は天然なタイプでもない。それでも、そういう角度の目線も持ちながら、お笑いを（少なくとも、はなわのことを）見ていた。なんだか僕はドキッとした。

「おれはブームなんか関係なくお笑いが好き」的スタンスでクールにしていたつもりだったけれど、そもそもそういうのがいちばん痛いんじゃないか？と、はたと思ったのだ。だいいち、いくら通ぶったところで、結局、みんなと同じ目線でお笑いを（少なくとも、はなわのことを）見ていたわけで。本物の「ブームに踊らされていない目線」の人間というのは、彼のような人間なはずなわけで。

思えば、急激にお笑い番組が増え、日替わりで画面に新しい若手芸人が現れてはテレビを賑わす様子を、初めのうちは親心のようにウキウキと、途中からはもうただ意地でゼエゼエと、僕は録っては見て、録っては見ていた。最終的にはやけくそでハードディスクレコーダーを駆使している自分がいた。

ついこの間の正月も、M-1の最終予選（敗者復活のワイルドカード）で、極寒の野外で使い捨てカイロを握り締めながら一日で漫才を六十本見た。そんなもの、正気の沙汰じゃない。お笑いブームに踊らされていない気分で、完全に踊らされていたわけだ。

そのうち、仕事柄、お笑い芸人の友達も何人か出来た。ときどきは彼らと飲みに行くこともあった。なかには酔って、自分のお笑い論を熱く語ってしまった夜もあっただろう。だとしたら、ああ……。最悪だ。恥ずかしすぎる。

だいたい何についても言えると思うが、基本的に熱く語るのはまずい。人が「熱く語る」ときの内容なんて、ほとんどが嘘なんである。雄弁に語る、それはイコール自分で自分を演出しているだけ、というケースが多い。つまり、お笑いについて熱く語るというのは、笑いをわかっている自分、を演出したいわけだ。ほらこのとおり。やっぱり、まずいことになるのだ。

わざわざ「塩ってしょっぱいよネ！」なんて口にする人はいないわけで、当たり前に自分がわかっていることを人は本来、口にしたり語ったりしない。わかっていない人ほど、わかったふりを取り繕おうとして熱く語ってしまうのだ。恋愛について、仕事について、音楽について、芸術について、人生について、誰の周りにも語りたがりは案外多い。ところがよく気をつけて聞いてみると、求めていないのに勝手に語りだす人の話というのは、だいたいどうでもいい話ばかりであることに気づく。

僕は青森の田舎で育った。子供のころ民放のテレビ局は日テレ系とＴＢＳ系の二局しかなかった。当然、見られる番組は極端に少ない。でも、あのころのほうが、僕は冷静に「森」を見ることが出来ていたのだろうと思う。まあ逆に言えば、あの町にはどう頑張っても「森」程度のぼんやりした情報しか入ってこないということなのだが。

父さん、母さん、久しく帰れていませんが、元気で暮らしていますか。東京は今日も情報の洪水です。僕はこれ以上恥をかかないために、今年はこの言葉を肝に銘じて暮らそうと思っています。木を見て森を見ず。木を見て森を見ず、と。

誕生日を祝う理由

「あなたが来る度に僕は寿命が縮む思いです。実際、毎年あなたが来ることでどんどん体力を奪われているような気がするのですが……」

「当たり前だろう。何だ、お前、いまごろ気づいたのか？　おれは毎年、お前の寿命の残り数年分と引き換えにちょいといい情報を教えてやるために来ているんだ」誕生日が冷たく男を見返した。

「えっ、情報？　そんなの聞かされた覚えありませんよ……。いつもあなたは勝手におしかけてきて、僕が戸惑う様子を見て面白がっているだけじゃないですか！」怯えながら男が怒鳴った。

「ははは。そうかっかするな。お前もそのうちこの言葉の意味がわかるようになるさ。先は長いんだ、仲よくやろうぜ」誕生日の態度には余裕がある。男の腹の内はすべて知っているといった感じだ。

「さ、さ、先は、長い？　冗談じゃない。あ、あ、あなたさえ来なければ、ぼ、僕はもっと長く生きられる！　……あ、い、いや、すみません。でも、あなたの、その、威圧的な態度、ど、どうにかなりませんか。あのころ僕はあなたに会えるのが楽しみだったんですよ……？」

誕生日が大きくかぶりを振った。

「いいや。お前が楽しみにしていたのはプレゼントのほうだろう。おれを待っていたわけじゃない。おれとサンタクロースの区別もつかなかった」

「今はわかりますよ……。サンタクロースはあなたのように見返りを求めない……」

短い沈黙があって、男がついにキレた。

「つ、つつ、罪もない人間の命を盗んでいくなんて、あなたのしていることは悪魔と一緒じゃないか！」

「何だ？　何を言いたい？　昔みたいにニコニコしていてほしいのか？　じゃあ、初めからそう言えよ。僕は子供です。子供扱いしてくだちゃい、と。さあ、ほれ。泣け、叫べ！」

「ふ、ふざけるな。あんたに罪の意識はないのか！　もういい。僕の人生を返してくれ。僕の命だ、今すぐ全部返せ！」

誕生日の目の奥が光った。

「ふん、返してやってもいいぞ。ただし条件がある。おれがいままで教えた情報もそっくり返してもらうが、それでもいいか？」

「ああ、いいさ。だいいち、あんたから教わったことなんか何もない！」

誕生日がにやりと笑う。

「わかった。ふふっ。ではまず一年分の命を返してやろう」

誕生日がそう言うと、突然、男の脇腹に大きな傷が現れた。続いて左耳にピアス穴が開き、小さな十八金の十字架がぶら下がった。髪型が半端な金髪のベッカムヘアになった。男は自分の変化に気づいていない。

「もう一年分の命を返してやろう」

今度は男の外見に変化はなかったが、性格が卑屈になった。素直な人間を馬鹿にするようになった。またしても男は自分の変化に気づいていない。

「さらに一年分の命を返してやろう……」

誕生日は男の命を少しずつ返していった。それに比例して徐々に男の内側と外側が醜く変化していく。

男は前歯がなくなった。掛け算の九九を忘れ、簡単な漢字も読めなくなった。愛を鼻で笑うようになった。異常な見栄っ張りになった。仕事をしなくなった。上下ジャージになった。あらゆる音楽のよさがわからなくなった。女を物として扱った。声が変になった。嘘つきになった。くさい香水をつけるようになった。友達がいなくなった。金しか信用しないが、そのくせ貧乏になった。

　男に二十年分の命を返し終えたところで誕生日が悲しい表情で話しかけた。

「動物が進化し、姿を変えてきたのは死の恐怖から逃れるためだ。永遠に生きられると知ったら生き物は学習や努力をやめる。死の恐怖がなければ進化をやめてしまうのだ。気づかなかったかもしれないが、お前自身も少しずつ進化していた」

　だが、男はまったくのうわのそらだ。誕生日の話など聞いていない。

「いまのお前には、自分の健康への配慮もない。他人を気遣うやさしさも消えた。このまま生活は荒んでいく一方だろう。それは相当ダサい。こんなダサい状態のまま永遠に生き続ける、これほどの悲劇は他にないと思わないか」

　男は鼻から鼻水を、口から涎の糸を垂らしながら、懐から取り出したバタフライナイフを振り回し、ろれつの回らない口調で答えた。

「うるへぇ。くだらねぇ説教なんていいからよぉ、おれぁ死にたくねぇんだよ。えへへ。あはは。早くおれのいのち全部返せよぉ」

　男はもう完全な間抜けの面だ。さっきまでの面影はない。そこへ誕生日が諭すように続けた。

「おれは一年に一度、ありのままのお前の姿を教えに来ていたんだ」

　毎年、たしかに男と誕生日の間にはたいした会話はなかった。しかし、男は誕生日の冷たい瞳の中に映った自分の姿を見て、ふと我に返り、将来に焦り、悩み、苦しみ、もがいた。恰好の悪い部分をなおし、自分を戒めようとした。まさに少しずつ進化していたのだ。そしてその「進化」にまつわる悲喜こもごもが、男の人生に美しい彩りを添えてきた。それなのにこの男は——。

「更にもう一年を返してやろう」

うん、と男が威勢よく頷いたその直後だった。永遠に生きるということ自体が急に退屈に感じられて、思いつきで手首を切り、男は自殺してしまった。誕生日が男の亡骸を見下ろして静かに言った。

「おれが命を返したからといって永遠に生きられるわけじゃない。生きることに何の喜びも感じなければ、それはそれで勝手に死んでしまう」

ぼやぼやしていると誕生日が来る。みんなも気をつけたほうがいい。僕も先日、ふいに二十七歳になった。今回も当たり前のように誕生日を祝ったが、なぜ祝うのか僕は実際のところ、よくわかってない。死へのカウントダウンには変わりないだろう。だからもうこれからは、こんな感じで自分の「進化」を祝っているのだと納得することにした。まったく。誕生日ってやつはいつも少し気が早い。時間に厳しくて、絶対に遅刻しない。こっちに心の準備が出来ていようがいまいがお構いなしだ。しれっとした顔で、少し早い時期から僕の心のデリケートな部分に土足でずかずかとあがり込んで来たかと思うと、どっかりと腰を下ろして、ひとこと「んで、お前これからどうすんの?」と、こうだ。まったく気の利かない、無礼なやつだ。でも、まあ仕方がない。こいつが来ないといまごろ僕は、まずいやつになっていたか死んでいたかのどちらかなのだから。

第一印象を終わらせろ

好きな食べ物は何？　と訊くのが最近、面白い。口べた同士のまるで会話の弾まないお見合いのワンシーンのように、それまでの会話の流れを完全に無視して唐突に訊くのが特にいい。ふいに、好きな食べ物は何？と。「ええっ？……タコかな」急に訊くと案外、みんな変なことを答えがちだ。「ま、鱒寿司！」「べ、べ、紅生姜！」「マンゴー！」本当はもっと好きな食べ物があるのだろうけれど、いきなり訊かれると、だいたいみんな変な食べ物を言う。その人の意外な一面が見えて面白い。

僕が急にこんなことを訊くようになったのには理由があって、最近、食べ物をよく嚙むようにしたのだ。なるべくしっかり嚙んでから、飲み込むことに。

それまでは人よりも食べるのが早かった。数回嚙んですぐ飲み込み、飲み込んだらすぐ次を口に放り込み、また数回嚙んだらすぐ飲み込む。仕事が慌しかったり、イライラしていると、食べる速度はさらに増していく。あるときから僕の食事は餅飲みのオヤジのようになってしまっていた。太った人がよく「カレーは飲み物だ」なんて言うけれど、僕もカレーどころかハンバーグあたりまでは飲み物と呼べそうな勢いだった。

早食いは見た目にも醜い。そもそもマナーとしてもあまりよろしくない。そして当然そんな無茶苦茶な食事は胃を痛める。いいことが何もない。早食い、それはデメリットのデパートである。ストレスと相まって僕の胃は完全に悲鳴をあげていた。

僕はスローライフとかスローフードとか、そういうほんわか思想にはまったく興味はないのだけれど、胃は守りたい。というわけで、僕はよく噛むことを始めたのである。よく噛むようになってひとつ気づいたことがある。どうやら僕にも食べ物の好き嫌いがあるようなのである。噛み始める前までは、嫌いな食べ物なんてなかった。でも、よく噛むということは必然的に食べ物は長い時間口の中に居続けるわけで、そうなると食べ物は口の中でだんだん本来の味というか姿というか、とにかく今までとは違う味や食感を醸してくる。

口の中に長居されると甘い食べ物はだいたい甘過ぎるし、辛い食べ物はだいたい辛過ぎる。適当に作られた料理は、噛んでいるうちに見事なまでに不味くなっていく。

僕は、はたと気づいた。今まですべての食べ物の味を誤解していた！　と。早食いなせいで、第一印象だけで「好き」と「嫌い」を判断していた。いや、もしかしたら、まだ第一印象すら終えていないのかもしれない――。

　先日。ミュージシャンを目指している若者たちといたときのこと。

ある外国のバンドのライブDVDを見ようということになった。僕はそのバンドの古くからのファンだが、彼らはそのバンドを知らなかった。画面を通してではあるが、いわばその日が初対面である。僕は、きっと彼らにとって何か感じるものがあるだろう、勉強になるだろう、と思ったのだ。

　再生ボタンを押すと画面には、ギターをかき鳴らし、汗をダラつかせ、顔をひん曲げ、絶叫する外国人のオッサンが現れた。ああ、なんて素敵なロック姿だ。と、僕はあらためて感心していた。ところが。

「あ。この人、〇〇先輩に似てない？」

「うわ、ホントだ。めっちゃ似てる。っていうか、あの人にも似てない？　あのスキージャンプの」

「あ、原田？」

「そう、そう。それ」

「えーっ？　あ、でもそうかも。うわ、でも〇〇先輩そっくり。首。すっげぇスジ立ってる。へんな顔」

そんなどうでもいいことを喋っている間に一曲終わってしまった。誰に似ててもいいじゃないか。明日でも、いや、来年にだって、そんな話はできるし、なんなら、しなくたっていいじゃないか。いまは肝心な「出会い」のときで、もっとちゃんと「見る」べきときだろう? そんな僕の思いも虚しく、次の曲が終わるころには、彼らの無駄話はもう完全にオリンピックの話に移っていた。

彼らは、せっかくの出会いを、第一印象が終わる前に「無駄話」という自らのアクションで塗りつぶしてしまった。悔しいから、僕もオリンピックの話に乗ってみた。原田失格。青森のカーリング娘。今井メロのラップ。どれも、素敵なロックミュージックが鳴っているときには、どうでもいいことばかりだった。

「自分から何かアクションを起こすときは、第一印象を終わらせてからでないといけない」

それ以来、頭の中にそんな言葉が貼り付いている。

今までを振り返っても、初めて会ったときに感じた印象というのは、結局のところ、だいたい的を射ていた気がする。第一印象で軽薄そうな人は結局いつかは軽薄な本性を現すことが多かったし、第一印象でこいつとは気が合いそうと感じたらだいたいその後も長く気が合うし、面白そうな奴だと思ったらやっぱり面白いし、変態の人はのっけから変態の目をしている。そういうものだ。

だから、会って一秒なのか、一分なのか、一時間なのか、果たしてどこまでを第一印象と呼ぶのかはわからないけれど、とにかく第一印象をきちんと終わらせてから行動を起こすというのは大切なことだと思う。

「おれおれ詐欺」なんかいい例だ。他にも、「いつもダメな男に痛い目に遭っている」みたいな女性も、単に「男を見る目がない」わけではなくて、いつも第一印象を自らの過剰なアクションで塗りつぶしてしまっているせいかもしれない。ついつい無駄な買い物をしてしまう人も、第一印象が終わる前に、早々に購買という行動を起こしてしまっているだけなのでは――。

ということは、裏を返せば、「怪しい電話には必ずどこかに怪しさが潜んでいる」はずなわけで、「誰の顔にもちゃんとそれまでの生い立ちが刻まれている」はずだ、ということになる。「華やかな商品広告の裏側には綿密な宣伝会議が仕込まれている」はずなわけで、ということになる。そうなると問題は、それにどこまで気がつけるかだ。「真実」や「正体」は第一印象の中にちゃんと「ある」のに、僕たちはいつも先入観や、会話や、駆け引きにだまされていろいろなことを見逃してしまう。

最近、食べ物を食べなおしている。食べなおしている、この表現が正しいと思う。

噛むようになってから妙にイカが好きになった。イカ、うまい。「スルメは噛めばかむほど味が出る」なんて言葉は知っていたけれど、実際には今までにスルメをそれほど噛んだこともなかった。これも経験ではなくただの思い込みで知っている気になっていたニセモノの知識だったんだなぁ、と今さらのように気づいた。

これからはよく噛む。真実を手に入れるべく、現実をよく噛みしめて、第一印象をちゃんと終わらせていくことにしよう、と決めたのだ。

はやく人間になりたい

こんにちは。いしわたり淳治です。先日、誕生日を迎えて二十九歳になりました。犬でいうと三歳です。猫でいうと二歳。うさぎでいっても二歳。ハムスターでいうと五ヶ月。セキセイインコでいうと六ヶ月。馬でいうと七歳。サルでいうとだいたい九歳です。これからもどうぞよろしく。

先日、デジカメの写真を整理していたら、友達の飼っている犬に仔犬が生まれたときの写真が大量に出てきた。僕は毛の生えた動物に対してのアレルギーがあって、体調次第では触れたとたんにくしゃみや目のかゆみや蕁麻疹《じんましん》が出てしまうので、あまり犬や猫とはふれあわず育って来た。

そのせいなのか、それまで僕は動物を見てかわいいと思ったことがなかった。いや。そういえば花を見てきれいだと思ったこともあまりなかった気がする。あ、いや。実のところきれいな夜景を見てもさほど感動したことがない。さらに正直に申し上げると、花火というものをきれいだと思ったこともあまりないかもしれない。こう書くと、なんだか人として致命的な欠陥があるような気がして怖い。心がないというか何というか。うっすらと気づいていたのだが、怖いからその辺にはうまく気づかないふりをしてきたのである。

でも、こればかりは個人の感覚の話なので、誰かと正確に比較出来るものでもないだろう、とも思う。僕のジャッジが厳しいだけかもしれないわけで。実際のところ、みんなどうなのだ？ 花をどの程度きれいだと感じたら「きれいだ」と言うのだ？ などと、訊いたところでその辺はやはり誰にも答えられない。そんなものは比べられないのだ。

でも、もしかしたら僕は幼いころに本当に悪魔に心を売ってしまっていたのかもしれない。いや、宇宙人に連れ去られて首筋にまずいものを埋め込まれて、心がおかしくなってしまったのかもしれない。

そういえばこんな話を聞いたことがある。宇宙人に連れ去られた人はアルコールやタバコが嫌いになって、そのかわり乳製品とブロッコリーが好きになるのだという。考えてみると、最近の僕はブロッコリー以外はすべて当てはまる――。もしかして。ああ、地球の皆さん、さようなら。僕はそろそろブロッコリーが大好きになって、みんなを襲うのでしょう。そのときはどうかためらわずに僕を殺してください。そんなのは本当の僕じゃないんだ。みんな首筋のチップのせいなんだ。本当はみんなのこと大好きなんだ。

地球征服なんてやりたくないんだ……！

話が逸れた。今回は仔犬の話である。

つまり、生まれたばかりの仔犬というものを生で見たのはそのときが初めてで、素直に感想を言えば「愛おしい」だった。僕はびっくりした。仔犬の様子にも素直にびっくりしたけれど、自分にも「愛おしい」なんていう感覚があったことに、もっとびっくりしたのである。生まれたての仔犬は圧倒的に無力で、「これから生きていこうと思っているのが間違いだね」と言いたくなるほどの、不安丸出しの佇まいをしていた。

ここからは完全にペット素人のコメントになってしまうかもしれないけれど、勘弁していただきたい。

まず、仔犬は小さい。犬種がトイプードルで親犬もかなり小さい身体だったからなのかもしれないけれど、僕の想像をはるかに越えて小さかった。寿司を握る手つきの中に隠れてしまうサイズである。「生まれたてはネズミみたいだよ」とは聞いていたが、あれではネズミの中でも虚弱なほうのネズミではないか。関節はどこも不安定で、全身が細かに震えている。短すぎる体毛はあってもなくてもいいほどの超無意味な役割。恐る恐る触ってみると、案の定、ばっちり肌が冷たい。うわ、危うい！　危うすぎる。大丈夫か、おい！　フリースとか着る？　チョコ食べる？　おい！　寝たら死ぬぞ！　雪山で遭難したかのように声をかけた。

鳴き声も「ピーピー」である。犬のくせに「ピーピー」。まだ目も見えず、ピーピー鳴きながら母犬を探して弱々しくもがく。まるでドン曇りの日にソーラーパワーで駆動しているようだ。腹の皮を下のほうにスライドさせてそこに単四電池を二本入れてあげたい。掻きだす手足は三回に二回は空振る。打率三割三分三厘。城島以上イチロー未満。これぞまさに無駄なあがきである。広辞苑の「無駄なあがき」の欄にこいつの名前を載せてあげたい。

無駄にあがき、もがいて、どうにか辿りついた母犬の懐でも乳首を上手く吸えずに今度は口先が空中をさまよう。この期に及んでもまだ何度も失敗する。ああ、もう。それ、あんたの唯一の仕事だろ？　動作のいちいちが鈍臭くて、なんていじらしい。がんばれ、がんばれ！　そして、気がつくと僕は仔犬の写真を撮りまくっていた——。

心理学に「ローレンツの本能触発刺激」というのがある。「どんな動物でも例外なく子供の顔や体が丸みを帯びていてかわいらしい容姿をしているのは、親に守ってもらうためのサインである」という理論だ。人間を含むあらゆる動物は、潜在的に母（父）性本能を持っていて、丸くて小さい子供の姿を見ると本能的に抱きしめてあげたい、守ってあげようという気持ちが生じるのだそうだ。ということは、これで僕もようやく動物の仲間入りが出来たのかもしれない。ああ、なんとめでたい。

なるほどそう考えると、サンリオやディズニーは人間の本能に向けてアプローチしている、ということになるのか。あのかわいらしくて丸みを帯びたキャラクターたち。そうか、みんなが好きになるのも納得だね！　本能だもんね！　がってん、がってん、がってん……。

というわけで、動物に関してはなんとか克服出来つつある僕だが、人間の子供だけはまだどうすることも出来ない。子供の目線までしゃがんで、とっさに幼児言葉に切り替えて話す、みたいな器用なことが出来ないのである。なんか妙に照れてだめだ。

知り合いに生まれた赤ちゃんを「抱いてあげてよ」と渡されそうになっても、かたくなに拒んでしまう。そんなのを落としたら洒落にならない。国宝の壺を渡される以上の怖さがある。んで、そうこう考えているうちに、（本当に失礼な話だが）別にそれほどかわいくないんじゃん？　と自分自身に言い聞かせてしまう、という厄介な思考回路が整ってしまっているのである。

かつて、ブルース・リーは言った。「考えるな、感じろ」と。僕も二十九歳。これでも、ようやく少しは人間らしくなってきたのだと思うと、ほっとする。と同時に、はやくもっとまともな人間になりたい、と強く願う。

made in 自分

人は記憶している分の十倍行動しているという話を聞いたことがある。逆に言うと九割は忘れているということであろう。

考えてみて欲しい。買い物に出掛けて、もしも店内全品九割引の激安店があったなら、感覚的にそれはもうタダ同然だ。そう考えると記憶なんていうものは「ない」も同然なのかもしれない。

事実、僕には小学校入学以前の記憶がほとんどない。当時、毎日一緒に遊んでいた近所の子供たちの顔や名前はいっさい思い出せないし、住んでいた町の風景も、それどころか住んでいた自分の家の間取りすら思い出せない。とにかくその時期の記憶は、もはやほんのいくつかの砂粒程度しかないのだ。これでは記憶の九割引セールどころの騒ぎではない。それこそ「ない」に限りなく近い。

僕はいつも考えていた。なぜこうも記憶が少ないのか。

ある日、僕は子供のころのアルバムを開いた。自分の写真が少ない。間違えて兄のアルバムを開いてしまったのかとも思ったが、そうではない。おそらく僕が次男だったせいで両親にも慣れがあってのことだろう、単に撮っていなかったのだ。それに加えて僕は幼稚園もすぐに中退してしまった子だった。毎日、何もせず家でごろごろしている不埒な次男坊の行動には殊にイベント性が欠ける。いくら親でも僕に対してカメラを構える気が起きないのも仕方がない。アルバムを見ていると、兄の写真は「いちいち撮っている」といった印象なのに対して、僕のはどこか「ついでに撮っている」といった感じだった。

人間は忘れる生き物。それは当然だ。忘れたいことをいつまでも忘れることが出来なかったら、悲しい出来事がいつまでも悲しくて、とてもじゃないが生きていけない。忘れるというのは生きるための知恵なのだ。だから、何かを忘れないようにするには、忘れてしまう前に記憶の復習をする必要がある。まるで学校の勉強か何かのように。

人間は、ときどき古いアルバムを見たり、友達と昔話をしたり、思い出の品や音楽に触れたりしながら、消えゆく記憶をどうにか保っているのだろう。印象深い出来事は頻繁に思い出すから、心の中で自然とショートカットが作成されて、そのデータは心のデスクトップに置かれるようになるのだ。

僕に幼少期の記憶が極端に少ないのは、イベント性のない平坦な日々という事実に加えて、写真もろくに残しておらず、さらには小学校入学を機に遠くの町へ引っ越してしまったために生き証人となるはずの友達すらリセットされてしまった、そのせいではないかと思う。きっと僕には、そのころの記憶の復習がまったく出来なかったのだ。それならなるほど合点がいく。

でも。これは、逆に言えば記憶には落とし穴があるということだとも思う。残っているたった一割の行動の記憶にも、誰かによって捏造された部分が存在する可能性がある気がするのだ。

例えばこうだ。父親が一枚の古い写真を指して「このときお前は海で泳ぎもしないでずっとヒトデを何百匹も採っていた」と言ったとする。そして、それをまるで覚えていない息子のほうは、何度もその話を聞かされるうちに、そういうことをしたんだと自然と思い込む。ところが、実際にヒトデを採っていたのは親戚の子供で、父親は間違えて記憶していた、としたらどうだろう。それでもすでに息子にはしていない行動の記憶が植えつけられてしまっている。自分じゃない自分の記憶が。

ぼくは絵を描くのが好きだから、絵描きになりたい。
わたしは踊りが好きだから、バレリーナになりたいです。
わたしはお花が好きだから、お花屋さんになりたいわ。
ぼくはヒトデが超好きだから、おおきくなったら動物博士になりたい。

子供のころに学校で、ことあるごとに将来何になりたいかを訊かれた思い出がある。そして、その問いに「答えない」という選択肢はなかった。「わからない」と言うと、じゃあ好きなものは何かと訊かれ、サッカーと答えれば「Jリーガー」と書かされ、歌と答えれば「歌手」と書かされた。そういうことを何度も何度も訊かれ、夢と題されて教室に貼り出されたりするうちに、いつの間にか自分はJリーガーになりたいんだとか、歌手になりたいんだとか思い込み始める。純真な心の中へ黒い影が忍び込んでいく瞬間だ。これは前述のヒトデの例とどこか似ている気がする。子供たちの本音はどこかへ消えてしまっているのだから。

そして歳をとるほどにその黒い影の力は増していく。状況に迫られてリアルに高校を、大学を、職業を、決めねばならなくなる。その度に考えた将来をまたあらためて夢と名付ける羽目にもなる。

よく「夢をあきらめない」とか「自分らしくいよう」という歌を聴く。夢を追う、自分らしくいる、それはまあ何とも素晴らしいことだとも思う。でも実は、そういう「夢」のほとんどは状況にやり込められて無理やりに見つけたものなのではないですか？　という気がする。また、いわゆる「自分らしさ」というのも、「わずか一割程度の記憶を統合して創り上げた自分像」のことを指しているんだし、しかもそこには他人によって捏造されてしまった行動の記憶さえ含んでいるのかもしれないんだし……。と、意地悪く思ってしまう。

だから一度くらいは、何かのタイミングで、みんながたいそう大事にしている「夢」や「自分らしさ」が、そもそも本当に「メイドイン自分」なのかどうか、考えてみてもよいのではないかと思う。もしかしたら、みんなが持ってるから僕も欲しい的な、たいした理由もない「夢」や「自分らしさ」ではないか？　と。もちろん、こればかりは考えたところで、どうなるものでもないのかもしれないが——。

誰もがいつしか大人になって、夢が本当に叶った人と、叶わなかった人に分かれる。もちろん理由はそれぞれにあるだろう。でも、もしかしたら、叶った人は単にその夢が「メイドイン自分」だった、いくら努力しても叶わなかった人はその夢がただ「メイドイン他人」の偽モノだった、というだけのことなのかもしれない。

笑ってはいけない温泉宿

なんか面白いことないかなあ。

僕はいつも探している。面白いことを。そのために生きていると言ったって言い過ぎじゃない。目の前で起こった出来事を純粋に面白がって、悪意なくゲラゲラと笑いたいのである。でも、笑いたいだけで、誰かを傷つけたいわけじゃない。誰かの悲劇や失敗を心の底から笑えるほど僕の性根はねじ曲がってはいない。ここがムズカシイところだ。

友人四人と、ある温泉に出かけたときのこと。

その温泉に行くには、山の麓の最寄り駅からバスに乗り換え、未舗装の険しい山道をさんざ揺られなければならなかった。山道にはガードレールもほとんどなく、タイヤに弾き飛ばされた小石が断崖をコロコロと転がっていくのが窓から幾度も見えた。蛇行しながら、上下に跳ねながら、バスはのろのろと山を登っていく。乗り物に弱い僕の胃袋から柑橘系の胸騒ぎがこみ上げて来ていた。

いよいよもうこれ以上は車では進めません、というような山奥の奥でようやくバスは停まり、外を見るとそこには古びたホテルがぽつんとあった。

バスを降り、僕らはふらつく体でフロントへ向かった。辺りには硫黄の匂いが立ちこめていた。受付のお姉さんから部屋や施設の説明、チェックアウト時間といった事務的なオハナシを事務的な口調でつらつらと聞かされる。こちらとしてはもう一秒も早く倒れこみたい気分なわけで、正直、明日のチェックアウトよりも、現在進行形の喉元の柑橘系が心配なのである。死んだ魚の目で心ここにあらずを必死にアピールする。すると、ああ、ようやく話が終わるかな、と思ったあたりだった。お姉さんの表情が急に翳り出した。

「ええと。あと、ですね、今晩八時から、オーナーによります……歌謡ショーのほうがロビーで行われますのでもしよければ……お越し……くださぃ」

言いながらお姉さん、すっかり半笑いである。

「えっ？　何？　いま何て？」

僕は喉元の柑橘系をぐっと飲み下し、その言葉に食いついた。

「あの……オーナーが、ＣＤを出しておりまして……こちらなんですが」

かわいそうに。言わされているのである。露天風呂の注意事項の伝達と並んで、歌謡ショーの伝達がオーナーによって義務づけられているのだ。完全に事務的になりきれない、このお姉さんに内心、好感を持った。

見ると、フロントのカウンターにドンとCDが面出しされている。手作り感丸出しの自主制作CDで、一目でド演歌とわかる、昭和の美学に彩られたCDジャケット。しょぼくれた中年男が遠い目つきで虚空を見つめている写真が、二十年前のカラーコピーのような荒いドットで印刷されている。なるほど、この男がオーナーか。印刷が悪くて顔まではよくわからないが。あろうことか〝五木ひろしさんと同じレコード会社から発売！〟CDの帯にそんなおいしい文句までが躍っている。僕は五木ひろしさんのCDをちゃんと見たことはないが、絶対にこんなチープな様子ではないと思うのだが。

すっかり下を向いてしまっているお姉さんに僕らは力強く「わかりました、必ず見ます」と言い残してフロントを後にした。なんだか急にテンションが上がった。

案内された部屋は狭くてかなり汚かったが、露天風呂はこれぞ「ザ・源泉」といった感じのワイルドさで、素晴らしかった。湯は正真正銘の本物であるらしい。ひととおり風呂を愉しんだ後、いざ晩飯！　と我々は食堂に向かった。

「コンバンワー」「コンバンワー」

廊下で何人かの従業員とすれ違う。

「こんばんは」

僕らも静かに挨拶を返す。しかし……。

建物に入ったときからうっすら気づいてはいたのだが、どうも従業員の様子がおかしい。そして、そのイリーガルな予感は食堂に入って確信に変わった。

「わお。今度はロシア系だな、こりゃ……」

食堂で料理を運んでいるのは、みんな金髪の背の高い女性だった。

この温泉は廊下や風呂場で出会う従業員がどういうわけかみんな外国人ばかりなのである。それも、主に日本じゃないアジアの方たちが多く、みな一様に目の奥に生気というか覇気がない。思えば、日本人はまだあのフロントのお姉さん以外に会っていない気がする。宿全体をどんよりとした後ろ暗い空気が覆っていた。

席に着くと、金髪女性は手馴れた手つきでチャッカマンを操り、僕らの前の小鍋の固形燃料に火をつけた。例によって「コンバンワー」と挨拶された後、彼女はメニューの説明を始めた。

「タコノ、アシノ、カラノアゲ、ト、Lemon シボテ、オイシイ」僕らは蛸のから揚げにレモンを絞って食べる。

「グツグツ、アワ、ダイジョウブ」僕らは沸騰したら鍋を食べ始めることにする。

「ゴハン、タベル自由、ジブン」僕らはご飯の入ったおひつからセルフサービスでおかわりをする。

そんなこんなで夕食を食べ終え、時計を見ると八時十五分を指していた。しまった！

遅刻だ。慌ててロビーへ駆け出した。

歌謡ショーはすでに始まっていた。ロビーの隅に二メートル×一メートル、高さ二十センチほどの簡素なつくりの即席ステージが設けられていて、その周りを老人ばかりの宿泊客五十人ほどが取り囲んでいた。ステージの上にはスーツ姿のオーナーがいて、その隣にあどけない顔つきの外国人の少年が立っていた。オーナーとは対照的にTシャツにジーンズというラフな恰好の少年。何やらオーナーにマイクを向けられていた。

「ダニエル君はどこから来たのかな？　ホエァかむふろむ……」

オーナーが少年にインタビューをしている。それもひどく稚拙な英会話で。

「CANADA」

「ああそう。カナダから来たんだ？　将来は何になりたいのかな？　ホわットどーゆー……」

「I study electronics……」

「ダニエル君は電子工学の技術者になりたくていま、ここでアルバイトをしながら、日本の専門学校に通っているんだそうです。どれくらい日本語は覚えたのかな？　ハウメにぃジャパニーズわーズ……」

「ah――……コンバンワー、アリガァトー、サヨナーラァ……」

「ははは。まだあまり上手じゃないみたいですね。でも、がんばって夢を叶えて欲しいですね」

聴衆から小さく笑いがこぼれる。会場にいる老人たちは皆、英語も巧みに操るこのオーナーのことを憧憬の目で見ているようだ。

「うわぁ、ひでぇな、こりゃ。とんでもない茶番だ」

僕が友人に言って振り返ると、フロントのお姉さんと目が合った。苦笑いを返してくれた。その次の瞬間。

「では、ダニエル君に歌ってもらいましょう。曲は、お富さん！」

どこからともなく気の抜けるイントロが鳴り出し、会場の老人たちからは自然と手拍子が起こる。オーナーは平然とした様子で袖にはけ、ダニエル君はひとりでステージに残された。

「死んだは〜ずだよ♪おと〜みさん〜♪生きていたと〜は、お釈迦様でも〜」

えーっ！　突然の展開に僕らは度肝を抜かれた。

ダニエル君……歌い出したんである。んでまた、歌も日本語もめっちゃ上手いんである。げらげら。げらげらげらげら。僕らはひぃーひぃー言って笑った。笑いすぎて十キロ走った後みたいに横隔膜がツった。

でも、周りを見渡しても笑っているのは僕らだけだった。老人たちは温かい眼差しで手拍子を続けている。その真っ直ぐな目つきに、なんだかこれ以上笑うのはこちらが不謹慎なような気がして、僕らは笑い止んでしまった。

その後も、これでもかというほどにグダグダな外国人たちとオーナーによる茶番ショーは続き、最後に満を持してオーナーが歌い始めたのだが、そのころにはもう僕らは完全にテンションが下がってしまっていて、誰からともなく無言で部屋へと歩き出した。僕らにはオーナーの歌は用がなかった。歌っている彼はひたすらに真剣なのだ。笑えないくらい、ただ普通に真剣だった。

面白い人が面白いことをするわけじゃない。それはわかっている。だからこそ世の中には、純粋に面白がれないことが多いんである。オーナー。たぶん、本当に本当に歌手になりたいのである。心の底から。きっと。

オーナーの夢を、彼の一生懸命を、頭ごなしに笑えるほど僕らの性根はねじ曲がっていなかった。彼らのショーをあれ以上笑ったところで、たぶん、ただただ後味が悪いだけで、全く、どうにもならない。

「なんかさぁ、面白いことないかなあ」

真夜中、二度目の露天風呂に入りながら僕らは夜空を見上げた。

「死んだは～ずだよ♪おと～みさん～♪」

ひとりがふざけてダニエル君の真似を始めた。皆何となく笑った。でも、それでおしまいだった。すぐにしんとなった。

何もない山奥。無数の星、闇に広がる雄大な森の影、そこから聞こえる虫の声。何もないと言えば何もないが、ここには安らぎや、美しい自然、濃い空気なんかがちゃんとある。それは素晴らしいことだ。たしかに素晴らしいのだが、でもそれは「面白い」とはちょっと違う。都会だろうが田舎だろうが面白いことには、そうそう出会えるわけじゃない。

「面白いことないかなあ」

また別のひとりがつぶやいた。今度は誰も返事をしなかった。ちゃぷん。誰かが潜った。子供みたいに泳ぎ出したのだ。ざばぁーん。つられてまたひとり、またひとり、と泳ぎ出す。あははは……。幼稚な笑い声が夜の森に響いた。

僕らはいつも探している。面白いことを。心の底から面白がってもいいことを。そうして、誰も傷つけずにただ純粋にげらげらと笑いたいだけなのである。そのために生きていると言ったって言い過ぎじゃないのである。

快適な暮らし

夜のほうが少し空気がきれいな気がする。あいかわらず、いくら見上げても東京では星はほとんど見えないけれど。深夜二時。コンビニの帰り道、僕はすうっと大きく息を吸い込んだ。

視覚、聴覚、嗅覚、味覚、触覚。五感。人間に備わった五つの感覚。当たり前だけれど、人はこれらの感覚において、常に快適であることを目指している。

よく見えないからと、眼鏡をかける。いい景色を見たいからと、少し奮発してオーシャンビューの部屋に泊まる。好きなデザインの家具に囲まれて暮らしたり、美術品を飾ったりする。こういうものが視覚にまつわる快適さ、だと思う。

聴覚はどうだろう。リラックスしたいからと休日の部屋で気に入った音楽と時を過ごす。朝の窓から小鳥のさえずりが聞こえてくる。砂浜でのんびりと、さざなみをＢＧＭに昼寝をする。そんな感じだろうか。

嗅覚。素敵な香りに包まれていたいからと、香水を身にふりかける。シャンプーや洗濯洗剤を香りで選ぶ。緑の新鮮な空気を吸いに山へ出かける。

味覚。美味しいものを食べたいからと、店を選びわざわざ遠方まで足を運ぶ。わずかな味の違いにこだわって高価なワインをオーダーする。こだわりのレシピで自ら料理する。

触覚。肌にいいからと、オーガニックコットンの服を着る。愛する人と抱き合う。低反発の感じが良くて、寝具売り場で低反発マットに寝転んで何度も寝返りを繰り返す——。

きっと誰もが快適に暮らしたがっている。日々、人間は快適のためにどれだけの金を費やしているのだろう。考えてみると、まるで「快適」だけがこの広い世界中で、たったひとつの商品なんじゃないかという気すらしてくる。

人は誰しも不快が嫌いだ。もしも部屋に悪臭が漂えば直ちに息を止めて窓を開けるだろうし、食べた料理が不味ければすぐに吐き出すだろう。見たくないものが現れたら目を閉じるだろうし、気味の悪いものに肌が触れたら素早くそれから離れる。人は不快と感じたとき、あらゆる筋肉を駆使して、それを自分の環境の中から排除しようとするように出来ている。

しかし。聴覚だけはそうはいかない。もちろん、聞きたくないとき、指を耳に強く押し当てればゴーッという音がして多少は外部の音が聞こえにくくはなる。が、それでも、外部の音は案外、聞こえてしまう。

しかも、このゴーッという音の正体は、耳の血管を血が流れるときの音らしく、どんなに高性能な耳栓を使おうが、生きているかぎり、この音を消すことは出来ないのだという。幸か不幸か、いついかなるときも耳は聞こえている。

だとしたら、五感の中でいちばん価値のある「快適」は聴覚にまつわるものかもしれない、と思う。そして、生きている間中どうしても何かの音を聞き続けなければならないのなら、その意味で音楽はあらためて偉大だなぁ、と考える。

聞きたくない音があれこれ溢れている世界で「好きな音楽」を聴けるという幸せ。何となく、「好きな音楽」というものがその存在それだけでもう、とてつもなく偉大に思えて来る。まあ、そんな屁理屈を抜きにしても音楽は素敵なものなのだけれど。

「日本人は水と空気はタダだと思っている」

どういう意味で使われていたのかよくわからないが、この言葉を何度か耳にしたことがある。エコロジーの意識が低い日本人を揶揄して使われた言葉なのだろうか。たしかに僕も、水道水は飲めて当然だと思っているし、空気をきれいに保つのにいくら金がかかろうと、深呼吸やあくびをする度にわざわざ誰かに金を払う気などはしないが。それでも、地球温暖化の問題やなんかは長い間、僕の興味の対象で、ずっと気にかけている。毎日、できるかぎり地球にやさしく暮らしているつもりだ。一応は。日本中、蛇口をひねれば飲むことの出来る水がいつでも出てくる。本来であれば、これは快適以外の何物でもないはずだが、東京ではそれでは足らずに蛇口に奇怪な浄水器を取り付けたり、ミネラルウォーターをわざわざ買って飲んだりしているというのが現状だ。まるで、誰もが当たり前に手に入れられる快適なんか、快適ではないと言わんばかりに。

集団と「快適」は密接な関係にある。それは、「快適」が、集団の中での「普通」と比べたときに初めて生まれる感覚であるからで、水道水が飲めない国と日本とで、ミネラルウォーターのペットボトルの「快適」の意味は大きく違う。そういうものだ。

CDのコピーコントロールがどうこうと騒ぎ始めてもう何年経っただろう。いま、高校という集団における生活では、友達のうちの誰かが買ったCDのことを「マスター」と呼んでいるらしい。「ねぇ、あのアルバムのマスター、今、誰が持ってんの？　おれまだ借りてないからさ、早くまわしてよ」といった具合に。

どんなに素敵な音楽もこのまま誰もが手軽に高音質でコピーできたら、いつしかそれは水や空気といった「何でもないもの」と同じになってしまうのかもしれない。事実、CDの販売枚数は年々減少の一途をたどっている。

なんでもない名曲――。おかしな響きの言葉だが、考えてみると、そんな感じと言えなくもないような曲が最近では流行っているような気もする。大したメッセージを含まない、まるで水や空気のように無味無臭なヒット曲が。

「いま日本人は水と空気と音楽はちょっとくらいは金がかかると思っている」

ちょうどコンビニでミネラルウォーターを買った帰り道。僕はそんなことをふと考えた。背筋が少しぞくっとした。春の夜はまだまだ冷える。

数字の話

「せかいでいちばん大きい数ってなに？」

子供が父親に訊いている。僕は友人の家に遊びに来ていた。この家に男の子が生まれて四年も経つ。もうべらべらと、何でもしゃべる。ついさっきまでは、テレビ番組のヒーロー物のセリフや、ぶしゅあー、ばばばー、といった擬音を感情的に怒鳴り散らしていた。見えない敵と戦っていたのだろう。がんばれ、ボーイ。

子供の思いがけない質問に、父親は目に見えて困惑していた。たしかにいちばん大きな数字と言われても答えようがない。素直や素朴はときに残酷だ。すべての子供は哲学者である、とはよく言ったものだ。

「宇宙みたいに大きな大きな数だよぉ」父親が言った。え？　宇宙は大きい、そんなのでいいのか？　おい。

「きぃーっ」子供が唐突に奇声をあげて僕のほうに駆け寄ってきた。やはり機嫌を損ねたようだ。

「いちばん大きい数ってなに？」

しまった。今度は澄んだ瞳が僕を見つめている。横目で父親のほうを見やると目が合って、にやりとされた。何だ、そのにやりは。まったく。

いちばん大きな数。そんなの僕だって知りたい。一、十、百、千、万、億、兆、京、垓、秭、穣、溝、澗、正、載、極、恒河沙、阿僧祇、那由他、不可思議、無量大数。その上が知りたければ、寺で修行でもして勝手に開眼してくれ。世界でいちばん大きい数字は、ビル・ゲイツの年収だよ。いや、エリザベス・テイラーの離婚の回数だよ。違う。関根勤の物まねのレパートリーの数だよー。『笑っていいとも！』の放送回数だよー。『こち亀』の単行本の巻数だよー。ジャイアント・シルバの身長だよ、いや、和田アキ子だよー。嘘だよ。阿部寛だよぉー、それもぜんぜん嘘だよー。ふざけたことを言いたいが、何となく気が咎める。

数字。どうなんだろう？　そもそも数字はどうも臭い気がする。

これは有名な話だけれど、例えば $a=b$ という式があるとして、この両辺に a をかけてみる。すると $a^2=ab$ になる。さらに両辺に (a^2-2ab) を加える。すると $2a^2-2ab=a^2-ab$ になり、左辺をすこし整理すると $2(a^2-ab)=a^2-ab$ になる。ここで、両辺を (a^2-ab) で割る。ここまでの作業にミスはない。数学的に正しく展開してきた。だが、そうして導き出された答えはなぜか「2＝1」になる。

もちろん2と1が等しいなんてことは、あってはいけない。ふたつあるリンゴは、ひとつだけのリンゴと同じではないし、夫婦と独身者は同じじゃない。そういうものだ。

ではなぜ、こうなってしまったか。原因は最後に両辺を割った（a^2－ab）にある。初めにa＝bとしたのだから、この括弧の中は計算すると0になる。

数学の世界には0で割ってはいけないというルールがある。もし0で割った場合、答えは∞（無限大）になる。つまり、さっきの計算の結果は「無限大の二倍と無限大の一倍は等しい」ということになるのだろう。というよりも無限大は文字通り無限に大きな数で、大きすぎて比べられないのだそうである。まあ、そう言われてしまったらそれまでだが、どうも釈然としない気分がしてしまう。

数学の世界にそういうのは他にもあって、例えばコンパスを渡せば四歳の子供にだってくるりと簡単に円は描ける。なのに、そこに宿る円周率πは4（1/1－1/3＋1/5－1/7＋1/9－1/11＋1/13－1/15＋……）となって、永遠に有理数で表すことはできない。数学にはこういう円周率や平方根といった無理数（なんて正直なネーミング！）が存在する。

無理数の他にも、二乗するとマイナス1になる虚数（さらに正直なネーミング！）という「想像の世界にしか存在し得ない数」もある。まあ、とにかくこうでもしないと、もう数字によって現象を説明できないというのだから、やはり数字は完全とは言いがたいものであるような気がしてならない。

六十進法やら二十四進法やら三十進法やら十二進法やらうるう年やらが複雑に入り混じったカレンダーもよく考えたら奇妙で、これも季節という自然の現象を数字で強引に表そうとした結果の惨事と言えるのかもしれない、と思う。

たぶん、数字はボールペンやハサミなんかと同じ、人間が考え出した道具のひとつでしかないのだ。便利すぎるせいで、重い、甘い、長い、寒い、暗い、何でも数字で表そうとしてしまうけれど。

ある範囲ではとても便利。でも全然万能じゃない。それは言葉も同じだろう。国によって言葉は異なるし、「どんな言語を使おうとも言葉に出来ない気持ち」はいくらでもある。本当に大切なことを伝えたいときは言葉が邪魔だったりもする。

数字や言葉といった「便利すぎる道具」に頼りすぎていては、人は大切なものを見失ってしまうのかもしれない。そもそも「真実」の前では、あらゆる道具は力を失うように世界は出来ているのかもしれない。

宇宙の果ては誰にもわからない。ある人は真っ白だと言うし、ある人は真っ暗闇だと言う。でも僕はそんなこともないんじゃないかと思う。何事も始まりがあって終わりがあると考えるのは、それ自体が人間の悪い癖なんじゃないか、と。宇宙は地球とはまったく違うルールの中にあるのではないかと思うのだ。

宇宙の果てがわからないのは、もしかしたら数字に慣れすぎた僕らの心の問題なのかもしれない。「宇宙の果て」↓「無限に遠い」↓「無限大は表せない」という安易な思考回路が心の中に出来上がってしまっていることが原因で、誰にも宇宙の果てが想像つかないというだけのことなのかもしれない。

だとしたら、どんなに高等な数学を駆使して作られた宇宙船であろうと、それが宇宙の果てにたどり着くことはないんだろう。そして、それはタイムマシーンについても同じで、それだから数学によってタイムマシーンを作ること自体が不可能なんじゃないかと思う。

ボールペンでガラスにいくら文字を書こうとしてもダメなわけで、その場合は当然、違う道具が必要になる。そんな感じで、たぶん、宇宙や時間といった「絶対的なもの」を越える道具は、もっと革新的な新しいアイデアの中にあるんじゃないだろうか。そのためには、僕らはまず数字を捨てる必要があるのかもしれない。

「数字なんかに……」僕は強く少年を見返した。「数字なんかに、振り回されちゃいけない。大きいと感じたら、大きい。小さいと感じたら、それは小さいんだよ。大切なのは感じる心……なん、だ……よ、って、おい……。あ、あれ？」

僕の返答の途中で、子供は能天気に父親のひざの上に駆けて行ってしまった。僕の話なんてまるで聞いちゃあいない。自由だなぁ、子供は。

子供が手に持っていたおもちゃのレーザー銃がビビビと音を立てて、わざとらしく父親がやられた。ふふふ。あいつも親父らしいことをしている。果たして数学でこんなレーザー銃は作れるだろうか。いや。そんなことはいくら考えたところでわからない。ただ、親子の笑顔は本当に素敵で、ふたりというより一組で、一組というより「ひとつ」だった。なるほど。愛の前では2と1が等しいこともあり得るのである。

窃盗のすすめ

「中継です。十月に入って九つめの台風三十七号が先ほどここ、四国地方南部に上陸しました。この台風もまた、東海地方を直撃する可能性が高い見込みです！」

テレビのニュースが最新の台風情報を伝えています。

秋になっても途切れることなく訪れる強大な台風、そこに秋雨前線の影響も手伝って、この一ヵ月間、東海地方は記録的な大雨に見舞われていました。中でも名古屋市の被害は甚大で、すでに川という川は氾濫し、いくつかの町は洪水に沈んでしまっています。人びとの生活は混乱をきわめ、警察や消防、自衛隊も、やまない雨を前にどうすることも出来ず、市民のほとんどが避難生活を余儀なくされています。

キターッ！

そのニュースを見ていたひとりの男が、部屋で金のシャチホコに跨りながら、歓喜の雄叫びを上げました。男の部屋には、金のシャチホコが二体あります。どちらも実物と同じサイズ、高さ二・六メートルで、中が空洞の合成樹脂製です。この男の暮らすアパートは高台に建っており、奇跡的に台風の被害を免れていました。

この男というのがこの物語の主人公。筋金入りのシャチホコマニアです。男の部屋になぜ偽のシャチホコがあるのか。話は、平成九年にさかのぼります。

名古屋城の五階にある展示室には実物大のシャチホコが展示されていて、見学者は青空柄の壁紙を背景にそれに跨がって楽しいギミックの写真を撮ることが出来るようになっています。お粗末な子供だましなのですが、この男は大人になってからも何度となく訪れては金のシャチホコに跨って写真を撮影するのが趣味でした。子供の頃から、暇さえあれば名古屋城へ足を運び、シャチホコグッズとあればどんなにくだらないものでも片っ端から買い漁る。シャチホコはこの男にとって永遠の恋人であり、生きがいだったのです。

平成九年。この年に五階展示室の大規模な改装工事がおこなわれ、記念写真コーナーのシャチホコも老朽化が目立つという理由で、新しいものと交換されることになりました。あまり知られていませんが、金のシャチホコは二体が同じではありません。北側が雄で鱗の数は百九十四枚、南側は雌で鱗が二百三十六枚。つまり微妙に形が違うのです。そんなことなどまったく知らなかった改装業者は、何度も形や鱗の数を間違え、その度にシャチホコの作り直しを命じられていました。偽シャチホコの失敗作がある——。その話を嗅ぎつけて、男は業者にその失敗作を譲ってもらえないかと話を持ちかけました。

すると、渡りに船。すっかり弱りきっていた業者は、逆に男にアドバイスを求めます。その後、男のアドバイスによってようやく偽の金のシャチホコが仕上がると、業者は失敗作でなくわざわざ完全版を雌雄一体ずつ余分に作って、男にプレゼントしたのでした。かくして男は本物と寸分違わぬ偽の金のシャチホコを入手したのです。少しふくよかなラインが好きで、男はいつも雌のほうに座ります。雄のほうはたまに来客用の椅子がわりに使う程度。六畳の薄暗い部屋で、ぬらぬらと黄金に輝くシャチホコ。本物には八十八キロの純金が使われているという。本物の輝きとはいったいどれほどのものか。いつか本物に跨ってみたい。手に入れたい。偽物に座る度、心の内で男の長年の夢が首をもたげるのでした。

名古屋城が倒れてさえくれれば――。

男には本物の金のシャチホコを手に入れるためのアイデアが子供のころからひとつありました。しかし、それを実行するためには名古屋城天守閣の倒壊が必須条件なのです。

「今度の台風はいままでも最大級のものですからね。これでは名古屋城の全壊も時間の問題でしょう」

ニュース番組の中で、どこぞの文化人が悲痛な面持ちでコメントしています。

中継映像は名古屋城周辺へと切り替わりました。土砂降りの雨の中でレインコートを着たレポーターが、空堀だったはずの三之丸と西之丸の間にもすっかり雨水が満ちてしまっていること、重要文化財の辰巳櫓や清洲櫓はすでに倒壊してしまっていることなどを伝えました。

きた、きた、キターッ！

男はすぐにテレビ局に電話をかけ、そのニュース番組のディレクターを呼び出しました。

「もしもし。これから犯行予告をします」

相手の怪訝な態度を断ち切るように、男は努めて明るく言います。

「いいですか、あさっての正午、わたしは金のシャチホコを奪います。その様子を全国に中継しませんか？」

二つ三つ質問したあとでディレクターは失笑して電話を切りました。

翌日。予報通りに夕刻から深夜にかけて台風三十七号が東海地方を直撃しました。その暴風雨によって名古屋城はもろくも崩れ落ち、天守閣は北側の外堀に沈んでしまいました。そのニュースを横目で見ながら、男は部屋でひとりニヤリと笑い、偽の金のシャチホコに砂を詰め始めました。ザーザーザー、窓を打つ激しい雨音。ざっざざっざっざ、それをかき消す砂の音——。

そして、その翌日。犯行予告当日です。

台風一過のぬけるような青空の下、男は名古屋城の外堀に浮かべたボートの上にいました。昨日砂を詰めた二匹の偽のシャチホコも一緒です。上空で一機のヘリコプターが旋回しているのが見えました。おそらくテレビ局のものだろうと、男はのんきに手を振って見せました。

ぴぴっ。男の腕時計の電子音が正午を告げます。さあ、いざ。犯行開始の時間です。

男は二匹の偽のシャチホコを勢いよく水の中に放り込みました。

ドボン、ドボン、ぶくぶくぶくぶく――

穏やかな水面を、たくさんの小さな波が放射状に走っていきます。久しぶりの陽光を、きらきらと反射してきれいです。

ぼ、ぼぼ、ぼこっぽこっ、ごぼごぼっ――

しばらくして、水中から無数のあぶくが噴きあがってきました。

そのあぶくは次第に激しさを増していきます。

ぼっ、ぼこっぼごごぼっ、ぼっ、ごぼっ、ぼぼぼぼぼぼぼぼぼぼぼぼ、ざばあーっ！

突然、水中から女が現れました。

「あなたが落としたのは……」

女はふわりふわりと水面に浮いたまま、二種類のシャチホコを差し出しています。

「この金のシャチホコですか？　それともこの銀のシャチホコですか？」

「いいえ……」

女に心の奥を覗かれまいと、男は慎重に答えました。

「わたしが落としたのは普通のシャチホコです」


「……って感じの話はどうかな？」

毎日、世界のどこかで何かが盗まれている。だが、いざ自分が「盗む」となると難しい。今まで僕は、何かを盗むなど考えたこともなかったのだけれど、最近は夜毎に酒を酌み交わしながら仲間と金のシャチホコを盗む計画を練っている。

「いや、やっぱ正統派のミステリ調がいいんじゃねぇ？　ヘリで吊り上げるとこから始まって……」

「いやいや、掃除の業者に化けて、てっぺんまで登るんだよ」

「だめだめ、そんなの。もう盗んでしまった、いまあそこに乗っかってるのは偽物ですって警察に電話して、やつらが確認のために取り外したところを襲うんだよ」

「警察が取り外さなかったら？」

「知らねえよ。外したことにすりゃいいじゃん、作り話なんだからどうにでもなるだろ」

「おいおい。ちょっと待てって。万博だぜ？　こんなめでたいイベントの一環なのに、そんなしみったれた盗みかたでどうする？　やっぱ、おれの〝金の斧銀の斧〟プランがいちばんじゃない？」

毎晩こんな調子だ。

というのも、いま、名古屋では来年の愛地球博に合わせた「金シャチ・ルパンコンクール」が開催中で、どうやったら金のシャチホコを盗めるかというアイデアを漫画か小説の形態で募集している。そして、僕たちはその優勝賞金を狙っているのだ。どうだろう？　募集期間は来年の六月までらしい。みなさんもトライしてみてはいかがか。

似合う色の見つけ方

「きみに出会って似合う色の見つけ方を知ったんだ」

出かける前に鏡を見ていたら、そんな言葉が頭に浮かんだ。これはたしか映画『ヴァージン・スーサイズ』の中のセリフだったような気がする。いや、違うかもしれない。この服。いや、まぁ、いいか。髪は。まぁ、こんなもんか。ヒゲは。顔は――。鏡に映った自分の顔を久々にまじまじと眺めてみる。何だか冴えない顔だ。目はどちらも二重。でも、いつから二重になったのだったか。

小さい頃、僕は片方が一重で片方が二重のアシンメトリイな目をしていた。右半分を隠すと仏の顔、左半分を隠すと悪魔の顔、というくらいに印象が変わる目だった。学生時代なんかに友達とトイレに行ったとき、用を足しているうちは壁に向かってお互い普通に会話しているのだけれど、いざ手を洗う段になると、鏡に映った僕の顔がいつもと違うせいで何となく照れくさくて会話が止んでしまう、そんなことがよくあった。

当然、デビューしてからも目はアシンメトリイのままだった。写真を撮られ慣れていなかった僕は、初めのころ、鏡の中の顔のほうが馴染みのある顔だったから雑誌で見る正しい顔にいつも違和感を感じていた。写真を撮られる度、前出のトイレの鏡のような歯痒さをいつも感じていた。

こういうときマライアみたいな大スターなら「左からしか撮らせない」なんて言うのかもしれないけれど、僕はどっち側の顔もべつに好きじゃなかったし、そもそも写真に撮られること自体が嫌になってしまっていたので、撮影には無心で臨むようになった。カメラマンや雑誌の方には本当に失礼な話だとは思うのだが、あれはもう無気力といったほうが合っていたかもしれない。それくらい嫌だった。

そんなある日のこと。突然、片方のまぶたがまばたきのたびにカパッ、カパッ、と二重になったり一重になったりし始めた。忙しさで睡眠不足が続いて、目の周りがくぼんでしまったせいだと思う。

まばたきひとつパチッ、カパッ、一重。パチッ、カパッ、二重。どうもまぶたが安定しない。邪魔くさくて無性にイライラする。仕方なく、強烈に眉間に皺を寄せて目にガッと力を入れ、二重に固定したまま仕事を続けた。それはもう、文字通り、鬼の形相だったろうと思う。

そうして数日が過ぎ、ようやく忙しさも落ち着いたところで鏡の中をのぞいてみると、目はどちらもきれいな二重になっていた。

「なんかいつもと感じ違うね」「整形した?」

折しもそのころは、プチ整形という言葉の出始めで、整形して人生を一発逆転しよう!　みたいな奇妙なテレビ番組が流行っていた時期で、周りからはかなり怪しまれた。いや、今でも疑われているのかもしれないが。

だから、というのも可笑しいが、僕はマイケル・ジャクソンの気持ちが少しわかる気がする。そして、その上でひとつ、思うことがある。彼は鼻の整形さえしなければ、肌やそのほかについては、それほど騒がれなかったんじゃないか、ということだ。火のないところに煙は立たない。彼の場合、鼻が火元だったのではないかという気がする。

病によってマイケルの肌が突然白くなり始めてしまったように、事実は小説より奇なり、とはよく言ったもので、事実はときどき想像を越える。

だからこそ、万が一、自分の身に想像もし得ないことが起きたときに、相手にそれを信じてもらえるような、正直な生き方を普段から心がけねばならないのだろう。そうだ。嘘のない生き方。普段から本当の自分でみんなに接しよう。本当の自分で——。本当の自分。本当の自分で。うん。ん?……本当の自分?

いまではもう、どっちの目が一重だったかも忘れてしまったけれど、鏡の前に立って、あらためて自分の顔を見ていたら、何だかこんがらかってきた。

バイクに乗って待ち合わせの場所へ向かう。

家の外へ出ても僕はまだこんがらかっていた。

本当の自分か……。でも、何だ？　誰だ？　それは？

そういえば、よく自分と性格が合うとか、自分と価値観が合うとかでみんな恋人を探すけど、そもそもそれってどうなんだろう？　自分のことなんて自分自身がいちばんよくわかってないんじゃないか？

自分が知っている自分なんて、鏡に映った顔みたいなものだろう。「左右が反転していて微妙に違う顔」のように、現実とは微妙に違う顔。鏡の中の顔は、自分自身が見ているから少し意識してて、気取っていて、その分少し自分で表情を作っていて。結局、自分はこうだと思い込みたい自分を演じている自分だ。

そんなのは本当の自分の顔じゃない。

そっちの自分を本当の自分だなんて思ってると、いつか必ず心に歪みが出て来るはず。

例えば、誰も本当のわたしをわかってくれない！　というふうに。じゃあ、本当の自分ってどうやって知ればいい？

ああ……ダメだ。余計にこんがらかってきた。

まあ、本当の自分なんて、どうせ自分でいくら考えたってわからないんだろう。だとしたら、性格とか価値観が合うとかなんかより、あの映画のセリフみたいに、似合う色を教えてくれたとか、ぜんぜん知らなかった自分に気づかせてくれたみたいなのが運命にいちばん近い相手なのかもしれないなぁ……。

——運転しながら、つらつらと考えた。

「なんかいつもと感じ違うね」

待ち合わせ場所に着いたら、会ってすぐにきみが言った。

感じが違うのは、最近さらに嘘っぽさを増してきた二重まぶたのせいかもしれないし、買ったばかりの少し派手なジャケットのせいかもしれない。それとも、頭の中がまだこんがらかっていて表情が重いせいなのかもしれない。でも、そんなことを言われても、僕にはその理由なんてわからないんだ。そんなことより。ひとつ訊きたいことがある——。

「どう？　このジャケット」

「いい色じゃない。似合う似合う」

ドキッとした。あははは。こんがらかった頭の中が、一瞬で晴れてしまうほどに。

Ⅲ　小説　うれしい悲鳴

うれしい悲鳴

「ああ、どうしよう！」

ある夜のこと。女がふたりのボーイフレンドについて悩んでいた。あろうことか、ふたりから同時にプロポーズをされ、決断を迫られているのである。

ひとりは、広告代理店勤務の青年。すらりとした痩せ形で、顔も頭も品もよく、ジョークも楽しい。ただし、女性関係に少し難がある。華やかな職場なので仕方がないといえば、それまでなのだが。

もうひとりは、幼なじみで今は中学校の教師をしている男。真面目で、やさしく、子供好き。収入も安定している。容姿はいたって平均だが、サッカー部の顧問をしているだけあって、意外とたくましい体つきをしている。

女はどうしても決められない。それもそのはずで、数十人いたボーイフレンドの中から、このふたりに絞り込むだけでも、相当な時間と覚悟を要したのだ。

「だめっ！　わたし、こんなんじゃあ、最悪にダサい女だわ。ちゃんとひとりの男を愛せなくちゃ！　ダサいのだけは絶対に嫌！」

しかし女は決められず、眠ろうにも眠れず、このイライラは空腹のせいだろうと冷蔵庫や戸棚を開けてみるが、食料になりそうなものは見当たらない。女は気分転換にコンビニへ出かけることにした。

真夜中のコンビニの店内に客の姿はなく、陳列棚にもほとんど商品が並んでいなかった。特に食品類は少ない。インスタントコーヒーやクッキーといった比較的保存の効くものがぽつぽつと粗雑に並んでいるだけで、弁当やサンドイッチなどはひとつも見当たらなかった。女は空腹によるイライラをおさめるために来たのだが、チョコレートの一かけさえも売っていないという状況にさらにストレスをつのらせた。だが、ないものは仕方がない。イライラをぐっと気合いでこらえることにした。

女が何も買わず店を出ようと、雑誌コーナーの前を通りかかったそのとき。その日はファッション雑誌各誌の発売日だった。棚を埋め尽くす最新号の山。表紙に躍る文字が最先端の流行を端的に告げている。雑誌を手にとって女は狂喜した。

女は一冊の雑誌を購入し、足取りを弾ませて家へ戻った。その表情に先ほどまでの苦悩の色はない。オシャレについて考えている間だけはわずらわしいことをすべて忘れることが出来る。めでたい性格の持ち主なのだ。

家に帰り雑誌を読み終えると、女は携帯電話を取り出して満面の笑みで広告代理店勤務の色男に電話をかけた。

「もしもし。起きてた？　ねぇ。わたしと結婚しましょう。……ほんと？　うれしいわ。じゃあ、またね」

女は簡単に男と結婚の約束をかわしてしまった。

そして、電話を切るなり続けざまに体育教師の男にも電話をかける。

「ねぇ、結婚しない？……オッケー、じゃ来週末に新婚旅行に行こ。そーね、じゃ、また連絡する。バイバイ」

そして、あろうことか、また別の男にも。

「もしもし。久しぶり、元気だった？　結婚しようよ。……よかった。うん、じゃ、またね」

女は古くからの男友達にまで結婚を申し込んだ。そしてまた別の男にも。

「結婚しーましょっ。うふふふ……」

「好き好きスー好きスー……。ねぇ、結婚しよう……」

「おーい、結婚するぞえ！……」

「きゃにゅせれべー。きゃにゅせれべー。ハーイ、元気？　わたしと結婚しない？……」

「じゃじゃじゃじゃーん、じゃじゃじゃーん、アイらーびゅーふぉえーばー……。ねっ、結婚しよっ」

「ねぇ、結婚……」

女は数分の間に二十人の男に電話をかけまくり、その全員と婚約をした。特に喋り疲れた様子もなく、ストレスで気の触れてしまった目をしているというわけでもない。正気。いたって普通である。女は再び雑誌をぱらぱらとめくりながら、今度は親友の女に電話をかけた。

「もしもし。見た？　最新号。見たよね。あははは。昨日まで悩んでたのが馬鹿みたいよね。ねぇ、ねぇ。んで、あんた、もう何人と結婚した？……十人？　おお、やるねーっ。でも、聞いて。あたし二十人突破。超頑張ったわぁ。あははは」

女の手元でばさりと乱暴に閉じられた雑誌の表紙には〝ついに来た！　この夏は一婦多夫で決まり！　多夫（tough）な女になる101の方法！〟と書かれている。

「なんか、近いうちにやっぱ日本も法律も改められるらしいねー」

「そりゃそうよ。一生を同じ服一枚だけでオシャレに暮らせるわけないじゃん？　服は季節によって、時代によって、気分によって、いくらでも重ね着したり着替えたり出来なくちゃ意味ないもの。それは男も同じよね。ＴＰＯに合わせて連れて歩く男も替えなくちゃ。世界中の先進国が一婦多夫の方向に動いてるんだもの。日本も一夫一婦制なんてダサい法律は改めて当然よ。それでこそ先進国のオシャレってもんじゃない！　じゃなきゃ、時代においてかれちゃうもん！　ねーっ」

「そうよねーっ。あははは」

女たちは今さっきファッション雑誌で仕入れたばかりの薄っぺらな情報を互いに語り合ってわいわいと楽しげだ。女の腹が空腹でぐうと鳴った。

「あははは。もっといっぱい、結婚しなきゃ！」

電話をしながらはしゃぐ女の尻の下には、先月号のファッション雑誌が敷かれていた。その表紙には、〝大和撫子なら一途な愛で決めろ！〟と書かれてあるようだ。おそらく先月までは、世界各国の一婦多夫制の波に反発するのがトレンドだったのだろう。流行というのは理由もなく移り変わるのが常だ。

しかし、世界中の国々が一婦多夫制を導入し始めた本当の理由は非常に深刻なものである。地球温暖化による海面上昇にともなって陸地が大幅に減少してしまったことや、世界規模の砂漠化に伴う末期的な食糧難などが原因で、新たに生まれて来る命の数をある程度制限する必要が出て来たのである。ひとりの女が二十人の男と結婚すれば、家庭の数を二十分の一に減らすことが出来る。それは文字通り、苦肉の策であった。アメリカやヨーロッパ諸国に比べて、島国である日本のダメージは甚大で、すでに国土の半分が水没しており、人口と食料需給のバランスは完全に壊れてしまっていた。

かくして日本も一婦多夫制へと移行し、若い女たちがこぞって「男にモテるために結婚をする」という、奇妙な時代に突入した。

「結婚式、何着ようかなぁ。あははは」

女は携帯電話で陽気に話しながら、自身のガリガリに痩せ細った体躯を鏡の前でくねらせた。髑髏に薄皮を張ったような頬をつり上げて笑うと、カルシウム不足で隙間だらけになった歯が口元からのぞく。そういえばダイエットなどという言葉はいつごろから聞かれなくなっただろう。

世界的な食糧難はこれからも深刻化の一途をたどるであろう。風の噂では、次の秋冬の流行は〝未亡人〟だという。数ヶ月後、今度はモテるために女たちは大量の夫たちを殺し始めるに違いない。

「やだなあ、二十着もウエディングドレス選べないよう。あははは」

笑い声を張り上げると女の腹も、ぐう、とうれしい悲鳴をあげた。

面白い服

「黒いシンプルなジャケットが欲しいんだが。何かないかね」

　銀座にある洋服屋で初老の男が店員に訊ねた。男は五十歳くらいで、ハンチング帽、ジップアップのセーター、チノパンという茶系のコーディネートが秋らしく上品にすっきりとまとまっている。背が高く、メタルフレームの丸眼鏡が知的で優しげな印象を加えている。

「こちらなんかいかがでしょう」若い女の店員が店の奥から一着のジャケットを持ってきた。「イタリアのインポート物で、細身でVゾーンが広め、襟も細くて、今年の流行ですが」「どれどれ」男が着ていたジップアップのニットを脱ぎながら言った。「着てみましょう」

　客はジャケットを羽織り、鏡の前で気取った表情をし、軽くポーズをとった。

「よくお似合いですね」店員が言った。「こちらのジャケットはポケットが面白い作りになっておりまして」

店員が前身頃にふたつある左右のポケットに両手を入れ、客の背中で手を結んだ。必然的に客にぎゅっと抱きつく恰好になった。

「こ、このように、ポ、ポケットが中でつながっているのです」客の腹に頬を擦り付けながら、店員が得意げに説明を続けた。「外見は普通のポケットと変わりませんが、いわばジャケットの身頃の部分がすべてポケットの空間になっているわけですね。ええ、ですから、たくさん物が入ります。いかがです。素敵でしょう」

「はあ。しかし、これは何の役にも立ちませんわな。ポケットに入れた携帯電話が背中で鳴られても困る」客は照れくさそうに短く刈り込んだごま塩頭を掻きながら言った。

「もう少しシンプルなのはありませんかね」

「ございます。ございます」店員が再び店の奥に入っていって、戻ってきた。「こちらなんかいかがでしょう」

「ほほう。これはまた厚手のしっかりとした生地ですな」客がジャケットの袖を撫でた。

「はい。こちらは大変面白い生地を使用しています。このジャケットはウールと化繊の混紡生地ですが、わざと三サイズ大きめに作り、できたものを強力な特殊乾燥機にかけて三サイズ縮めているのです。そのため、このように非常に目の細かく厚い生地で仕上がっているわけです」

「しかし、これでは」袖を通しながら客が言った。「腕が曲がりませんな。あ痛たた。

圧迫されて腕が鬱血しています。脱ぐのを手伝ってもらえますか。痛たた」

「うふふ。いかがですか。面白いでしょう。気に入っていただけましたか」店員が笑顔で訊ねた。

「いやいや。君ねえ」客が訝しげに店員を睨んだ。「わたしはもっと、シンプルなジャケットを探しているんですよ」

「だめですか。そうですねえ。それでは……。こちらはいかがでしょう」店員がごくシンプルな黒ジャケットを取り出して客に着せた。「基本的にはウール素材ですが、とても面白いことに縫製の糸に、戦場で戦死した人間の髪の毛が使われております」

「うわっ」客が通した腕を慌てて引っこ抜いて叫んだ。「なんて薄気味の悪いものを出して来たんだ」

「あらまあ。反戦の意味がこめられているのですが、お客様。お気に召しませんか。ではこちらはいかがでしょう?」不服そうな表情を浮かべながら店員が次のジャケットを差し出した。

「なんだか、やたらジッパーが多いようだが」客がジッパーのひとつを引いた。

「あら。いけません」ジャケットがばらばらと崩れた。「こちらのジャケットは面白いことに全身が約五千本のジッパーで組み立ててある、パズル式なのです。困りましたね、一度はずすと元にもどすまでに二日はかかります」

「そんな機能など、何の役にも立たないではないか」壊れた袖の一部分をつまみ上げて、客はあきれ顔で言った。

「お客様。もう少しデザインをお楽しみになってくださいませ」店員が語気を荒げ、ため息をついた。「ではあちらなどはいかがでしょう……」呆れ顔でショウウィンドウのマネキンを指した。

「なるほど。あれはシンプルですな」客が満足気に言った。

「少々お待ちくださいい」店員がマネキンからジャケットを脱がして客に差し出した。

「どれどれ」客は袖を通し、鏡の前に立って言った。「ごほっ、ごほっ。長い間、飾っていたせいかな？　少々ほこりっぽいが……うん、なかなかいいじゃないか」

「こちらのジャケットは裏地が大変面白い素材になっておりまして」店員がジャケットを捲りながら説明を始めた。「約二百年前の大島紬を裏地として使用しております。外見は普通のコットンサテン素材ですが、裏はオリエンタル・ヴィンテージの生地というわけです。見えないところにこだわる、これぞ究極のお洒落でございますわ」

「なに。二百年とな。しかし君、これはいくらなんだ」客が風化してところどころに穴の開いた大島紬の裏地を撫でながら訊いた。古布特有のすえた臭いとほこりが鼻を突く。

「こちらはヴィンテージものでございますから。ええと少々お待ちください」店員は帳簿を開いていった。「九十八万円に消費税ですね。まあ、お買い得ですわ、お客様」

「冗談じゃない！」客は丁寧にジャケットを脱いで、慌てて店員に渡した。「わたしはもっと、シンプルで安価なものでいいんだよ」

「困りましたね。では……こちらなんかはいかがでしょう」店員が黒いレザージャケットを出してきた。「こちらは面白いですよ」

「今度はどう面白いのかね」客が不機嫌そうに訊ねた。

「はい。こちらは、どんぐりしか食べずに育ったという、話題のイベリコ豚の革で作った、たいへん貴重なジャケットになります」店員が客に着せながら言った。

「へえ、イベリコ豚ねぇ」客は皮革を嗅いだが、普通のレザージャケットと変わりがなかった。「しかし。イベリコ豚というのは、食すには脂身が甘いとかで大変うまいというが。皮革としてはどうなんだね」客が訊ねた。

「お客様。そんなことは、まったく重要ではありません」店員が眉間にしわを寄せて肩をすくめ、首を左右に振った。「貴重なイベリコ豚の皮だという一見してわからないこだわり、その遊び心こそがお洒落というものでございますわ」

「そういうものかね」客も肩をすくめて言った。「だが、必要のない無駄なアクセントに金を払う気にはどうしてもなれないのだが」

「えっ。しかし、まあ、私どもの店は一流のセレクトショップでして。つまりバイヤーたちが世界中で一点一点目利きをし、厳選に厳選を重ね、その中で面白いものだけを買いつけてきているわけです」店員が苦々しい表情で言った。「残念ですが、当店にはお客様がお望みのような平凡なジャケットなど置いておりません」

「そうか。ではしかたがないな」客はイベリコ豚のジャケットを店員に返した。「邪魔した。また来るよ」

「お客様。もう来なくて結構ですわ」店員の女は、薄く笑みを浮かべながら、客の頭からつま先まで全身を舐めるように眺めて言った。「あなたの恰好を見れば、わたしのような洒落者には、あなたがいかにつまらない人間か一目でわかってしまいます。あなたは間違いなく平凡でつまらない人ですわ。そのダンガリーのボタンダウンシャツ。きっと、洗濯が楽だとか長持ちするというような理由で買ったのでしょう。上に羽織ってらしたジップアップのニットセーターは、何となく合わせやすいから選んだだけの、その辺のデパートかどこかで一万円程度で買ったものですね。そして、そのチノパンは最近流行の全国チェーンの量販店の廉価品でしょう。お履きのトレッキング用の革靴は五年も前のモデルです。もういい加減、買い換えどきです」

「何だと」客は言葉に詰まった。思い切り腹が立ったが、しかし指摘は当たっていた。すべて店員の言う通りだった。

「いいんですよ。つまらない人でいたいのであれば、そのままで」店員は相変わらず能面のように固まった不気味な笑顔で続けた。「うふふ。残念ですわ。わたしがお手伝い出来ることは、まだまだありましたのに。お洒落に生まれ変わるチャンスでしたのに。でも、つまらない人は、つまらない服を着るのがいちばんですわ」

「つまらない人間だと！」客は一瞬取り乱したが、気を取り直し、諭すように続けた。「あのなぁ……。言葉を返すようだが、君はお洒落を勘違いしている。個性的とお洒落は違う。平凡な服でもそれをお洒落に着こなす人間はたくさんいる。高級ブランドの品だとか、個性的な服だとか、そういう〝能書き〟を盾にして、自分に魅力がないことを誤魔化しながら虚勢を張っているだけじゃあ駄目だよ。そんなものは本物のお洒落とは呼ばないんだ」

「まあ。そんなことはございません」店員は客がなぜ怒っているのかわかっていないといった様子で答えた。「お洒落な服はお洒落な人と惹かれあい、やがて出会う運命にあるのです。それに、お洒落な人には、内面からにじみ出るお洒落オーラがありますわ。それは、つまらない人間にはわからない、ほんとうに気高くて美しくてやさしくて温かい、最高の輝きですのよ」

「ほう」客は店員をじろっと睨んだ。「君は自分をお洒落だと？　そのにじみ出るオーラとやらがあるのだと。ははは」客が店員の着ている片方の袖だけが長く伸びたブラウスを指していった。「よく鏡をごらん。じゃあ、何だい、君のその珍妙な服は」

「うふふ」店員はむしろ訊かれたことがうれしい様子で声を弾ませた。「ご説明いたしますわ。このブラウスはフランスの老舗メーカー、プティ・プティ・バディで六〇年代に一度だけ作られた幻のブラウスの復刻版の限定品で、世界中に五十枚しかないとても貴重なものです。未来的で大胆なカットの袖と、極楽鳥の翼のように優雅な襟のデザインが、とても面白いでしょう。ジェーン・バーゲンもこれを愛用していたんですって。そしてこの靴は、おそらくご存じでしょうが、ロリコン・ボディコンの今シーズンの新作です。靴底に原色でプリントされたキノコ雲の柄が、面白いでしょう。あと、このスカートは、ニューヨーク在住の日系人アーティスト、フランケン・ケンケン・イノウエのハンドメイドの一点ものですわ。彼の作品は非常に評価が高くて、ハリウッド女優やセレブたちがこぞってパーティーで着ているんですの。どのゴシップ誌のパーティースナップにも毎回登場するほどの、超人気ブランドなんです。今や一着を手に入れるにも二年待ちとも三年待ちとも言われていますのよ。このスカート、裏地が、本当に面白い、デザインなんですわ」

店員の女が早送りのテープレコーダーのように言った。

「おい。あ、あなたは、さっきから何でも面白い面白いと言うが、わたしにはちっとも面白くない。いったいどこがどう面白いんだ！」

すっかり気分を害してしまった客が、とうとう怒鳴った。

「あら。それはあなたにお洒落心がないからですわ。うふふ。かわいそうね」

「そんなことはない！」客は呆れて叫んだ。「それに、靴底やスカートの裏地など、誰にも見られないではないか！」

「おほほほ。ほほほ。あははは。あじゃはは。ほんとうに、この店の服はどれも面白いデザインだわ。この店の服さえ着ていれば間違いないわ。お洒落でいられるのよ。お洒落、お洒落」店員が白目をむいて呪文のように同じ言葉を連呼し始めた。「わたしはお洒落。お洒落だわ。お洒落。お洒落。お洒落。ねえ、わたしのこのスカートの裏地がいちばん面白いわ。いちばん面白いわよ。いちばん面白いわ。いちばん面白いわ」

　客は恐怖を覚え、身支度を始めた。

「もう、もういい。わたしは帰るよ」

「あら。このスカート、とっても面白いのよう。面白いのよう」女はスカートをひらつかせて舞い踊り、げらげらと笑い出した。「うふふふ、へへへへ、あへあへあへ、あははは、ははは、裏地を、あはへへ、裏地を思い出しただけで、あははは、ははは、息が、ははは、苦しい、あはは、笑いが、止まらな、ひひひ、あはは一ははははは」

　女が不気味な笑顔のまま、床をごろごろと転げ出した。激しく悶えるうちに、スカートがめくりあがって裏地が見えた。

「うんこ、ちんこ、うんこ、ちんこ、うんこ、ちんこ、うんこ、ちんこ、うんこ、ちんこ、うんこ、ちんこ、うんこ、ちんこ、うんこ、ちんこ、うんこ、ちんこ、うんこ、

ちんこ、うんこ、ちんこ」

面白いことに、女のスカートの裏地には一面に小学生レベルの下ネタの落書きがプリントしてあった。客は思わず、ふふっと笑ってしまった。

小鳥の歌声

春。男は父親の紹介で就職した小さな町工場で働き出した。

だが、そこで男がおこなう労働は十分な対価には換わらず、片っ端からストレスへと姿を変えるばかり。だが町中が顔見知りのような小さな町で、男が胸に抱えた不満は世間体という三文字が邪魔をして誰にも相談できないまま、静かに時は過ぎていった。

ばかばかしい——。

ある朝、とうとう男の中で何かがはじけた。男の五分の遅刻をめぐって社長と言い争いになり、勢いあまって男は時代遅れの業務内容と労働に見合わない低賃金を一息に糾弾し、そのまま踵を返して家へ戻ってしまった。通勤ラッシュとは逆方向の空いている車線を、男の運転する車は勢いよく駆けぬけた。

家に着くと居間でくつろいでいた父親の怪訝な視線から逃げるように、男は自分の部屋に閉じこもった。押入れの奥から埃だらけのアコースティックギターを引っ張り出す。学生のころはバンドを組み、ライブに明け暮れていた。自分もいつか音楽をクリエイトする側の人間になるのだと信じていた。

ああ、なぜおれほどの人間がこんなくだらない毎日を――。閉め切った六畳の小さな部屋で、男は心に溜まった鬱憤を歌に乗せて叫んだ。懐かしい衝動がよみがえり、胸が青く高鳴る。

しばらくして男はキッチンへと向かい、冷蔵庫からビールを取り出した。間違いだらけの発声によって潰れかけていた喉がゆっくりと潤う。キッチンから続くリビングに父親の姿はなかった。いつものことだ。パチンコにでも出かけたのだろう。隠居生活の唯一の楽しみがパチンコだなんて。悲しい老後だ。おれは絶対にこうはなりたくない。こんな田舎町で人生を終わらせてなるものか。

戸棚にあったカップラーメンに湯沸しポットから湯を注ぎいれると、出来上がりの三分を待たずにビールの缶は空になった。男は二本目のビールとカップラーメンを持って自室へ戻った。

陽が傾きかけていた。春先の夕暮れはまだ冷える。男は暖房を入れ、そそくさと腹ごしらえを済ませると再び作曲に熱中した。

どれくらいの時間が過ぎただろう。順調だった作業にも少し煮詰まりの気配が見え始め、男は気分転換に風呂に入ることにした。

風呂場へ向かう廊下で、背後からいつの間にか戻っていた父親が話しかけてきた。

町工場の社長から電話があって代わりに会社に出向いて謝って来たこと、処分は保留にしておいてもらったから明日からまた出社できる手筈になっていること、人間としてのモラルの話——。父親の一方的な立ち話は、湯船の湯を適温まで上げるのに十分な時間を要した。男は相槌を適当に打ち、風呂から出たら話すと告げて風呂場に向かった。

蛇口をひねると湯がいくらでも出てくる。おれの頭の中からも湯水のようにアイデアが出てくれればいいのに。男は湯船でぼんやりと考えごとをした。これからのこと、音楽のこと、この町のこと、家族のこと。いくら考えても答えなどあるわけもなく、ただ気が遠くなるばかりだった。

風呂から上がり、ヘアドライヤーで髪を乾かし、男はベッドに寝転がった。まだ父親と話す気分になどなれない。ステレオから大音量でロックを流した。ノイズギターの粗い音粒が心の隙間を埋めていく。そのうち、男は眠ってしまった。

チュンチュン——。

気がつくと窓から朝陽が差し込み、一緒に小鳥の歌声が聞こえていた。習慣というのは恐ろしい。時計を見ると、昨日まで出社のために男が起きていたのと同じ時刻を指していた。

暖房をつけたまま眠ってしまったせいか、男は大量の寝汗をかいていた。あるいは悪夢にうなされていたせいかもしれない。額に手をあてると少し熱っぽい。喉が痛いのは風邪のせいか歌いすぎたせいか。とにかく、あとで風邪薬を飲まねば。でもその前にシャワーを浴びて汗を流したい。寝ぼけたままで男が風呂場へ行き、服を脱ぎ、シャワーの蛇口を捻った、そのときだった。

わっ、地震だ——。

かなり大きな揺れだ。倒れたシャンプーやリンスのボトルが濡れた床を踊るように滑る。安全装置が働いたせいか、湯が徐々に冷水へと変わっていった。男は全裸でシャワーヘッドを握りしめ、びしょ濡れのまま右へ左へよろめくだけだ。早くこの悲惨な状況が過ぎ去ってくれることを天に祈りながら。

チュンチュン——。

「あはは。バカだね、人間は——」

「ざまみろだね——」

激しく揺れる大地の上空で、翼を羽ばたかせた小鳥たちが会話している。

「まったく。自動車、道路、家屋、楽器、冷蔵庫、缶ビール、カップラーメン、湯沸しポット、パチンコ、電話、ルームエアコン、水道、洋服、追い焚き機能つき給湯システム、ヘアドライヤー、ベッド、時計、ステレオ、薬……」

「昔から動物たちは自分の体を環境に適応させて来たっていうのにさ。人間だけは自分の体はそのままに、自分たちを取り囲む環境のほうを変えて来たんだもの」

「ああ。地球上で唯一、進化をやめてしまった生き物が、人間だね」

「いい気になってるけど結局、人間にはこんな地震さえ予知出来ないんだもの」

「完全に第六感も退化してしまっているんだろうね」

「ああ。惨めだよ。それに昨日、この男は仕事っていう〝自分で選んだ環境〟にさえ難癖つけて夢があるなんて寝ぼけたことを言い出した。どこまで愚かなんだろうね。人間って生き物は」

轟音と共に男の家がゆっくりと崩れて行く。小鳥たちは颯爽とどこかへ飛び去って行った。

賞味期限が切れた恋の料理法

「ただいま」

おれが会社での仕事を終えて自宅のマンションに帰ると、付き合って一年が経つ彼女が料理を作っていた。合鍵で先に入っていたのだ。

「おかえり」

エプロン姿の彼女が玄関に駆け出してきた。このような状態になって数ヵ月が経つ。最近では彼女に会いたくてというよりも、正直、料理のほうが楽しみで仕方ない。

「いい匂いだな。今日のメニューは何だ？」

「豚の角煮とレバニラ炒め、エノキダケの味噌汁に食後はパイナップルよ」

「おお、いいね。もう腹ペコだよ」

付き合い始めたころはハンバーグやコロッケやカレーといった子供っぽい料理しか作れなかったのに、最近になって急激にレパートリーが増えた。今日のような渋い料理も簡単に作れるようになった。彼女はもともと料理が向いていたのだろう。どんな料理も作るたびにどんどん美味くなっていく。

おれがシャワーを浴びて出てくると、ダイニングテーブルにはすっかり料理が出揃っていた。

「お待ちどおさま。さあ、食べましょう」

「美味そうだな、よし。食べよう、食べよう」

どかりと椅子に座り、料理に箸をつける。どれもいつものように美味しい。

今日、わたしの勤め先の会社でこんなことがあった。さっきテレビで軽井沢の映像を見てたら行きたくなった、今度の連休に行きましょう。友達の誰それが恋人と別れた。その原因がまた傑作なのよ。というような他愛のない会話を交わしながら、食事は進んでいく。おれはもっぱら相槌をうつだけだが。

「……ねえ？　そう思わない？　あははは。男がそんなじゃあ、別れても当然よね？」

「……そう、だ……ね」

「わたしたち、もう付き合って一年ね」

「……ああ」

「もうすっかり夫婦みたいね、わたしたち」

「……だね」

「このままおじいちゃんおばあちゃんになるまでこんな感じなのかしらね」

「ねぇ。何よ、さっきから素っ気ない返事ばっかり」

「……や……そんなこと……ないよ」

「素っ気ないわよ。せっかく料理作っても、美味しいとも不味いとも言わないし！」

「……美味しい……よ」

これはいつもの質問だ。毎晩、美味しいかと訊いてくる。たしかに美味しいから、おれは美味しいと答える。だが、しかし……。料理を食べ終わって、デザートのパイナップルにとりかかった。これも甘くて美味しい。

「ねえ。最近あなた、変わったわ」

「……そう……か？」

「変わったわよ。付き合い始めた頃はそんな冷たくなかった」

「……冷たくなんかないよ。ただ、ちょっと……」

「ただちょっと、何よ？」

「……ちょっと、飯のあとに……してくれないかな？……その話」

「何よそれ！　もう！　いい加減にしてよ！　ねぇ……ホントに好き？　わたしのこと！」

「……好……きだ……よ」

「どれくらい好き？」

「……かもね」

「……とっても……。すごく……好き」

「もうイヤ！　何なの？　あなたのその奥歯にものの挟まったような言い方！　がまん出来ない！」

彼女は箸を叩きつけ、鞄をひっつかみ、上着をはおって、あっという間におれの部屋を出て行ってしまった。おれは何も言うことが出来ないでいた。

それもそのはずだ。奥歯には豚肉の繊維やら、ニラやら、エノキダケやら、パイナップルのスジやらがびっしりと挟まっていてどうにも気持ちが悪く、食事をしている間からずっと、それらを舌で取ろうと必死だったのだ。

彼女が出て行ってから二日間、まったく連絡がとれなかった。だが、どうやら元気で暮らしているようだ。というのも、ついさっき街で知らない男と腕を組んで楽しそうに歩いているところを見かけたのだ。

付き合い始めたころはよかった。彼女は歯に挟まるような料理が作れなかったから。いや、もしかしたらこれは彼女の作戦だったのかもしれない。新しい男が出来た彼女は、おれと上手く別れるために歯に挟まりやすい料理ばかり食べさせて、わたしのこと好き？　と毎夜食事のたびに訊く……。おれの言い方に罪を着せて、さっさと別れるために……。

密室のコマーシャリズム

男が人質を取ってオフィスに立てこもってから、十時間が経過していた。

大勢の野次馬が事件現場のビルを取り囲んでいる。ざわざわの中には核心をついた意見もあるのかもしれないが、どの声もざわざわの原因を作り出しているだけで、野次馬たちの言葉が犯人や警察、あるいはワイドショーのレポーターにも伝わることはない。

報道によれば犯人と人質は以前、共同で接着剤などの工業製品を作る会社を経営していたのだという。やがて会社は分裂し、その後それぞれに新会社を興していた。だが、一方の会社が事件の数日前に倒産してしまった。つまり、倒産したほうの社長が犯人、倒産しなかったほうの社長が人質という形で、奇しくもふたりはいま、同じオフィス内で共同作業をしているわけだ。

ただの妬みだ、共同開発した商品の一方的な特許独占が理由だ、女性関係のもつれだ、原因についてはさまざまな憶測が飛び交った。生中継するテレビ局も多く、事件は世間の暇つぶし役を一手に引き受けていた。残る人質は社長ひとりだけ。運悪く居合わせたために監禁されていた社員たちは、すでに全員が解放されている。

犯人は監禁した四人の社員をひとりずつ解放していった。そのとき、社員に一枚のポラロイド写真を持たせ、外に出たときにマスコミに公表することを強いた。最初に出てきた女性社員が興奮した様子でテレビカメラに差し出した写真には、脅える社長の姿が写っていた。社長は手足を粘着テープで椅子に固定された状態で拳銃を頭に突きつけられていた。

写真は世間の反響を呼んだ。犯人によって中の様子がリアルタイムでレポートされていく。それは、退屈な国の退屈な国民をいっそう熱中させていった。

数時間後、ふたり目の女性社員が解放された。彼女が手にしていた写真には、入り口のガラスの自動ドアいっぱいに黒色の粘着テープが貼りめぐらされている様子が写っていた。訊くと、実際にガラスにテープを貼ったのはこの女性社員で、犯人の命令で一ミリの隙間もなく丹念に貼ったので絶対に中からは外の様子は見えないのだという。機動隊はその言葉を信じて入り口のすぐそばまで接近して待機することを決めた。

しばらく膠着状態が続いたあと、三人目の男性社員が解放された。彼の持っていた写真には全身をテープで緊縛された社長の裸体が写っていた。五十数年間をだらしなく過ごした男のだらしない肉体は惨めで醜かった。笑ってはいけないのだろうが、それは普通の感覚を持ち合わせた人間ならば笑わずにはいられない写真で、テレビ画面に大写しにされた社長の姿を国民は密かな笑顔で歓迎した。

四人目の社員は窓から紐のようなものを伝って降りて来た。彼が持っていた写真にはオフィスの入り口に、ジャングルジムさながらにうずたかく積み上げられた机や椅子の山が写っていた。犯人に命令され、機動隊の突入に備えて、この社員が自ら積み上げたものだという。ただ積み上げるだけでなく、それぞれの脚を粘着テープで複雑に固定しながら慎重に組み上げた。あれではそう簡単にはドアを打ち破ることは出来ないでしょう。このせいで自分は出口を失い、ロープ代わりに粘着テープを垂らして窓から降りるはめになったのだ、と男は説明した。

犯人の要求が金であることに間違いはないようだった。しかし、解放された社員たちの証言によると、金額について犯人と人質の社長は耳元で何やらささやきあっていて、時折笑い声がこぼれることもあったという。

深夜だというのに現場周辺は相変わらず野次馬が絶えない。中継カメラの前で例の写真を真似て体にガムテープを巻きつけ、ごろごろと地べたを這ってはしゃぐ若者も現れた。現場近くのコンビニでは粘着テープが売り切れてしまったという。そのときだった。

パーン──。

野次馬たちの騒音を切り裂いて、室内から乾いた銃声が鳴り響いた。

犯人がついに発砲したのである。

入り口からなだれ込もうとする機動隊。しかし、固く塞がれたドアはびくともしない。人質の安否が心配される。野次馬のボルテージは最高潮に達した。奇声や悲鳴が飛び交い、現場は狂乱の渦に包まれた。はしご車を使って窓から機動隊員が突入する。それから間もなく犯人が取り押さえられたという情報が流れた。人質も無事だという。

現場に安堵とも失望ともつかない空気が漂い、どことなくしらけた雰囲気の中、野次馬がひとりふたりと消えていった。人は残酷な生き物だから心のどこかでは最悪の事態を期待していたのかもしれない。いつもと違う奇妙な夜も、ふたを開けてみればいつもと同じ平穏な朝と繋がっていた。

事件後、最後の人質だった社長がテレビカメラに一枚の写真を差し出した。銃口を粘着テープで塞いだ拳銃が写っていた。犯人の放った弾丸は粘着テープを貫通していなかった。

その数ヵ月後、この会社は新種の粘着テープを発売して爆発的なヒットを記録する。それもそのはずである。日本中の誰もがその優れた性能を知っているのだ。

「HITOJICHI TAPE」という名のその粘着テープの特徴は五つ。

①絶対的な固定力（四肢の緊縛、積み上げた机の固定などに便利！）
②きれいにはがせて糊が残らない（身体に貼っても体毛が抜けない！）
③驚異的な引張りに対する強度（窓から垂らして大人がぶらさがっても大丈夫！）
④防犯に効果的（ガラスが割れない！　透明タイプを窓枠に合わせてサイズオーダーすることが可能！）
⑤重ねて貼ればさらに強度がアップ（銃弾も通さない！）

事件後、犯人は殺人未遂その他の罪で服役を命じられた。しかし、やがて刑期を終えて出てくる彼を「粘着テープといえばHITOJICHI TAPE」の世界が待っていることだろう。そして、共同開発者の彼にも莫大な特許料が入って来るのだという。

いちばん効果的な宣伝はなんだろう？　それはもしかしたら、そもそも宣伝の形をしていないのかもしれない。そうやって僕らは知らないうちに商品を買わされているのかもしれない。と、たまに思う。

正義の見方

「長い間、おつかれさまでした」

「クズテツさん、おつかれさまでした！」

今日、ひとりの刑事が定年退職を迎えた。クズテツと呼ばれるその男が四十年の刑事人生の中で捕まえた犯人はほとんどいない。酒とギャンブルが好きで、勤務中もすぐにふらりと姿を消してしまうような男である。役立たず、ポンコツ、クズのテツオ。陰口がそのままあだ名へ変わるのに時間はかからなかった。見送る後輩たちのねぎらいの言葉がどれも皮肉として響く。

「クズテツさん、今日の酒も美味いですね、きっと！」

「ああ。……ありがとう。私は今日でこの署を離れますが、みなさんはこれからもこの街の犯罪撲滅のために全力を尽くしてください」

花束を受け取って小さく頭を下げると、失笑とともにまばらな拍手が起こった。よろよろと荷物をかつぎ、冷たい視線の中、クズテツは署を後にした。

「おぉ。これは、これは。クズテツさん。今日でおしまいかい？」

門を出たときだった。パトカーを降りてきたひとりの刑事が声をかけた。

「ヒラメキか。うるせぇな、とっとと消えろ！」

ヒラメキと呼ばれているこの生意気な刑事はクズテツの十年後輩だ。呼び名は、神がかり的なひらめきで犯人を次々に捕まえることに由来する。

「なんだよ、仲間じゃねぇか、クズテツさん。ったく、最後まで冷てぇなぁ」

「うるせぇ。お前もいい加減、心を入れ替えろよ」

「はぁ？　何言ってんだ、入れ替える必要なんてないさ。おれはあんたと違ってヒーローなんだぜ？　ははは」

「ふざけるな！」

クズテツがヒラメキに飛びかかった。しかしヒラメキはそれを予測していたように身をかわし、クズテツの腕をさっと掴んで捻りあげた。

「ふふふ。クズテツさん、まあ、そう興奮しなさんな」

「痛たた……。離せ！　このやろう……」

「あんたは今日、この時間、この場所で、おれに飛び掛って首を絞める。あんたもわかってたことだろ？　おれと同じ能力があるんだからさ」

「……うるせぇ。ちくしょう、何だってお前みたいな人間に予知能力が備わったんだ！」

「なあ、クズテツさん。頭は使いようだぜ。いいかい？　ヒーローは少し遅れて登場するから、ありがたがられるんだ。ウルトラマンだって怪獣が襲来する前に防いでちゃあ、誰にも感謝なんてされないぜ？」

「うるせぇ！　お前の名誉欲のせいで、いったい何人の命が失われたと思ってるんだ！お前が事件を防いでいれば……」

「おれのせいじゃないさ。殺す奴がいて、おれはそいつを捕まえる。それがおれの仕事。それだけさ。そういや、あんたいつも仕事をサボってどっか行ってたな。要するにあれは予知した事件を防ぎに行ってたんだろ？　おれの予知では起きているはずの事件が、なぜかたまに起きなかったりする。なあ、どうせ全部あんたの仕業だろ？」

「当たり前だ。それが本当の正義ってもんだ！」

「本当の正義？　ははは。なんだ？　そりゃ。ああ、そうだ。さっき通報しといたぜ。そろそろ来るんじゃないかなあ？　ふふふ」

「通報？」

　そのとき、取っ組み合ったままのふたりの目の前が突然ぐにゃりと歪み、空間にぽっかりとブラックホールのような穴が開いた。その穴の中からウルトラ警備隊に似たコスチュームを纏った奇妙な青年が現れた。

「クズテツと呼ばれている元刑事は、あなたですか？」

青年は流暢に日本語を話した。

「ああ。そうだ。そして通報したのは、おれだ。先に捕まえといたぜ、ほれ」

ヒラメキが答える。

「痛た……。誰だ！　あんたは……」

クズテツの身体はヒラメキから青年へと引き渡され、クズテツの腕には見たこともない仕掛けの手錠が掛けられた。

「わたしは未来から来た、タイムパトロールです。クズテツさん、あなたが予知能力を乱用してこの星の歴史を変えているという通報がありました。あなたは過去四十年に亘って、起こるべき凶悪事件を未然に防いでいたというのは本当ですか」

「……ああ。正義の心を持っていれば誰だってそうするだろう？　むしろ、捕まえるべきはこの、ヒラメキのほうで……」

「いいえ。勝手に歴史を変えることは、もっともしてはならない重罪です」

青年がブラックホールの中へクズテツを引きずり込もうとしている。

「いいですか、人間は失敗から学ぶ生き物なのです。未来人が教訓を得るためです。たとえどんなに凶悪な事件だろうと、あなたはその発生を妨げてはなりません」

「はぁ？　もっともしてはならない重罪だぁ？　ふざけるな。ならば訊くが……あんたたち未来人は過去から何を学んだっていうんだ！」

クズテツが抵抗しながら叫んだ。

「そうですね……私たちが学んだのは、正義という考え方自体がそもそもの間違いだった、ということでしょうか。いま、未来に正義なんて考え方はありません」

「正義がない？　何だと？　平和は失われてしまったのか……？」

クズテツが青年を激しく問いつめる。

「いいえ。あなたのいる時代よりもずっと平和です。というのも、戦争は昔〝正義vs悪〟だと考えられていましたが、実際にはそうではありません。〝正義vs別の正義〟です。簡単なことです。バルタン星ではウルトラマンが悪。わかりますよね？　だから……。未来にとっては、あなたのような〝正義〟という考え方自体がもう、すなわち〝悪〟なんですよ」

ぼわん。と音をたてて穴は消え、その中にクズテツもタイムパトロールの青年も消え、ヒラメキだけが残された。

「やれやれ。何が正義だ……バカバカしい」

ヒラメキが服についた砂埃を払いながら言った。

かくして正義がまたひとつ地球から消えた。この調子で正義という幻想が消えていけば、この星から戦争がなくなる日も近いのかもしれない。

男の持ち物

目の前で肉がじゅうじゅうと美味そうな音をたてて焼けていく。三人の男とひとりの女がそれを囲んで座っている。だが、肝心の会話がいまいち盛り上がっていない。

「ねぇねぇねぇ。もし無人島におれたち三人と君しかいないとしたら誰を選ぶ？」沈黙に耐えかねたように、坊主頭の男が女に訊ねた。

「やめてよ……。そんな質問。くだらない」女はその質問を面倒くさそうに流した。

「なんでだよぉ〜。いいじゃん、答えてよ〜」坊主頭が食い下がる。「ちなみにおれはねぇ、実家の寺の跡取りなんだ。檀家が星の数ほどいるような超メジャー級の寺よ。うちに嫁げばもう、絶対に食いっぱぐれなし！　どう、どう?!」

「仏様……ねぇ」女の顔つきが少しだけ変わった。

「待って、待って下さい。ズルいですよ。僕にもプレゼンさせてくれませんか」小太りで七三に髪を分けた男が指先で顔の脂を拭いながら言った。「僕は、実は年商十億円の飲食店チェーンの社長なんです。本当ですよ、ホントに社長なんです。僕と結婚すれば、毎晩、美味い料理とパーティーざんまいのセレブ暮らしです。欲しいものは家でも車でも何でも買ってあげます。どうでしょう？」

「何でも買ってあげる……か」女は溜め息をついた。

「はい！　はい！　今度、おれおれ！」威勢よくモヒカン頭の男が手を挙げた。「おれはねぇ、お笑い芸人の卵！　毎日笑顔にしてあげるよ！　今はお金ないけどさ、いつか必ず売れるから。どう？　ねっ、ねっ！」

「ああもう……」女がうなだれた。「あんた、何？　その無駄な元気……。あんた見てるだけで、ホント疲れるわ」

「えっ……だめ？　だめ？　ね、ちょっと見て。いい？　ショートコント、ファミレス！　いらっしゃいませ。あのーすいません」モヒカンがひとりで勝手にネタを始めた。

「うるさいってば！　あんたは黙ってよ！　もう！」女が乱れた髪をかき上げて、前髪の隙間からモヒカンを睨んだ。

「いっひっひ。怒られてやんのーっ」坊主がざまあみろと笑う。

「なんだよ。ちぇっ、相方がいればもっと面白いネタやれるんだぜ……？」モヒカンが渋々座る。

「まあ、まあ。ここはひとつ、ねぇ。穏やかに」七三が皆をなだめた。

「はぁ？……穏やかにぃい？」女が今度は七三を睨む。「あんたも、ほんっっっとうに、鼻につくのよねぇ。何様？　なんか冷静な大人ぶってさぁ。私はデキる男ですってかぁ？　バカじゃないの？　どうせ、金がなかったら何も出来ないくせに」

「えっ……？　いや、あ、あの……」七三がたじろぐ。「あ、あの……お金で、別に、何でも手に入るなんて思ってないですよ……。怖いなぁ、もう」

「いっひっひ。また、怒られた～」坊主がいっそうはしゃぐ。「ってことは、おれの勝ちかなぁ？　これも日頃の精進のおかげですなぁ。仏様に感謝の気持ちを……ありがたや、ありがたや」

「ねぇ、あんた」

手を合わせてまぶたを閉じた坊主を、女が低い声で制した。

「ねぇ。仏様ってのがもし本当にいるならさ、いますぐここに連れてきてよ」

「え？」坊主の目が丸くなる。「こ、ここに？……いますぐ？」

「そう、いますぐ」女の態度は真剣だ。「そのためにあんた毎日、修行してんでしょう？」

「いや、仏道ってのは、教えであって、人が正しく生きるための……」

「つべこべ言ってないで、仏様を、連、れ、て、き、て！　はやく！」

空気が一瞬で凍った。男全員の顔が引きつっている。

「お嬢さん、あのう……、立ち入ったことをお聞きしますが……」七三が神妙な面持ちで口を開いた。「な、何か……神様や仏様にでもすがりたいような悩みごとでもおありなんですか……？　僕でよかったら、ご相談に、のりますけども」

「はぁ？」女が再び七三に向き直って叫ぶ。「だから、あんたのその大人ぶった態度がむかつくって言ってるでしょう！　悩みごとがあるかって？　当たり前よ！　バカじゃないの！　もう、悩みごとなんてもんじゃないわよ……死んでしまいたいわ！　こんな辛い毎日なら……あたし、いますぐにだって……死ん、で……」

　女がわっと泣き出した。

「ど、どうしたんです？　急に……」モヒカンが女の肩にやさしく腕を回して言った。

「楽しくやりましょうよ、ね。楽しく！」

「触らないで！」女が勢いよくモヒカンの頬をひっぱたいた。「あたしに近寄るなって言ってんの！」

　そのとき、女の背後で何かが光った。

「ぎゃっ！」七三が跳び上がって驚き、腰を抜かした。「何かいる！」

「えっ、何っ？　狼？　熊？　怖い怖いっ。うわ、うわあああ！」坊主が二度三度地べたを転げながら、どこかへ走り去っていった。

「え。ちょ、ちょっ、と、ヤバいヤバい。おれも怖い怖い怖い！」モヒカンも坊主に続いて消えてしまった。

「ったく……」女が振り返るとそこにはコウモリが一匹天井からぶら下がっていた。焚き火の炎で目を光らせている。「コウモリくらい何よ……」

「あは、あああ、……ははは。やった。僕が、僕だけが……、残ったぞ」七三は腰を抜かしたまま、股間をじとりと濡らしている。「やった、僕は、勇敢だぁ……。キミは、ボクの、ぼ、ぼくのもんだぁ。……あ、あは、へっ、へへへ」

「誰があんたなんか……」女は焼けたばかりの肉を木の枝で器用に火中から取り出し、頰張りながら言った。「この島に流れ着いてもう何日も助けは来ない……島に人影もない。馬鹿じゃないの。もしも無人島に僕たち三人しかいなかったら……だぁ？　いい加減、ちゃんと現実を見て！　ここは正真正銘の無人島なの！」

海上に墜落した旅客機から奇跡的に助かったこの四人の男女は数日間の漂流の末にこの島にたどり着いた。砂浜に面した崖の下にあった小さな洞穴の中で火をおこし、四人は救助を待つまでの間、仕方なく共同生活を始めたのだ。

「あははは……おんなは、おれのもんだぁ」七三が手足をがたがたと痙攣させている。

「ああ、もう！」女は傍らにあった猪の死骸から素手で力まかせに生肉を剝ぎ取って火の中へ放り込んだ。この猪も女がひとりで捕らえて大きな石で出鱈目に叩き殺したものだ。

「へ、へへへ。へっ、ねぇ、ねぇ、お、じょ、うさん。ねぇ、ね、ゴハン……。おにく、お、にく、……まぁだ、焼けない、か、なぁ」

消えそうな声で七三が食料を懇願している。女は以前に猪をしとめるのに用いたのと同じ石を手に取って七三の前に立った。

「あたしたちは助かる保証もないのよ？　わかる？　ちゃんと現実を見て。生きるって、仏にすがることでも、お金にすがることでも、夢にすがることでもないわ。ホント、男って無意味なものしか持っていない生き物ね」

だが、女は石を振りかぶったままの体勢で動きを止めた。生肉は保存が面倒だから、猪があと何日もつかを冷静に計算しているのだ。

真面目なプレゼント

ダメだ。明日から中間テストだっていうのに、ぜんぜん集中出来ないや。ああ、もう。あの子もいまごろ、勉強してるんだろうなぁ。あの子、明日の数学と地理どっちも苦手だからなぁ。テンパってるかもなぁ。

そういや、もうすぐあの子の誕生日なんだよな。でも……。何をあげたらいいんだろう。中学に入って三年間、ずっと同じクラスだったのに、照れくさくてほとんど話しかけたことがないからなぁ。あの子が何を集めてるとか、どんな食べ物が好きとか、そんなこと何にも知らないや。

あ、いや。そもそも僕があの子の誕生日を知ってるなんて、気持ち悪がられるかもしれないなぁ。何で知ってるの？　なんて訊き返されたら、どう答えたらいいんだろう。まさか、キミがクラスで友達としゃべってるのを盗み聞きしたんだなんて、言えないし……。

あの子、テニス部のあいつのこと好きだって噂はホントかなぁ？　まあ、どうせ僕のことなんか、きっと気にも留めてないんだろうな。あの子、友達多そうだもんな。携帯持ってるしなぁ。男子とメールとかもしてるんだろうな。あんなに可愛いんだもの。モテるし、友達もいっぱい……。

あぁあ。うちは親がきびしいからなぁ。高校に合格するまで携帯電話どころか、テレビだってろくに見せてもらえないもんなぁ。ドラマもお笑いもよく知らないから、そのせいで、みんなと上手くしゃべれないし……。つまんないやつって思われ始めてる気がするなあ。最悪だよ、まったく……。

もう。医者の息子なんて何もいいことないよ。医者なんか、別になりたかないってば……。もし、自由に将来の職業を選んでいいなら、何を選ぶかなぁ。K－1選手とか？　アクション俳優とか？　筋肉タレントとか？

あの子、どんな芸能人が好きなんだろう？　どんな映画見るんだろう？　一緒に見に行くとしたら何かな。最初は無難に、『パイレーツ・オブ・カリビアン』とか？　ジブリ系とか？　逆に『ロッキー・ザ・ファイナル』かな？　ああ、『ロッキー3』のDVDとか一緒に見たいなぁ。敵のクラバーって奴がすげえ面白い顔してんだよなぁ……って、いや。まさか。僕じゃないんだから、ロッキーなんて興味ないよな……。僕がスタローンに憧れてて、彼について異常に詳しいなんて知ったら、あの子、引くかなぁ。あと、僕が杉本彩の大ファンだってことも……なんとなく、口が裂けても言わないほうがいいんだろうなぁ。

いいや。ああ……こんなこと考えてたって虚しいだけだよ。話しかけることもろくに出来ないんだもの。何でこうなんだろう。うじうじしてたって何もいいことなんかないのに！　いっつもみんなの顔色ばかりうかがって、目立たないように、僕のせいで変な波風が立たないように、怯えながら生きてるだけなんて。最悪だよ、もう。

ふぅ。……もう寝ようかな。あ、勉強しようかな。でも、学校のテストなんて簡単だからな。逆に気を使うんだよなぁ。あんまりいい成績取って、みんなからイヤミな奴って思われても厄介だもの……。怖いからなあ、そういうの。だから僕は基本的には塾でしか頑張らないことにしてるんだよなぁ。塾はいいよ。あそこは勉強だけしてればいいんだ。誰の目も気にしなくていいし、とにかく頭のいいやつがいちばん偉い、っていうシンプルで最高に素敵な世界！

でもなんか……頭がいいって恰好悪いんだよなぁ。「おれ、馬鹿だからよくわかんねーよ」みたいなのって、実は内心、チョー憧れる。堂々と失敗出来るってすごいことだよ。「おれ、馬鹿だからそういうのよくわかんねぇけど、とにかく、お前が好きだ！」みたいな告白とか？　情熱系っていうの？　そういうのっていいよなぁ。僕は医者の家で育ったからなあ……失敗はとことん叱られるだけだったもんなぁ。「医者は、すみません間違えました、じゃあ済まされない世界なんですよ！」って。子供のころから口酸っぽく言われて来たっけ――。
ああ……。あの子、勉強はかどってるかな。明日、告白しようかな。でも、変に動揺させてテストの邪魔してもよくないしな。だからって、ぼやぼやしてたら誕生日過ぎちゃうしな。失敗してもいいか……。いや。でも、卒業までまだ結構あるし。失敗は怖いよなあ。そもそも僕、いままで失敗とかあんましたことないからな。どうしようかなぁ。ああ、ああ……。だめだ。もう寝よう。もう、寝ようっと……。

そして翌日。

一時限目の数学のテストが始まった。

少年はすらすらと簡単に全問を解いてしまった。

そして、ふと、あの子の席を見やる。

あの子は頭を抱えている。苦戦しているようだ。

少年は余った時間でまたあの子について考え始める。

大丈夫かなぁ。問題解けてるかなぁ。仲よくなったら教えてあげられるのに。仲よかったら悪い点でもなぐさめてあげられるのに。このまま待っててもチャンスは来ないよなぁ。自然な方法なんてないだろうな。この三年間、チャンスらしいチャンスなんて一度もなかったんだから、この先も期待出来ないよなあ……やっぱ。
そしてテスト時間終了間際。
少年は自分の名前を消して、その子の名前を書き込んで答案を提出した。

死んでも直らない

「仕方ないだろ？　遺伝だよ、遺伝。おれの親父も爺さんもそのまた爺さんも、代々みんな女好きだったんだ。いまさらおれを責められても困るよ」

「いい加減にしてよ。ろくに働きもしないで女遊びばっか……情けない」

何度目かの夫の浮気が妻にばれた。

「別に働かなくたっていいだろ？　株で十分儲けてるんだから。おれは昔からギャンブルだけは強いんだ。なぁ、お前と結婚してから一日だってお前に貧しい思いをさせたことなんてあったか？　大丈夫、おれがひらめきで買った銘柄は必ず上がるんだよ。インスピレーション？　霊感っていうの？　ははは」

「ふんっ。霊感ねぇ……」

妻が鼻で笑った。しかし事実、夫は株で失敗したことはない。予言者のようにいつもぴたりと当てる。

「そんならさぁ。本物の霊感があるならもっとバーンと大儲けしてくれない？　いつも、食うに困らない程度をちまちま儲けてばっかでさ」

「お前……それは仕方ないだろ？　ピンと来る銘柄がいつもそういうやつなんだ。文句言うなよ。損するよりはマシだろ？　なぁ……ごめんって。もう許してくれよ」

夫が申し訳なさそうな表情を作って、両手を顔の前で合わせた。

「浮気はもうしないよ。でも……病気かもな。自分でもときどきコントロールできなくなるんだ。いきなり誰かを好きで好きでたまらなくなってしまうことがある。わかるだろ？　お前と結婚したときもそうだったし」

「ふんっ。そうねぇ……」

妻が再び鼻で笑った。思えば十年前。ふたりは見えない力に導かれるように、出会って数日後には結婚してしまった。一瞬でコントロール不能なほどに燃え上がった恋の炎が互いの理性を焼き尽くしてしまったようだった。

「あぁ……。私、大きな勘違いをしてたみたい。貧乏でも何かにドキドキしたり、一生懸命暮らして小さな幸せに胸が躍るみたいな毎日こそが素敵なのよね、きっと」

「何だよ。別れるのか？　まあ、いいぜ。おれには株があるしな。別れたって特に困るわけでもない。慰謝料だってそれなりに払ってやるよ」

今日までかろうじてくすぶっていた恋の炎に冷水をぶっかけるように夫は言い放った。

「何も困らない？　あら、それはどうかしら」

カチンと来た妻が夫を見下して言う。

「あのね、あなたに霊感なんてないのよ。霊感があるのは私なの」

「はぁ？　おれには生まれつき霊感があるよ。あはは。お前、頭おかしくなったのか？　だっておれはお前に出会う前からずっとギャンブルに強いんだ。負け惜しみ言うのは、やめて……」

「ぁあぁ……ぃや……えぇ」

妻が突然、うつろな目でブツブツと何ごとかをつぶやき出し、泡を噴いてその場に崩れ落ちた。

「おい、どうした？　おい、冗談はやめろって！」

ブツブツ――。

意識の淵をさまようように、妻は奇妙な独り言を続けた。夫は救急車を呼ぶべきか、お祓いを呼ぶべきかを思案しながら妻を介抱した。

「……んあぁああっ！　ぅうううっ！　ふふふっ。……ひゃははは」

しばらくして妻が甲高い笑い声とともに目を覚ました。

「ふぅ。話がついたわよ……ようやく。うふふふ」

「話がついた？　何の話だよ……」

「ねぇ。……あなたは私と出会ったとき、自分をコントロールできなかったでしょう？

あれ、なぜだと思う？」

「わからないよ。わからないけど、おれたちは運命の力みたいなもので……」

「運命のチカラ？　あっははは。ずいぶん子供じみたこと言うのね。やっぱりあなた、まだまだ子供ね」

「……な、何だ？　何を言いたいんだよ！」

「あのねぇ。あのときは……あなたじゃなくてあなたのお爺ちゃんが私を口説いていたのよ」

「爺ちゃん？　何言ってんだよ……おれの爺ちゃんはとっくに死んでるし」

「そう。もちろん死んでるわ。だからいまこうしてあなたの守護霊をしてるんじゃない」

妻が夫の後ろの空間をぼんやりと見つめて言った。慌てて振り返るが夫には何も見えない。

「あなたのお爺ちゃん、女好きで、孫に甘くて、本当にダメな守護霊よ。まぁ、でもそこに私がつけこんだわけなんだけどね……」

「ん？　つけこんだ？」

夫の顔色がだんだん青ざめていく。

「そう。あなたのお爺ちゃんは私に一目惚れしたの。で、お爺ちゃんが私と一緒にいたい一心で孫のあなたの心と体を操った。私としても、あなたには〝お爺ちゃんのお小遣い〟があるからこの先、生活に困らなくていいかなと思って、結婚したわけなんだけど……」

「……小遣い？」

「そう。株とかギャンブルとか。あなたにひらめきをくれてたのはお爺ちゃんなの。孫が金に困って辛い思いをしないようにって。ホント過保護で、最低な守護霊」

「……守護霊？　過保護？」

妻の一言ひとことに対して夫はいちいち気味が悪そうに顔を歪める。

「でもね、さっき話し合って、私たち別れることにしたわ。お爺ちゃんも納得してくれたみたい。自分の女好きのせいでずいぶん迷惑をかけたって謝ってきた」

「ってことは……ん？　おれたちが、離婚ってこと？」

「そうよ。あ、あと、それでね。お爺ちゃん、改心するって。女遊びもやめるし、過保護は孫のためにならないからもうやめるって」

夫の顔色がいっそう青ざめる。

ごめん、ごめんよ、全部わしが悪かった、わしは生まれ変わるよ——。

いよいよ事態を飲み込み始めた夫の背中に向かって、爺さんが土下座している。しかし、その姿は勝ち誇った表情でほくそ笑む妻にしか見えていない。

あくびをしたら

男があくびをしたら、吐き出した息がボフッと音をたててハイエナに変わった。

「ごぉっ」ハイエナが咆哮をあげた。「おい！　お前」

「ひいっ」男はか細い悲鳴をあげてデスクから転げ落ちた。鋭い目つきでハイエナが突然語りかけてきたのだからそれも仕方がない。だがオフィスのフロアの雰囲気はいつものままだ。遠くのほうから女子社員の笑い声も小さく聞こえる。

「何だ？　それは？」ハイエナが鼻先で男のデスクの上を指して言った。

「い、いや。あの、仕事の資料を……」デスクの上にあるノートブック型のパソコンの画面には全裸の女性が映っていた。何のことはない。仕事もせずに、男はエロサイトを見ていたのである。

「お前なぁ……」ハイエナがうなだれた。

「あ。は、はぁ……はい」男は慌ててウィンドウを畳んだ。そんなものは事態を収拾するための手段にはまるでならない。そんなことは男もわかっていたが、そうすることがとりあえずのマナーのような気がしたのだ。

　ぶるぶるるるるる——。

　男の携帯電話がマナーモードで震えた。ハイエナの現れる直前まで、何度もメールをやりとりしていた女の子からのメールだった。昨日飲み会で知り合ったばかりの子で、男はあふれ出しそうな下心を押し殺してメールで慎重に口説いているところだった。

「おい。おい」ハイエナは、反射的に携帯電話を開いた男の姿を見てせせら笑った。

「ふふふっ、情けないなぁ、お前」

「は、はぁ……」わけもわからず男が恐縮した。男の隣の席の社員は淡々と仕事を続けている。男には信じられないことだが、誰もこのハイエナに気づいている様子はない。

「何か、気づかないか?」ハイエナが顔を近づけ、男の目をべろりと舐めた。「おれを、よく見てみろ」

「ひいっ。な、何ですか?」男はハイエナを直視して、あらためて怯えあがった。

「ぺっ」ハイエナが唾液を床に吐いた。「お前、ヤバイ。まずい。腐ってる。ダメだ、もう、ダメだ。ごぉぉおっ」

　咆哮とともに突然、ハイエナが男の右腕に嚙みついた。驚いて男が振り払おうとすると、ぼろりと腕が抜け落ちた。

「うぇえっ」男はさっきまで腕がついていた辺りを左手で撫で回したが、手のひらに鮮血がべっとりとついただけで痛みはなく、驚きと喪失感だけがあった。男の右腕をハイエナはあっという間に食ってしまった。

「お前、痛みなんて、ない。身体も心も、みんな、腐ってる」

続けざまにハイエナは左腕をもぎ取って食べた。

たしかに痛みはないが、恐怖心はある。男は悲鳴をあげて、おろおろとフロアを見回した。だが相変わらず誰ひとりとして事態に気づいている様子はない。夢なのか？　痛みがないところを見ると、これは夢なのかもしれないと男は思う。しかし目の前ではハイエナがやけにリアルに骨から肉片を牙でこそぎ取って食っている。

「お前、何か、気づかないか」ハイエナがまた男の目を覗き込んで訊ねた。しかし男はただ呆然とするばかりだ。

返事がないことを確認すると、ハイエナは右足、左足、尻、性器周辺、腹部と順々に男を食っていった。すでに四肢を失い、自分の力で立つことも出来なくなった男はただ無力に床に横たわるだけである。

「お前、何か、気づかないか」同じことばかりハイエナは繰り返し男に訊く。

質問の度に男はただ首を横に振る。すると身体を食われる。わけがわからない。なんて気味の悪い夢だ。早く覚めてくれ。もはや胸部の肉は食いちぎられ、肋骨が露わになっていた。長い大腸が床に飛び出し、他にも大小さまざまな臓物が床に散らばっていた。

「お前、腐ってる。臭い。内臓も、腐ってる」ハイエナは男の身体を食い続けた。

「あのぉ……。つかぬことをお訊きしますが……」最後の力を振り絞って男が言う。

「あなた……元は僕のあくびですよね？」

「そう。おれ、お前の最後のあくび。お前、腐ってる。だから、おれ、食べる」

「このまま……私は食べつくされてしまったらどうなるのでしょう？」

「お前、消える。腐ったもの、放っておくより、消えたほうが、いい。腐ったやつ、臭い。お前の存在、みんな、迷惑。お前、臭い。チョー臭い」ハイエナはしゃべりながらもガツガツと食べ進む。

　頭部を残すだけとなったところで、「何か気づかないか」ハイエナは男にまた訊ねた。ハイエナの鼻先と男の鼻先が軽く当たった。目と目が合った状態ですこし時間が止まったが、すぐにハイエナはあきれた様子で男の顔の皮膚を剝がし、中の脳みそをすすり始めた。

「あっ！」目玉を残すだけとなってしまったところで、男はようやく思いついた。「あぁっ、おれだ。あんたのその目……。おれの十年前の目つきだ！　そうだ。誰かに似てると思ったんだ！」

「いっひっひ」ハイエナは鼻先で男の目玉を転がしながら笑った。「そう。おれは、十年前の、お前の、夢。おれ、お前と、十年前に、待ち合わせの、約束、した」

「待ち合わせ？」目玉になった男が答えた。「お前、ロックスター、になる、言った。十年後の、今日、武道館のステージで、必ず、おれと、会う。約束した。なのに、お前、約束、破った」

「ええっ？　そんな……」

ゴリ、ゴリッ――。

男の言葉をさえぎって、ハイエナが目玉を嚙み砕いた。目玉の中身を食べるぺちゃぺちゃという音だけが静かなフロアに鳴り響いた。そこへ、どこからともなくザワザワと野良犬の大群が押しかけてきた。

「ああ、遅かったか。もう肉はねぇらしいな」

「そうらしいな」

野良犬同士がしゃべっている。

「よう。あんた、久しぶりだな」

「おお。久しぶりだな。どうだい？　あんたとこの〝本体〟は最近？」

「ダメだな。そろそろ約束のときなんだが、全くだ」

「ぶぁっはっは。じゃあ、そのときはぜひ声かけてくれよ。あんたの〝本体〟の夢はたしかスーパーモデルだったよな。でもいまじゃあ、ぶくぶくと太ってるらしいじゃねぇか？　おれ最近、腹ペコなんだ。食いごたえあるだろうな、大量の脂身はさぞかし。いっひっひっひ」

「仕方ねえ。骨だけでもちょうだいして帰るか」

野良犬の大群は男の骨をくわえて散り散りにどこかへ消えていった。人々のかつての夢が化けた野良犬たちの会話がフロアからだんだん遠のいていった。


――あなたも昔、遠い未来で夢と待ち合わせをしていませんでしたか？　十代のころ、獣のように鋭い目つきで大きな夢を思い描いたことはありませんでしたか。

夢はすごく真面目なやつだから、おそらくいまもあなたをずっと信じているはずですよ。もしかしたら退屈や諦めが原因で不意に口からこぼれたあなたのあくびも、突然獣に化けてあなたに襲いかかって来るかもしれません。

わからない儀式

アフリカ、ジャングルの奥深く。

文明の香りなきその場所にコイモウ族は暮らしている。

わたしはこれまであまり明かされることのなかった謎多きコイモウ族の暮らしに密着取材するべく、テレビクルーを引き連れてここへやって来た。

高く生い茂る草木。姿見えぬ獣の咆哮。すぐ足元を極彩色の蛇が駈けていった。

痛い——。

足首の辺りに痛みが走った。慌てて押さえるとソックスがじわりと赤に染まっていた。しまった！　毒蛇に噛まれたか！　いや、ズボンの裾から入り込んだヒルがわたしの血を吸い取っていただけだった。つぶれたヒルの死骸をつまみ上げる。よかった……。

キーキーキー。

頭上で怪鳥のような鳴き声がした。決して我々を歓迎している様子ではない。ジャングル全体が我々の侵入を警戒しているのがわかる。しかし、もうここからでは戻るのも容易でない。歩みを進めるごとに止め処ない不安と後悔が押し寄せてくる。それでも心の奥底では得体の知れぬ好奇心がまだわずかに恐怖心を上回っている。大丈夫だ……きっと。

「さあ、もうすぐだぞ」

先頭を歩いていた現地の案内役の男がゴリラのような仏頂面でこちらを向いた。

村は突然現れた。小学校の校庭ほどの野原を囲むように家らしき粗末な建物がいくつか並んでいる。その中の一軒、村長の家へ案内役が取材の交渉に向かった。

野原では十数人の裸に近い恰好の女や子供たちがぬうっと立ちすくみ、我々を不思議そうに見つめている。男たちの姿は見当たらない。昼間は狩りにでも出ているのだろう。

その村は完全に時間が止まっていた。

こんな場所がまだ地球にあったなんて——。

都会で生まれ育ったわたしの目に、そのプリミティブな光景は楽園のようにも地獄のようにも映った。

「誰だ、お前らは！」

瞬間、わたしの背後の草むらがざわざわと音を立てたかと思うと、すぐさま数十人の男たちが現れて我々に向かって槍や弓矢を構えた。

「誰だ、お前らは！」

おそらくそう言っているのだろう。言葉はわからないが彼らの怒声からは明確な意思が伝わってくる。彼らは戦闘態勢を崩さぬまま、じりじりと我々を囲む輪を狭めていく。そのうち、だれからともなく大声で何ごとか歌いだした。獲物を殺すときに神に感謝を捧げる歌だろうか。それとも侵略者を呪い殺すため大地の悪魔を呼び覚ます歌だろうか。地面を強く蹴る音と槍同士をぶつけあう音とでリズムを作り、彼らは鬼のような形相で叫んでいる。そのときだ。

バシュー。バシュー。

男たちがいっせいに空へ向かって矢を放った。無数の矢の雨が降り注ぐ。我々はただ無力にうずくまるだけだった。いつ止むとも知れない死のスコール。ああ、もうダメだ……。あまりの恐怖に意識が遠のいていくのがわかる。

「ようし、皆のもの、やめい！」

数分の後、矢の雨は村長の号令で止んだ。男たちの輪を裂くように村長が我々のもとへ歩み寄ってくる。あれほどの矢の雨だったにもかかわらず、どうやら奇跡的にクルーの中に怪我人はないようだ。パチパチパチ。案内人が村長の隣でにこやかに拍手をしている。

「驚いたかい？　実はこれがこの村の歓迎の儀式なんだ。訪問者が悪者でないかを神に訊ねるために男たちが空へ向かって矢を放つ。もしも刺さって客が死んだらそれは招かれざる者、なんだが……それは昔の話。狩りの名手である彼らはそもそも君たちを狙って矢を放っていない。ちゃんと絶妙に外しているんだ」

鳥の羽根や木の葉で身を美しく飾った若い女が、木の実を割っただけの粗末な椀に白濁の液体をなみなみ注いでわたしたちに差し出した。

「これを飲んだら、あなたたちは家族として認められる」

案内人がわたしの肩を叩いてウインクした。そっと口に運ぶ。酸っぱくて苦くてやけにアルコールが強い。わたしは一息で飲み干した。最悪に不味い――。

「おいしい……よ」

続けざまにネズミの姿焼きのようなものや生きたイモ虫なんかが差し出される。これが彼らのご馳走なのだという。男たちは太鼓を持ち出し、笑顔で歌と踊りを始めた。今度はリズムも陽気で歓迎されている実感のわいてくる歌だった。

彼らが何を言っているのか、何を食わされているのか、もはやまったくわからないが、とにかくうれしいと感じた。彼らも心の底からうれしそうに騒いでいる。都会では一度も味わうことのなかった極上の安堵と幸福感に包まれているうち、頰を静かに涙が伝っていった。

……みたいな。まるで僕はそんな気分だよ。

僕はいま初めて君の家に遊びに来ていて、キッチンからは君の陽気な鼻歌が聞こえている。それが何の歌なのか僕は知らないよ。でも君はとにかく気分がよさそう。ふふふ。自由な人だ。

野菜や肉や調味料の瓶なんかが床にまで散乱して、火にかけた鍋は地獄絵図のように噴きかえっている。さっき戸棚から計量カップやらラップやらホイルやらが雨のように降ってきたと思ったら、今度はキッチンバサミでキュウリを出鱈目にスライスし始めた。ははは。もういったい君が何を作ろうとしているのか、さっぱりわからないよ。でもありがとう。何だかすごくうれしいよ。たぶんこれは君なりの歓迎の儀式なんだろう？さあ来い。何だって食ってやるさ。

恋は盲目。ああ。いつもクールな僕も、とうとうコイモウ族の暮らしに足を踏み入れてしまったのかもしれない。わかっている。深入りは危険だ。でもいまはまだ好奇心がそれに勝っている。

痛い――。

割れた皿のかけらを踏んで、僕のソックスがゆっくりと赤く染まっていった。

新時代小説

首都高速道路で玉突き事故、飲酒運転が原因か。ＮＹダウ三営業日連続で小幅下落。和歌山で放火、住宅二棟全焼女性ひとりの遺体。統一地方選挙の争点は。少子化問題、将来の不安が引き金に。尾瀬で山開き、ミズバショウ六月上旬見頃――。

新聞には今日もたくさんのニュースが並んでいた。

爺さんは朝飯を食べながら新聞を読んでいる。目を上げずに器用に浅漬けをつまんだ。いつもの朝飯の光景だ。あじの開き、納豆にみそ汁。ちゃぶ台を挟んだ反対側に座っている婆さんの皿はもうどれも空になりかけていた。

寂れた山村にある商店街の一角で、ふたりは年金をもらいながら小さな金物屋を営んでいる。

「放火事件だとさ」

爺さんがぼそっとつぶやく。

「ぶっそうですね」

婆さんが素っ気なく応える。

「ああ」

会話は長く続かない。毎度のことである。

「今日は『水戸黄門』の日でしたっけ?」

婆さんが訊ねる。

「そうだ。見るのか?」

爺さんは十年前からテレビを見なくなった。にぎやかでやかましいだけのバラエティ番組についていけなくなったせいもある。でも理由はそれだけではない。根っから堅物の爺さんは、作られた感動や笑いというものに心底、嫌気がさしているのである。それでも、時代劇だけは婆さんに付き合ってたまに見るのだが、やはり殿様やら侍やら忍者やら、そんなものにはどうしてもリアリティを感じることが出来ない。いつだって爺さんが見たいのはノンフィクションに宿るドラマだった。つまり、爺さんにとっては新聞のニュースがこの十年の間、いちばんの娯楽であった。

「新聞なんて、あとでいくらでも読めますよ、はやく食べてしまって下さい」

婆さんは皿を重ねて立ち上がった。

「ああ」

爺さんは新聞を閉じ、みそ汁を白飯にかけてそそくさと胃袋に流し込んだ。

キィイーッ、ガラガラガラ――。

爺さんが店の旧式で重厚なシャッターを力一杯開けると、朝の清々しい空気がカビくさい店内に一気に流れ込んできた。空気中のほこりが陽光を反射してきらめいている。のこぎり、金槌、ノギス、かんな、直尺、釘。店内に並んでいる品物は、どれもそれほど売れるものではない。中には十年以上も店の棚に置かれたままのものだってある。ましてや、ここは急激に過疎化の進む田舎の村。客は月にひとりかふたりしか現れない。

爺さんはいつものように店先に簡素な丸椅子を出して腰をかけ、新聞の続きを読み始めた。爺さんの背後で、婆さんのかける掃除機の音が聞こえ始めた。

イラク特措法案、参議院で審議入り。安倍首相、胡主席と会談へ。アメリカ銃乱射事件、社会の闇浮き彫りに――。

「銃乱射事件か……」

爺さんはつぶやいた。新聞を開くたびいつも不思議に思う。自分は平穏な田舎で、全く代わり映えのない毎日を繰り返しているというのに、地球のどこかではいまこの瞬間も何かしらの事件が起きている……。本当にこの新聞に書かれていることは事実なのだろうかと考えることもある。

「ちょっと。どいて下さい。ほこりをかぶりますよ。たまには散歩でもしてきたらどうです」

店の棚にばたばたとハタキをかけながら、婆さんが邪魔くさそうに爺さんに言った。

「そうだな。たまには少し運動もせんとなぁ――」

爺さんは新聞をズボンのポケットにねじ込んで立ち上がった。

歩き出したところで誰に会うわけでもない。商店街のシャッターはほとんどが閉まっており、人影はない。十年前までは活気のある村だった。いったい、かつての住人たちはどこへ行ってしまったのだ。

少子化問題か……。今朝読んだばかりの記事が思い浮かんだ。若者は将来に不安を感じているのだという。たしかにこの村には、農業以外には仕事らしい仕事はまったくないといっていい有様だ。夢を描いた若者が、ここを出て行くのも仕方のないことなんだろう。

交差点を三つほど越えたあたりで早くも息が切れ、爺さんはへたり込むようにバス停のベンチに腰をかけた。やれやれ。体力の衰えは否めない。ハンカチでゆっくりと汗を拭い、一息ついたところで道路の彼方を見た。ちょうどバスがやって来たところだった。

乗ってみるか――。

何気なくひらめいた。爺さんはふと好奇心が湧いてバスに乗ってみることにした。婆さんに、スカーフの一枚でも買ってきてやろう。プレゼントらしいものはしばらくあげたことがない。バスの行き先は見慣れない施設の名を指しているが隣町の「田舎が丘町」へ行くことは間違いないようだ。

走り出したバスの車窓を牧歌的な田園風景が流れて行く。

どこまでも広がる緑。車内には他の乗客の姿はない。このバス会社もいずれつぶれてしまうのかもしれない。そうなったら自分はあの村に閉じ込められてしまうんじゃないだろうか。爺さんは、脳裏をよぎる悲しい空想を止めることが出来ないでいた。

自分が最後にバスに乗ったのは何年前だろうか。でもたしか、そのときもこんな様子だった覚えがある。誰もいない車内。田園風景。この村は何も変わっていないのだ。

爺さんは再び新聞を読み始めた。

拉致問題、大リーグの試合結果、社説、今夜の天気——。

「ん……何だ？　これは？」

全ての記事を読み終わろうというところで、爺さんは奇妙な文章を見つけた。

「長年のご愛読、誠にありがとうございました。この新聞は今号が最終話となります……」

新聞が最終話とはどういうことだ。わけがわからない。廃刊だというのならわかるが、それだとしても、明らかな誤植じゃないか？　けしからん。新聞は常に事実を正確に伝えねばならんのというのに。そんなことだから廃刊になるのだ。

終点。終点。田舎ヶ丘テレポートセンターでございます――。

バスが停まり、終点の町に着いたことを知らせるアナウンスが流れた。爺さんはそそくさとバスを降り、辺りを見回して驚いた。

「ど、どこだ？　ここは……」

目の前に広がっている景色はSF漫画の世界そのものであった。銀色の超高層ビルが立ち並び、人々は地面からわずかに浮かんだ小さな板のようなものに乗って空中を滑るように移動している。道路はアクリル板のように艶やかで真っ白い。草木は全く見あたらず、自然の香りは全くしない。それどころか砂粒や塵ひとつ落ちていない。

「おい！　何なんだ、どこだ、ここは……」

爺さんは慌ててバスに戻り、運転手に訊ねた。

「どうなってるんだ、いったい！　どういうことだ。ここは日本か？」

「え？　お爺さん、何を言ってるんですか？　日本です。田舎ヶ丘町ですよ？　お爺さん……困ります。からかうのはやめて下さい。これからこのバスはパリにテレポートしなければならないので降りて下さい」

「パリ？　テレポート？」

「ええ。地面を走るのは国内のテレポート不可能なわずかな地域だけですから」

運転手はそう言うと、強引にバスのドアを閉めた。押し出された爺さんを残して、バスはテレポート用と思われるゲートをくぐり抜け、一瞬で消えてしまった。

「長年のご愛読、誠にありがとうございました。この新聞は今号が最終話となります。遡ること十年前。ネットワークの急速な発達が進む中、私たちは情報鮮度の劣る新聞というメディアはもはや不要であるという結論に達しました。そこで、従来の〝新聞〟の形式をとった〝フィクションの時代小説〟へと本紙の趣旨を切り替えて刊行を続けて参りました。もしも、まだこの世にテレポートやロボットなどというものがなかったとしたら、地球ではこのような事件が起きていたでしょう。そして、その事件は誰それによってこのように解決されたでしょう。そういった架空の物語を紡ぐ場として再スタートを切ったのですが……」

新聞の最後の記事には、努力も虚しく廃刊に追い込まれた新聞社の苦悩が綴られていた。

爺さんは愕然とした。

まさか……わしが読んでいた新聞記事がフィクションだったとは――。

奇しくもそれは、爺さんの忌み嫌っていた水戸黄門が、さまざまな〝架空の事件〟を解決していく様子とよく似ていた。

茫然自失の爺さんの手からぽろりと新聞が落ちた。

ピーッ！　ピーッ！　ゴミヲ捨テテハ、イケマセン！　イケマセン！

どこからともなく掃除ロボットがけたたましい電子ボイスを張り上げながら駆け寄り、新聞を素早く片付けて颯爽と去って行った。

ある研究成果

壇上には大きなスクリーンがあり、その前にマイクを持った学者が立っている。ここは数年に一度開かれる、文化人類学会の会場。演壇を囲んで階段状に席があり、各国代表の学者が数百人座っている。ここで人間社会にまつわる最新の研究成果の発表と意見の交換がなされるのだ。

「まず、こちらをご覧ください」

壇上にいる学者がスクリーンを指し示すと、そこにサルの実験映像が映し出された。

「透明なアクリル製の立方体にリンゴが入れられており、箱の上部にはちょうどリンゴと同じくらいの大きさの穴があけられています。あ、いまサルがリンゴに気がつきましたね。動物というのは欲求を抑えることが苦手です。ああ……箱の存在に気づかずにリンゴを取ろうとして何度もアクリル板に手をぶつけています。バン、バン、と。ああ、叩き割ろうというのでしょうか。あ、しかし、徐々に仕組みを理解してきたようです。ようやく穴に気がつきました。んー、でも馬鹿ですね、穴に口を突っ込んでいます。これでは食べられません。手を、そうですね。そう。手を使わなければなりません。さあ、ようやく手を入れてリンゴを取り出そうとしています。リンゴをつかみました。が、残念。手が出ません。当然です。そういう設計なのですから。痛たたた。無理やりに林檎を摑んだ手を引き抜こう、と。ああ、ああ。手が痛そうですねぇ。あ、リンゴを放しました。諦めましたね。また、箱をバシバシ叩いています。ああ、でも、とうとう箱から離れてしまいました。遠くからまだ恨めしそうに見ています。あ、ここでようやく目を逸らしましたね、リンゴなど初めからなかった、と自分に言い聞かせたのでしょうか」

集まった学者は肌の色、言語、老若、男女、さまざまに入り交じっている。皆がイヤホンから聞こえてくる通訳の声に耳を傾け、スクリーンを見つめている。

「さて、では続いてこちらをご覧ください。今度は猫です。その前に鏡が置かれています。いま猫が鏡に気づきました。映っているのが自分だとは気づかずに警戒していますね。牙を見せて威嚇しています。あ、とびかかりました。鏡の質感に驚いて遠くへ逃げました。まさにヒットアンドアウェイ、攻撃の基礎です。おや、まだ気にかかっているようですね。再び鏡に近付いてきました。あ、手を。猫パンチを一発、二発！　三発！　鏡が倒れました。音に驚いてまた逃げましたね。ああ、部屋の隅で怯えています」

壇上の学者は淡々と発表を進めていく。

「さあ。次はこちら、ハムスター。かごの中に入れられています。かごの中には円形の運動器具が置かれています。この円の内側を走ると延々と走り続けることになるわけですが。あ、走っていますね。ハムスター、一生懸命走っています。止まりました。無益であると気づいたのでしょうか、いや、また走り出しました。走る、走る。あ、止まりました、あ、また走りました。何でしょう。同じことを延々と繰り返していますね」

　そこで壇上の学者は一息ついて会場に向き直り、ゆっくりと語りかけた。

「さて、ここまでにご覧いただいたのはまことによくある動物の習性に関する実験です。皆さんも今までに何度か目にしたことがあることでしょう。ええ、ええ。それでは最後に、こちらをご覧ください」

　スクリーンに再び映像が映る。今度はそれまでと少し違う、ホームビデオの映像だ。

「ええと、こちらは結婚して五年目。三十六歳になる夫と、三十四歳の妻、三歳の息子と二歳の娘がいる家庭です。あまり会話がありませんね。夫と妻はそれぞれに子供には話しかけますが、夫婦が直接会話することはないようです。それもそのはず、この夫はつい先日、妻に浮気がばれました。妻はそれについて内心ではまだ激憤しているわけですね。ああ、娘が屈託のない笑顔で母親と人形で遊んでいます。息子はスパイダーマンを気取って暴れています。あ、ジャンプしました。着地。勢い余って妹にキックをしました。妹が泣き出しましたね。怪人にしちゃあ、ちょっと弱くてかわいすぎますかね。はははは。母親が兄を叱っていますね。父親のほうも何となく場をなだめています。ぎこちないながらも、まあ、平凡な日曜の昼下がりです」

そこまで言い終えると会場が少し明るくなり、スクリーンから映像が消えた。

「さて、いいですか。ここからがわたしの新説です」壇上の学者が強い口調で仕切りなおすように語りだした。「アクリルの箱、鏡、円形の運動器具、そのどれもが動物たちには正しく認識できていません。サルはそこにリンゴがあるのになぜか食べられない。猫はそこに敵がいるのになぜか戦えない。ハムスターは走っているのになぜか進まない。その〝なぜか〟の原因は簡単です。どれも彼らよりも高い知能の動物、我々人間が作って与えたものだからです。下等な動物には〝高い知能の動物が作って与えたもの〟の本当の仕組みは理解できないわけです」

会場がざわつきだした。そんなことはわかっている。だからどうした。あいつはどこの代表だ。さまざまな言語で罵声が上がった。

「そこで！　です！」

壇上の学者がひときわ大きな声を出した。

「さきほどの人間の家族の映像を思い出してください。あの家庭にはもともと愛の〝ようなもの〟がありました。しかし夫はそれを台無しにした。愛のあふれる家族を裏切った。このような出来事は世界中で起きています。その原因は人間が愛の意味をわかっていないからです。つまり――」

壇上の学者が一呼吸おいて続けた。会場が静まる。

「つまり〝愛〟は人間よりも高等な知能の生物が作ったものなのではないでしょうか。わたしたち人間は自分たちが高等な生き物であると過信しています。しかし、サルにアクリルの箱が理解できないように、わたしたち人間にだって高等すぎて理解できないものはたくさんあるのではないでしょうか？　おそらく〝愛〟や〝平和〟といった類いのものがそうではないかと思うのです。きっと人間よりも高い知能を持った生物が人間に与えた――」

そう言いかけた学者が誰かに見られているような気がして天井を見上げると、それにつられて会場にいる学者たちも皆いっせいに上を見た。

その様子を銀河の彼方のとある惑星で、宇宙人が最先端の通信技術を用いて観察していた。言うまでもなく、その星は〝争いごとはなく愛のあふれた生活が営まれている星〟である。

「ようやく理解したか。やれやれ。サルがアクリル箱の穴に気づくよりずいぶん時間がかかったな。まったく、地球という星のヒトという生き物は……」宇宙人が哀れむようにつぶやいた。

Ⅳ　エッセイ　NEW MUSIC

NEW MUSIC

めずらしく自分で紅茶を入れて、部屋でひとりビーチボーイズのベストアルバムを聴く。ああ。ビーチボーイズはいつ聴いても素晴らしい。甘くて柔らかい、ありがとうと言いたくなるような音楽。天気もよく、陽射しはいよいよ春。出来すぎた昼下がり、久しぶりに使う特別なティーカップで紅茶を飲む。

ンブルルルルルル――。

テーブルの上で、身悶えながら携帯電話が鳴った。

「もしもし」

「おお。久しぶりだね」

「いま話して大丈夫？」

「ああ、全然。大丈夫だよ」

「いま何してた？」

「いや、別に。部屋で音楽聴いていたよ」

「あ、そう。あのね、明日……」

と、話は本題に入っていった。明日どこそこでこんなイベントがあるけど、もし暇なら一緒にどう？　というような内容だ。

「じゃあ、明日また電話するよ」

「オッケー、はい、じゃあね」

「はーい」

電話を切った。部屋には変わらずビーチボーイズのハーモニーが流れている。まだヒット曲がラジオから生まれていた時代。曲はどれも二、三分の短いものが多い。電話をしていた少しの間に三曲も進んでしまった。時間にして五、六分だろうか。なのに、たったそれだけの間に、僕の中の何かが変わってしまっていた。

さっきと同じようにソファに座っても、紅茶を同じようにすすっても、三曲前に戻しても、それまでのあの感じはもう手に入らない。人間は機械じゃない。もう簡単にスイッチは入らないのだ。

リラックスして好きな音楽を聴く。何気なく昔からずっと続けていることのように僕は漠然と思っていたけれど、それはだんだん難しくなってきているのかもしれないなと思う。

僕が音楽にいちばん夢中だった高校生の頃、携帯電話なんか持っていなかった。家の電話も夜九時をまわればほとんど鳴ることはなかった。そんな時間に電話をしたら、非常識だと怒られたりもする時代だ。

そういう夜、僕は部屋でひとりヘッドフォンで耳をふさぎ、そこから聞こえる音と言葉に耽っていた。毎晩毎晩そんな調子だった。火曜日だけは電気グルーヴのオールナイトニッポンを聴いた。あれが今の僕の原点だろうと思う。

あのとき僕が携帯電話を持っていたらどうだっただろう。ヘッドフォンをしたまま携帯電話の画面に向かってメールを打ち続けたかもしれない。ヘッドフォンなんかすっかり外してしまって、電話に夢中になったかもしれない。

その間に何曲失っただろう。何を逃がしただろう。ロックの美学やかっこよさを、絵になる虚しさやセンチメンタルを、夢や希望についてのアイデアを、愛を歌う感動を、悲しすぎる悲しさを、恋のＢＧＭを、理由もなく何だか素敵な気分を、いっちょやったるか的な勇気を、僕はいろいろ逃がしただろう。そして、耳に入れた音楽はどれも日常生活のすぐれたＢＧＭになった。

僕は青春時代を、毎日いちいち青春映画みたいだな、とはっきり自覚しながら暮らしていた覚えがある。毎日こんなだからなるほどこれを青春と呼ぶのか、青春時代だからこんな毎日なのか、卵が先か鶏が先か。よくわからないけれど、そんな調子で客観的かつ積極的に青春を謳歌し尽くした。

とにかく毎日が青春映画みたいで、下手すれば映画以上に毎日がきらきらしていた。いま思えば、その原因はおそらく、僕の頭の中の優秀なDJがそのときどきに合わせてベストな音楽を流していたからなんじゃないかという気がする。だって、映画ってそういうものだ。いいところでいい音楽が流れる仕組みになっている。あのころ、僕の頭の中では常に何か音楽が流れていた。いつも何か口ずさんでいたのだ。

携帯電話のせいでいろんなことの意味が変わった。友達の意味が、待ち合わせの意味が、手紙の意味が、海外旅行の意味が（最近じゃあ海外でも繋がるからさらにややこしいが）、変わった。どれも昔からあったものなのに、もはや意味的には別のものになって来ている。

そしてついに、音楽の意味までも変わってしまったのだ。おかしな言い方だが、いまも昔も僕にとって音楽は、「電話がまた次に鳴るまでの間」に愉しむものだった。それが、携帯電話の登場で、「次に鳴るまでの間隔」はどんどん短くなってきている。

最近、音楽から感じるものが減ってきたのは、自分の耳が飽和に近いほど肥えたからとか、単に曲の質がよくないからとか、まさか年齢のせいなのか、とはぼんやり考えていた。でも、その原因はもっと単純で、気分に浸って音楽を聴くことが難しくなったからなのかもしれない。

いろんなことの意味が変わってきている。もはや僕と同世代以上の人にとって、「あのころはよかったなあ」という言葉は「携帯電話がないころはよかったなあ」と同意語のような気さえする——。

というようなことをつらつらと考えている間に、ビーチボーイズは三十曲のヒットナンバーを歌い終わり、紅茶はすっかり冷めて、陽は西に傾いた。その間、携帯電話の音を消しておいたから、ひとつ着信があったのに気づかなかった。とりあえずかけ直す。

「もしもし」

「あ、ごめん。なんか電話もらってたみたいで」

「いま話しても大丈夫?」

「あ、もちろん。全然大丈夫」

「そう。で、あのね、こないだの……」

と、会話はここから本題に入っていくのだが、内容はあまりたいしたことでもなかった。話を聞きながら、こういう場合に着信に気づかなかったことについてごめんと謝るのは、なんだかビーチボーイズに対して失礼な話だなと思った。でもまあ、そんなふうに考えることは相手にも失礼な話なのだろうけれど。

電話に出るといつも何となく「大丈夫」と僕は言ってしまう。電話に出て大丈夫かなんて、考える隙もなく、電話がせっつくようにけたたましく鳴るせいで。

殺人タクシー

「お客さん……死にますよ」

運転手は五十代半ばのやけに痩せた男だった。動作にまるで威勢がなく、声には空気が多く混じっていて聞き取りづらい。

夜中に仕事を終えてタクシーに乗り込み、運転手に行き先を告げ、車が走り出し、交差点をふたつほど過ぎたところだった。交わした会話らしい会話はそれが最初。

死刑宣告から始まるカンバセーションとは。接客業のくせに、なってない。初めはこの運転手一流のポケット・ジョークかとも思ったが、おそらくそうではないだろう。ミラーに映る運転手の顔はそれほど気の利いた男のようには見えない。

「え？　ごほっ……」僕は訊き返した。「運転手さん……ごほっ、これから事故でも起こす気ですか……」

「いや……、ぅおっほん！」運転手が不気味に答える。「そんなんじゃありません……」

ならばなぜだ。会話の意味がわからない。

「じゃあ……げほっごほっ。何で僕が死ななきゃならないんですか?」

少し怒りをこめて言うと、ミラー越しに目が合った。運転手の顔は相変わらず生きているのが不思議なほどに生気がない。今から人を殺す男の顔は見たことはないが、なるほど、こんな顔なのかもしれないとふいに思う。

「お客さん……。その咳……、ぅおっほっ！　ぜんそくですよ……ぅおほっ！」

驚いた。たしかに僕は数週間前から咳が止まらなかった。でもそれ以外は熱もなく特段に異常はないので、さほど気に留めずほうっておいたのだった。

「ぜんそく?　まさかぁ。な……ごほっ、なんでそんなこと……ごほっ、わかるんですか」

「お客さん……夜中とか朝方に、ご自分の咳で目が覚めること……ぶぅおほっ！　ないですか」

「あ、あります。というか……最近は毎日ですね。寝不足が……ごほっ、続いて困ってますよ、ごほっ。咳で目が覚めるし、眠れないし……」

「そうでしょう、そうでしょぅ……。んふほっ！　タバコは?」

「吸いますね。いまだって吸いたいですから。ごほっ。あ、窓開けていいですか、一本……ごほっ、吸っても」

「ああ、やめなさい！　悪いことは言わないから、ぅおほっ！　やめなさい！」

運転手の語気が荒くなる。何ぃ！　怒ったなぁ、親父にだってタバコを止められたことはないのに！　アムロの口調で内心いらつく。

「あ、そうですか……ごほっ」僕は出しかけたマルボロライトを大人しくポケットにしまった。

「ぜんそくは治らないんですよ。完治しないんです」いつの間にか運転手の言葉には正義感がたぎっていた。「あなた、アレルギーは？……ある？　ぅおほっ！」

「ああ……。ありますね。ダニ、カビ、ハウスダスト、スギ、イネ科、ペット、もう……ごほっ、あらゆるものが……げほっ。あり、ます」

「そりゃまずい。……お客さん、歳いくつ？」

二十二です、と僕が答えたところでタクシーは赤信号で止まり、運転手が助手席のグローブボックスから見慣れない形の吸入器とおびただしい量の薬の束を取り出した。

「これ、全部薬です。わたし、ぜんそくなんですよ。ぅおほっ！　お客さん……いま日本には四百万人のぜんそく患者がいて……毎年数千人が死んでいます。ぅおほっ！……発作を抑える薬はあっても、ぅおほっ！……完全に治すことはできない……それがぜんそくです」

どうりで男の顔に生気がないわけである。僕は楽しく仕事を終えた帰り道だったのだが、すっかりテンションは下がり、急転直下、暗い話題でこちらまで生気がなくなってきた。とはいえ興味でこちらも訊き返す。

「運転手さんは、ごほっ……もう何年くらい患ってるんですか？」

「わたし？　もう……何年でしょう？　ははは……わたしはもうダメですよ。げほっ！……医者にも見放されてます。タバコもこの通り、一向にやめられません」自嘲して、運転手はポケットからくちゃくちゃのマイルドセブンの箱を取り出した。「うおっほっ、ごっほっ！……あなたは、タバコなんてやめて、長生きしてください……んごふぉっ！」

それから運転手は、生きるとはどういうことか。健康とは何か。幸せとはどういうことか。細木数子さながらに、咳にむせながらも得々と語り始めた。話が借金、ギャンブル、世間のワイルドサイドを歩いていた若いころの昔ばなしに移ると、調子に乗ってマイルドセブンに火をつけた。ゆっくりと細い煙を吐き、自らを「バカだろ？」と憐れんだ。

僕には吸うなと言い、自分は死んでもいいと言って、客である僕に断りもなしに勝手にタバコを吸い始める。何とも傲慢な男である。案の定、運転手は咳が激しくなり、タクシーはときどきセンターラインをはみ出た。

「ちょっと、吸うのはやめてくださいよ。運転手さん、本当にバカですね」と僕が言うと、運転手はミラー越しに「だから言ってるだろ、おれは本当のバカだよ」と念を押して、ただならぬ咳でむせながら力なく笑った。

「女房も子供も、もう何年も会っていないよ……。ぶぅおほっ！」

だんだんと話が自分の家族のことに及ぶと運転手の表情はいっそう曇り出し、しゃべるトーンも幽霊のように暗く冷たい声音に変わった。もしかしたらその声は彼が人生で初めて出した声なのではないかと直感で思った。

「あいつら、わたしが死んでも気づかないんじゃないかなぁ」

どうしようもない沈黙に車内が凍った。

タクシーを降りるとき「明日、病院に行きなさい。そして、幸せに暮らしなさい」と男は言った。あんたに言われたくない、と思いながらも、この男にちょっとした縁のようなものを感じている青くさい自分がいた。

なかなか信じてもらえないのだが、これは実話である。

僕は2000年の正月からタバコをやめている。ミレニアム禁煙。だから今年2006年で禁煙は6年目。数えやすい。言うまでもなく、きっかけはこのタクシーだ。あの日、家までの三十分間、切々とぜんそくの怖さを説かれた僕は翌日直ちに医者へ行き、タバコをやめる決意をした。

時代のせいなのか何なのか、いま僕の周りにはタバコをやめたがっている人がやたらといる。どうやってやめたのかとよく訊かれるが、そのときは決まってこのタクシーの話をする。そして最後に、あなたもタクシーで咳をしてみてください、やめられますよ、と言って笑う。

あのタクシーはまだ走っているだろうか。いまでもときどきタクシーに乗ると、もしかしたらあの運転手だろうかと顔を見ることがある。

もう一度乗ってみたいのだ。あのタクシーに。そして「おれ、あなたのおかげでタバコやめましたよ」と伝えたい。家族とのその後を訊いてみたい。「おれ、いま幸せですよ」と、途中でむせないで、一息で、力強く、あの最悪なオッサンに、ぴしっと言ってやりたいのだ。だから――。なあ、おっさん。あんた、まだ生きてるかー?

空き巣さんいらっしゃい

空き巣に入られた。

高級住宅街で暮らすセレブや芸能人宅が狙われたというのならまだしも、こんな普通の街の普通のマンションが空き巣に入られるなんて。

仕事から家に戻ると玄関の鍵が開いていた。かけ忘れか？とも思ったけれど、違う。鍵穴に少し鍵が入りづらいことからも、何か良くないことが起きているのは想像に易しかった。

恐る恐るドアを開ける。いきなり靴が散乱していた。靴箱はすべての扉が開け放たれ、中から何足か飛び出している。絶望の予感を何とかこらえて、奥へ進もうとしたとき、まだ中に誰かいるかもしれないと思い直して歩みを止めた。空き巣被害でいうところの「最悪の事態」とは、通帳など金目の物を盗られることではなく、物色中の犯人と鉢合わせしてしまうことだと聞いたことがあった。純粋にモノ盗りで入った犯人も顔を見られた場合はやむなく殺す、というケースがよくあるのだという。物を盗られた上に殺される。それほど悲しい話はない。

僕は耳を澄ました。中から物音は聞こえない。だがもしかしたらまだ僕の帰宅に気づいていないだけということもありえる。大げさに靴箱を開けたり閉じたりして音を出す。家主が帰宅しましたよ、今のうちにベランダからお逃げなさい、ほれ。と心で念じながら。

大丈夫、いないようだ。それを確認してからようやく、戦に敗れた兵士のような重い足取りで廊下を進み、リビングに入る。テレビの周辺にビデオテープやDVDがこれでもかというほどに散らばっている。いったい何をどういう探し方をしたのだ？　物を盗るにもマナーってものがあるだろう。あまりにもがさつ過ぎやしないか。ソファの上のクッションもカバーが剝がされていた。

奥のキッチンを見やると、案の定、戸棚がすべて開け放たれていて、食器やら食材やら調理器具やらがそこいら中に飛び出ていた。冷蔵庫も冷凍庫も扉が開いている。冷凍庫の霜が融けて水が滴り、床に散らばる割れた皿の欠片を濡らしていた。牛乳のパックも倒れていて、水の透明に不快な白を混ぜている。

何からどうしたらいい？　あまりの惨状に途方に暮れながら「あ……通帳は？」ようやく、現実的な危機感を思い出す。盗られて困るのはそれくらいしか思いつかなかった。

幸いにも、僕は高級な貴金属や時計など持っていない。

寝室に入ってびっくりした。そこはもはやアート空間だった。赤や黄色の服が天井から吊るされた照明に引っかかっており、灰色のカーテンはところどころ外れて幻想的なドレープを描きながら気だるそうに床へと垂れ下がっていた。部屋一面に散らばる色とりどりの本と服。ベッドの上にうずたかく積まれた布団、毛布、ジャケット、シャツ、コート。

机の引き出しもすべて乱暴に引き出されていた。駆け寄って、右側のいちばん上の引き出しの奥のほう、通帳を探す。すると、意外なことに、通帳はそこにあった。盗られていない。それどころか、一緒に入れていた現金の数万円もそのままの様子でそこにある。その後も、思いつく限りの盗られて厄介なものを探してみるが、不思議なことにそういう物はいっさい盗られていないようだ。

しかし、こうなると余計に不気味だ。いったい何のためにこんなにも部屋中を掻き回されなければならないのだ？　僕自身は気づいていないけれど他の誰かにとってはものすごく高価で喉から手が出るほど欲しい「何か」を、知らぬ間に僕が持っていて、それが盗られたのだろうか？　考えるほどにわからない。それでも、ようやく少しの安堵が込み上げてきて心がふわっと明るくなった。

あれこれ片付けていくうちに、「ああ、こんな服あったなぁ。もう捨てていいな」「おお、捜してた本。こんなところに」「うわ、懐かしい写真！」だんだん引越しの荷造りのときの様相を呈して来た。

だんだん平静を取り戻した僕はキッチンに向かい、ひとまず濡れた床を拭いた。倒れている牛乳パックはよく見ると賞味期限が切れていた。どうせ捨てる運命だったのかと思うと、そんなところもささやかな幸運のようで笑えてきた。床に散らばった割れた皿を片付ける。これもよく見ると、割れているのはどれもどうでもいい皿ばかりだった。何かの景品や、もはやどうやって手に入れたかも忘れてしまったような皿ばかりで、気に入った皿はきれいに棚に残っていた。おかしい。まさか、こんな幸運などあるものだろうか……。

玄関に走り、靴箱を見る。やはり気に入っている靴はすべて靴箱に残っていた。もう捨ててもいいような、薄汚れた靴やもう履かないであろう靴ばかりが落ちている。

続け様に寝室に走る。やっぱりだ。こちらもよく見てみると、床中にぶちまけられ、破かれているのは、もう読まないであろう本や着ないであろう服、部屋をネガティブなカラーで彩っていたカーテン……、そんな類いのものばかり。

どれも無用なものばかりじゃないか――。

どういうことだ？　あっ。何気なく覗くとゴミ箱が空だ。中のゴミは外に出されて細かく燃える燃えないの分別がされている。どういうことだ？　僕のだめな部分を教えてくれたのか？　何という気の優しい犯人だろう……。

というのは、もちろん全部フィクションで、これは全部、「恋」の話。自分の「部屋」は「心」の、「犯人」は「恋（恋人）」の、「大切なものと要らないもの」は自分の「長所と短所」のメタファー。

ある日突然に現れた「犯人（恋人）」は、僕が持っているのに自分では持っていることに気づいていない「何か」を引き出すために、僕の「部屋（心）」をごちゃごちゃと掻き回していく。同時に、僕が無意識に持っていた「ダサいもの（短所）」を浮き彫りにする。いろんなダサいものに埋もれていたけれど、ちゃんと持っている、普段は忘れがちな「大切なもの（長所）」に気づかせてくれながら。

ハートを盗まない泥棒。「いい恋」を何かに喩えるなら、そんな感じかなぁと、クリスマス間近の街のイルミネーションをぼんやり見ながら、ぼんやりと思ったのだ。

我輩の辞書には

「わあ、うれしい。うそ、これって……夢じゃないわよね？（頬をつねって）痛い！やっぱり夢じゃないのね！」

そんな可愛いことを実際にやっている人は本物の夢の国の住人だと思うが、実際に夢か現実かわからないことはときどき起こる。

僕は携帯電話のメモリカードに電子書籍の辞書を入れている。国語、英和、和英、カタカナ語の四種。おかげで小難しい小説を読んでいる最中に出会った小難しい言葉も、ニュースで耳にした新しい横文字も、すぐに調べられる。飲みに行った先で、メニューに出ている魚偏の漢字もすぐに調べられる。鰆、鱒、鰊、鮑、鰈、鱚、鰍、何でも来いだ。

ふいに誰かが、「イナダとハマチってどう違うの？」と来ても、さっと調べる。

「ブリは出世魚で、一般的に東京ではワカシ、イナダ、ワラサ、ブリ、大阪ではツバス、ハマチ、メジロ、ブリの順で呼び方が変わっていくんだって。だから、イナダとハマチは同じなんだろね」と、なるわけだ。

この携帯電話を使い始めてもう一年以上経つが、こいつは思いがけないところでもうひとつ僕の暮らしに新たな変化をもたらした。

僕の見る夢はなぜかいつも異常にリアルで複雑で、夢か現実かわからないことがよくある。

ある夢を見終わってから、普通に二、三週間暮らした後で、そういえば前に、あの人にこんなこと言われた気がするんだけど、あれって夢の中でだったっけ？　本当に言われたんだっけ？　となることも多い。

例えばこんな。

夢の中で変なトラブルに巻き込まれて、ある男に命を狙われる。追いかけられ、僕は細い路地に駆け込んだ。命からがらようやく逃げ切り、電信柱の陰でへたり込む。が、そこでゆっくり振り返ると、すぐ背後に追っ手の男が突っ立っている。にやり。目が合った瞬間、男は飛びかかって来た。ああ、もうだめだ！　と、いうところで、バサッと目が覚める。ああ、よかった、やっぱ夢か。あははは、とても夢らしい夢じゃないか。と、身体を起こして、軽く寝汗を拭い、部屋を見渡す。暗がりの中目を凝らすと、部屋に誰かいる。さらに目を凝らすと、あの男が優雅にソファに腰掛けていて、また目が合い、にやりとされる。やばい！　と思った、そこで、ぶわぁっと、もう一度、目を覚ます。するとまた自分の部屋にいて、今度は誰もいない。二段オチだ。まったく、どこまでが夢なのか。余計に疲れる睡眠である。

こんなこともあった。

眠っているときに「今日、暇だったらランチでもどう？」とメールが入って、その着信音でぼんやり目を覚ます。「ＯＫいいよ」「じゃあ一時に渋谷で」程度のメールのやりとりをした後、まだ少し時間があるからと、二度寝をする。数時間後、しっかり目を覚まし、用意をして、間に合うように家を出る。途中、あらためて携帯を見る。すると、びっくり。いくら探してもそんなメールは来てもいないし返事をしてもいない。まったく、今度はどこからが夢なのか首をかしげたくなる。

この手の夢の話を友人にすると、もれなく煙たい表情をされ、もれなく皆さんが精神的なことを心配してくれるのだが、そういうことではない。こんなのは僕にとってはいつものことなのだ。

かつて、どこぞの革命家は「悪夢から抜け出すには、まず目を覚まさなければいけない！」と叫んだそうだが、とりあえず僕の場合、そんな気の利いたことを言っている場合ではない。どうにかして悪夢とうまく付き合っていかねばならない。

ある日、僕は夢の中でひょんなことから携帯電話の「辞書」を使った。夢が異常にリアルであるということが災いしてか、夢の中の僕はいつも律儀に携帯電話や財布を持っている。そして、辞書を使ってみてはたと気がついた。どうやら夢の中の辞書には、自分の知っている知識以外は載っていないようなのだ。つまり。

「(追いかけられて)わあ、やばいどうしよう。でも、これって……夢かな？(携帯電話の辞書機能で〝ゆううつ〟を調べて)あ、漢字が出て来ない！　何だ、やっぱり夢か！」

ということになるわけだ。

この原稿はパソコンで書いているから、憂鬱や鬣(たてがみ)、饂飩(うどん)、霹靂(へきれき)、魑魅魍魎(ちみもうりょう)、なんていう漢字も、すっと出てくるが、実際、僕はそんなややこしい漢字を何も見ずに正確には書けないのであって、最近ではわざと書けないように、覚えないようにしているフシもある。それもこれも、夢かどうかを判別する道具に使うためだ。

まあ、悪夢も夢とわかればこっちのもので、あとはただのストレス発散劇場へと化すだけだ。とたんに一瞬で形勢逆転、僕は不死身のヒーローを満喫できる。

目を覚まさずに悪夢から抜け出す方法があった——。

まさに僕の中で小さな革命が起きたのである。「我輩の辞書に不可能という文字はない」は、ナポレオンの言葉だったと思うが、我が輩の辞書、自分の知っていることだけが載っている辞書、それはどうやら夢の中に実在するようだ。ナポレオンも実際に夢の中で辞書を引いたことがあるのかは知らないが。

そしてそれ以来、僕にはひとつ、やってみたいことが出来た。

その「我輩の辞書」でいろいろ調べてみたいのだ。例えば「愛」なんかを引いてみたい。どう書かれているのか、ちょっと知りたい。凡庸な言い方だが、愛は大切だ。愛は素晴らしい。愛を感じて暮らしていたい。我輩も日頃からそう思って生きているつもりだ。でも、実際に意味は何と載っているだろうか。いや、そもそも我輩の辞書に愛という言葉はあるだろうか。

でもそれがなかなか叶わない。それもそのはずで、だいたい僕の夢はディテールが異常にリアルなうえに、肝心の内容もすごく平凡で（だからこそ本当にリアル）、まさか途中で「これは夢かしら」などとは、思いもしないようなものばかりなのである。となると、チャンスはもう、悪夢の時しかない。命を狙われたとき、「蘊蓄（うんちく）」とかのあとに続けて、「愛」を調べるしかない——。

というわけで、最近、僕は悪夢が待ち遠しかった。そして遂に先日、久しく見ていなかった待望の悪夢を見ることが出来た。夢の中で殺されかけたとき、急いで「滑稽（こっけい）」と調べた。稽の字の右のほうがくちゃくちゃしてて、どう目を凝らしても見えない。うやむやになっている。あ、夢だ！　僕は確信した。だが、そのあとがまずかった。

いつもよりも悪い夢だったせいか、それが夢とわかった瞬間のあまりの解放感から、愛のことなんてすっかり忘れて、さんざん遊びほうけてしまった。目覚めたとき、何だか煩悩に負けた感じがした。何とも愛の道は険しいようで。

フジヤマインマイヘッド

「大変だ。一センチ縮んだんだって！」突然、僕がそう告げると、友人が「はぁ？」と言う。

友人とカフェでお茶を飲みながらだらりとしていると、僕の携帯電話が鳴った。誰かからの電話でもメールでもなく、それは一時間に一回のニュースが配信される音だった。責任ある大人の一員として、僕はニュースは常に把握しておきたい派だ。そういう理由で僕は携帯電話のニュース自動配信を設定している。

情報が世界を作っている。情報の集め方そのものがその人のパーソナリティだとさえ僕は思う。

おそらく、朝夕のワイドショーやニュースで暗い事件ばっかりをよく見ている人は、世界というものを物騒で恐ろしいものだと捉えているだろうし、いつもの愉快な仲間といつも愉快に遊んでいる人は、世界をなんとかなるさの愉快なものとして呑気に捉えているだろうし、どこかのお嬢様はお母様に教えられた知識だけで世界を量ろうとするんだろう。そんなふうに、それぞれが集めた情報とその組み合わせによって個人の世界観は作られていく。よく世間知らずな人というのがいるけれど、それは情報収集能力や情報処理能力の欠如した人のことだろうと思う。でもそれも仕方がない。個人が実際に経験できることは限られているし、あとは他人から知らされた情報でどうにか補うしかないのだから。

例えば僕はロンドンに行ったことがない。それでも心の中では、無意識のうちにロンドンに関する情報をいくつか繋ぎ合わせていて、いつからかオリジナルロンドンを作ってしまっている。たぶん、このオリジナルロンドンはただの僕の妄想なのだけれど、悲しいかなそれがイコール僕にとっての真実だ。実際に行ってみるまでこのオリジナルロンドンは、自分が集めた情報でそれとなく更新されていくんだろう。ちゃんと本物に近づいていくかどうかは知らないけれども。

僕は富士山に登ったことがない。毎年、登ろうと思うのだがなかなか実現しない。つまり僕にとっての富士山とは、心の中にあるオリジナル富士山のことである。

富士山の山頂付近は高度が高すぎて微生物がほとんどいない。そのせいで登山者が残していったゴミや汚物が分解されずにそのままの形で残っていて、とにかく汚いのだという。これは実際に登った人に聞いた話だ。

富士山は日本でいちばん高い山だ。これはあの童謡からだ。いや、電気グルーヴの曲からだったか。

富士山は死火山じゃない、活火山だ。これは小学校で習った。いや、ドラゴンヘッドを読んだからだったか。

富士山には正月になると暴走族が集結するらしい。これはいつかニュースで見た。いや、リアルに元ヤンの人から聞いた話が先だったかもしれない。

富士山の山麓には湖が五つある。山中湖、河口湖、西湖、精進湖、本栖湖。これはさっき調べた。今は空前の雑学ブームだから、たぶん覚えておいて損はない。打倒上田晋也だ。へぇ、へぇ、だ。

富士山麓オウム鳴く。これは√5だ。ちっとも役に立たない。忘れよう。

富士急ハイランド。いや、これはただの遊園地だ。関係ない。忘れよう。

富士サファリパーク。これもただのサファリパークだ。ホントにホントにライオンだ。近すぎちゃって困るのだ。関係ない。忘れよう。

フジロック。あれは苗場だ。もっと関係ない。忘れよう。

……と、まあ、とにかくそういう情報を繋ぎ合わせたオリジナル富士山が僕にとっての富士山だ。日本一高くて汚くて暴走族ときれいな湖がいっぱいのそろそろ爆発しそうな山。それが富士山だ。いや、それが富士山か？

「富士山が南北方向に一センチ縮んでいることが判明」

携帯電話に届いたニュースはそう告げていた。なるほど。つまり、また僕の心の中のオリジナル富士山が更新される時がやってきたのである。

それにしても富士山が伸び縮みするものだとは思わなかった。というより、いったいどこからが富士山なのだ？　山なんてものは「盛り上がってるしこの辺から何となく山って認めようか」くらいのフランクなノリかと思っていた。明確に富士山の始まりがあるとは意外だった。それにしても、一センチくらいならスコップで軽く削ったら、いや、スニーカーの踵でひょいと土を蹴っただけでも変動するのではないか。

そのニュースを読み上げると、一緒にいた友人は口から珈琲を噴き出して笑った。つられて僕も笑った。

しかしよく読んでみると、この一センチの収縮は地下プレートの歪みが原因だとかで案外シリアスな状況らしい。噴火の兆しなのだという。富士山は、江戸時代までは百年に一回のペースで噴火していたのに、いまは三百年以上ものあいだ噴火していないのだそうだ。汚されて山の神様もさぞお怒りになってらっしゃるだろうし、そもそも日本一の山だ、日本一の噴火をするに違いない。

友人に、富士山って聞いて何が思い浮かぶ？　と、それとなく訊ねてみた。彼は笑顔のまま「樹海でしょ、自殺、自殺。自殺のメッカ」と答えた。穏やかで大人しい性格の友人にしては少し意外な返答にはっとする。他には？　と訊くと「フジヤーマ、ゲイシャー」と言い、またひとりで笑っている。富士山に登ったことはある？と訊くと「あるよ、途中までなら」と答える。……登ったことがあっても自殺が最初に思い浮かぶとは。思いがけず友人のダークサイドを垣間見た気がした。

日本一高くて汚くて暴走族ときれいな湖と自殺志願者がいっぱいで伸縮自在のそろそろ爆発しそうな山。情報が更新されたいま、それが僕の中の富士山だ。いや、だから。……そんなわけはないのだが。

フジヤーマ、ゲイシャー、ハラキーリ、友人の陽気な笑い声が静かな店内に響いていた。今年こそは富士山に登ってみようと強く胸に誓った。

あくびとファンタジーに関する考察

「眠かねぇよ。あくび線が来たんだよ」

僕らは酔っていた。小さな居酒屋で男四人。何となない会話に何となない個性を発揮し合いながら、だらだらと、その夜も酒を飲んでいた。

朝が近づいた頃。ひとりがあくびをした。そこへ、何だお前もう眠いのか?と他の三人が噛みついた。するとそいつは、突拍子もない言い訳を始めたのである。

「だからぁ、日付変更線みたいな感じで、地球にはあくび線ってのがあるわけよ。糸みたいな、目に見えない線が漂ってるわけ。ふわぁ〜っと、いまちょーど、この辺を」

「はぁ?　何だよそれ」

「だからぁ、あくび線が鼻んとこ来たら、どうしてもあくびが出ちゃうわけよ。それは仕方ないの。事故みたいなもん。さっきは運悪く、ちょうどおれの鼻を通過して行ったの。お前らはたぶん、肩とかさ、胸だったわけよ。ふぁ〜っと揺らいでるからね。あくび線は。上下にも、ふぁ〜っと」

面食らうくらいに強引な理屈だが本人は大真面目だ。訊くと、それは子供のころからの持論らしい。

「ほら。たまにさぁ、あくびって人に感染るじゃん？　あれはたまたまそのふたりの鼻の上をあくび線が通過したってわけよ」

やけに得意気だ。とはいえ、僕らだって大人だから、あくびは脳に酸素が足りなくなったときの生理現象であることくらい、承知している。でも。そんなことはどうでもいい。

「あくび線かぁ、へぇ。知らなかった。そいつぁ、すげぇなぁ」

僕は白じらしく相槌を打った。

本当かどうかなんてどうでもいい。いつも僕らが探しているのは、いや、世界中のみんなが探しているのは少しのファンタジー、明るい幻想、なんだから。

僕の好きな、キレイなメロディのロック音楽だって、たぶんそれ自体がファンタジーなんである。現実の世界で起きているさまざまをバカ正直に音に置き換えたら、耳をふさぎたくなるような不協和音になるはずなんだから。大切なのは想像力。僕らは想像力を使って、どうにか楽しく暮らそうと努力している。仕事仲間とは信頼で、友達とは友情で、恋人とは愛情で、そういう見えないものでちゃんとつながっているんだって信じようとしている。「おれはまだマシなほうなんだ」って思おうとしている。想像力を使って。

「なああ。っつーかよぉ、おれこないだテレビ電話してたら、あくび感染ったぜ？」

反対派が食ってかかる。「どんだけ長げぇんだ？　あくび線ってのはよぉ？」

「ん？　誰が一本だって言った？」

瞬時に、返す刀。するどい口調だ。

「んあぁ？　そう？　じゃあ何本あんだよ？……地球にそのあくび線ってのはよぉ」

「知らねぇよー、そんなもん。無限にあるんじゃゃん？　縦、横、斜め、北、南、もう無限にさ……」

さすが長年温めていた理論だけあって無駄に弁が立つ。

「いや、違うね！」

急にそのときまで黙っていた、別のやつが口を開いた。さてはこいつ、考えていたのだ、別の理論を、じっと。

「あくびってのはさ、ラジオみたいなもんなんだって」

「ん？　らじお？」いっせいに場がきょとんとした。

「どっかの遠い惑星とかにさ、あくびの発生源みたいな場所があってさ。そこからあくび電波が出てるわけよ」

「おお、おお。来たね。来たね。デカイね、話が。くっくっく」

一同失笑である。

「で、おれたちは、いわば受信機なわけよ。おれたちが、昼間とか遊んでたりごきげんなときはさ、ごきげん星から来てるごきげん電波を受信してんのよ。その電波が、アドレナリンっての？　なんかそういうやつを脳から分泌させるわけ。だけど、退屈だったり、夜に眠くなったりし始めると、体のチューニングが徐々に下がっていって。あくび電波の周波数に近づいていって……ちょうど受信！ってところで、ふぁ〜っと、あくびが出る」

「おお。なるほど」

無茶苦茶な論理だが、面倒くさいから一同とりあえず感心する。まあ、いつもこんな調子なのである。毎晩のように集まって飲むが、重要な話題なんて誰も持っていない。適当に酔っぱらって、くだらない話をくだらねぇと言って笑う、それだけの会なのである。

「ああ。ある。あるね、それ。あり得るよ」

「あるわ、それ。それだ。間違いねえ」

「あくび電波って、FM電波だっけー？　ねー」

三十代に片足突っ込んでる大人たちの会話とは思えない。いや。でも、これこそが三十代に片足突っ込んでる大人たちの会話なんである。それだけ平和なんである。日本は。

それでこそ、軍隊を持たないというミラクルなファンタジーを持つ国、日本である。

「いや！　こうじゃない？」

僕はさらに別の理論を思いついた。声を荒らげる。

「おお？　何よ」

三人の酔っぱらいがヤケクソの勢いだけで適当に食いつく。

「何なに？　まだあんのぉ？　実はおれはあくび星から来た王子様だ的な？　嫁探し中の和製エディー・マーフィーだ、的な？」

もう何を言っているのかよくわからない。

「いや。聞いて。おれが思うに、あくびは後悔のしるしなんだよ」

僕は努めて冷静に言う。

「ほら。あくびの後、勝手に涙が出るじゃん。あれは後悔の涙なわけよ。体の方は準備オーケー、いつでもイけるぜ！って状態なのに、肝心の脳がやる気なくて、ボヤボヤしてる。そのときに『おい脳！　オマエ、時間を無駄にしてるぜ！　もっと有意義に時間を使えよ！』って感じで、体が脳にあくびっていう形で抗議行動に出るわけ。んで、こらえきれない悔しさで体が勝手に涙を出すわけよ」

三人が下を向いている。ひとりが口を開いた。

「ああ……。何かよくわかんねぇけど、脳に対する、体側からの抗議行動だ、と？」

「そうそう!」

僕は意気揚々と言葉を続ける。

「あくびしてるとき、体は悲しんでる! すげぇ真面目なやつなんだ、体は。それに比べて脳ってやつはさ、すぐにダラダラしたがる、ダメなやつなんだよ」

「……」

完全に場が静まった。あれ? ダメか。酔っ払っていい具合にトロけた脳には、やっぱりちょっと難解だったか。

「……っていうか、俺たちといるとき、いつもお前ってさ、結構あくびしてない?」

「そうだよ。おれたちといるとき、そんなに退屈かよ。時間の無駄かよ」

「お前、いつもあくびするたびにそんな風に思ってたなんて……」

えっ……? 食いつくポイントが違うだろう? 青天の霹靂だ。

よかれと思って提案したファンタジーが、彼らの中の「友情」というファンタジーを壊す結果になってしまったようだ。まあ、たしかに僕は生まれながらの不眠症で、年中あくびをしている人間なのだが、でも——。

「ははは。ああ、そうだね。うん、おれはいつも時間無駄にしてる気分だったよ」

僕は謝らない。絶対に。

ルール違反はそっちだ。どうせファンタジーの中で生きているのである。無駄にシリアスになったら負けなのだ。それくらい、しらふのときはちゃんとわきまえているメンバーのはずだ。

「……ふふふ。最悪だなぁ、お前」

「……ふっ」

「……ふふふふ」

苦笑いの連鎖。

その後、残念なほどに盛り下がった状態で、まあそろそろ帰ろうか、と僕らは朝焼けの中で散り散りになった。

とかく、現実の世界で楽しく暮らすというのは、面倒くさくて愛らしい。

ひょんなことから、「僕には本当の親友がいる」というファンタジーがちょっとだけ実感に近づいた気がした、そんな、ある夜の面倒くさい出来事である。

デパートの超魔術

CD売り場は七階だった。

日曜日、家族連れの客でごった返すデパートの店内。入り口近くにある三機のエレベーターはどれもなかなか来ない。挙句、来たところでどれも満員で乗れないの繰り返し。これではらちが明かない。少々面倒くさいがエスカレーターで行くことにした。

昨晩、WEEZERの新譜が聴きたくなった。それを思い出して、通りがかりに近所のデパートに立ち寄ったのだ。WEEZERくらいならここでも置いているだろう、と。

エスカレーターも混んでいた。だいたいどの段にも客が乗っている。僕の上の段に立っている男とその上の段の男は雰囲気からして友達同士っぽいが、誰もしゃべっていないとこういう場合はどうにもしゃべりにくいわけで、みんながそうしているように彼らも葬式の参列者よろしく無言で軽くうつむいたままステップの左側に立ってあてもなく虚空をぼうっと見つめていた。ステップの空いた右側のスペースを店員がせわしく駆け上がっていった。そして、この奇妙な沈黙のシーンを、呪文のように単調なアナウンスが彩っている。

顔や手などを手摺りの外側に出すと危険です。小さなお子様連れのお客様は手をつないでステップ中央にお乗せください。エスカレーターご利用の際は手摺りにつかまり足元黄色い線の内側にお乗りください。顔や手などを手摺りの外側に出すと危……。

二階に着いた。険です。小さなお子様連れのお客様は手をつないでステップ中央にお乗せください。エスカレーターご利用の際は手摺りにつかまり足元黄色い線の内側にお乗りください。顔や手などを手摺りの外側に出すと危険です。小さなお子様連れのお客様は手をつないでステップ中央にお乗せください。エス……。

三階。カレーターご利用の際は手摺りにつかまり足元黄色い線の内側にお乗りください。顔や手などを手摺りの外側に出すと危険です。小さなお子様連れのお客様は手をつないでステップ中央にお乗せください。エスカレーターご利用の際は手摺りにつかまり足元黄色い線の内側にお乗りく……。

四階。ださい。顔や手などを手摺りの外側に出すと危険です。小さなお子様連れのお客様は手をつないでステップ中央にお乗せください。エスカレーターご利用の際は手摺りにつかまり足元黄色い線の内側にお乗りください。顔や手などを手摺りの外側に出すと危険です。小さなお子様連れの……。

五階。お客様は手をつないでステップ中央にお乗せください。エスカレーターご利用の際は手摺りにつかまり足元黄色い線の内側にお乗りください。顔や手などを手摺りの外側に出すと危険です。小さなお子様連れのお客様は手をつないでステップ中央にお乗せください。エスカレーターご利用の……。

六階。際は手摺りにつかまり足元黄色い線の内側にお乗りください。顔や手などを手摺りの外側に出すと危険です。小さなお子様連れのお客様は手をつないでステップ中央にお乗せください。エスカレーターご利用の際は手摺りにつかまり足元黄色い線の内側にお乗りください。顔や手などを手……。

七階。ようやくCD売り場に着いた。新譜がいろいろと試聴機に入っている。何となく聴いてみると、あれもこれも今日はやけに恰好よく感じる。なぜか普段ならあまり気に留めないジャンルの音もビシッとハートにくる。なんだか楽しい。いい日だなあ、今日は。

気がつくとあれやこれやと六枚ものアルバムを手にして会計を済ませていた。またどうせ、エレベーターは混んでいるはずだ。仕方がない、エスカレーターで帰るか。

エスカレーターご利用の際は手摺りにつかまり足元黄色い線の内側にお乗りください。顔や手などを手摺りの外側に出すと危険です。小さなお子様連れのお客様は手をつないでステップ中央にお乗せください。エスカレーターご利用の際は手摺りにつかまり足元黄色い線の内側にお乗りください。顔や手などを手摺りの外側に出すと危険です。小さ

なお子様連れのお客様は手をつないでステップ中央にお乗せください。エスカレーターご利用の際は手摺りにつかまり足元黄色い線の内側にお乗りください。顔や手などを手摺りの外側に出すと危険です。小さなお子様連れのお客様は手をつないでステップ中央にお乗せください。エスカレーターご利用の際は手摺りにつかまり足元黄色い線の内側にお乗りください。顔や手などを手摺りの外側に出すと危険です。小さなお子様連れのお客様は手をつないでステップ中央にお乗せください。エスカレーターご利用の際は手摺りにつかまり足元黄色い線の内側にお乗りください。顔や手などを手摺りの外側に出すと危険です。小さなお子様連れのお客様は手をつないでステップ中央にお乗せください。エスカレーターご利用の際は手摺りにつかまり足元黄色……。

あ、なんだか腹がへってきた気が。ちょっと地下の食品売り場にでも寄っていこうかな。

それにしても。

あの無限にくりかえされるアナウンスの不気味さはなんだろう。もしかしたら、あのアナウンスには客の判断力を麻痺させる、ある種の催眠効果が仕込んであるのかもしれない、と思う。そう考えてみると、このデパートに来たときはいつも無駄なものを買っている気がする。CDはあらためて聴くとどれもさほど良くなかったりするし、他にも、読みもしない本、不要な家電、食べきれない食べ物、とにかく無駄な買い物をしている気が。そして、あのエレベーターはいつも、やけに混んでいる——まさかあれは客をエスカレーターに乗せるためにサクラが乗っているせいなのでは？

あれから五日。

案の定、である。もう僕はWEEZERしかまともに聴いていない。また無駄なCDを五枚も買ってしまった。学習しないなあ、おれ。でもなぜだか、あんな店二度と行くか！という気分でもない。おかしい。おかしすぎる。やはりこれこそが、僕がまだやつらの催眠の中にいる証拠なのではないか？と心の隅では思っているのだが……。

少年よ、大志をミシェれ！

最近、ミシェル・ウィーが気になる。

何だろう、あの目つき。すごくいらいらしている目だ。満たされない者が力ずくで前へ進もうとする、すごくロックな目をしていると思う。

知らない人のために説明すると、彼女はハワイ生まれの15歳の少女。いま世界を賑わしている天才ゴルファーである。少女といっても身長はすらりと183センチもあって、ルックスや表情にあどけなさは微塵もない。アマチュアながら2002年からプロトーナメントに参加していて、かなりセンセーショナルな好成績を残している。

ある朝、なぜだか早く起きてしまい、テレビをつけたらゴルフ中継をやっていた。画面に映るミシェル・ウィーが簡単なパットを外して、静かに、猛烈に、不愉快な顔をしていた。

正直、僕はゴルフにはあまり興味がない。たまに『みんゴル』をたしなむ程度だ。いつもならすぐにチャンネルを替えるところだったのだが、その朝は彼女に釘付けになった。

それからの彼女のゴルフは非常に感情的で、素人目で見てもかなり荒れていた。彼女は見る見るうちにスコアを下げ、優勝争いから外れていった。解説者は、この辺がまだアマチュアだ、課題だ、としきりに嘆いていた。

まあたしかに優勝するためにはそれは課題なのかもしれないが、僕はそんなことはどうでもいいと思った。世界の大舞台で15歳の天才少女が必死に自分自身と戦っている姿は、たくさんの人にパワーを与え、リアルに大人たちへ問題提起をしていたはずだ。少なくとも僕は、朝っぱらからやる気が出た。うわ、おれも負けてられない、と本心で思った。

その後も、何度かスポーツニュースで彼女を見かけたが、勝っても負けても彼女はあのいらいらした目のままだったから、それがまたいいと思った。僕は「ミシェる」という言葉をつくってみた。言うまでもなく、「(いい意味で) いらいらした目をしている」ことを指している。「最近、おれミシェってるからさ」とか「あいつの目って、ちょっとミシェってていいよね」のように使う言葉。

目は口ほどにものを言う。目を見れば、何となく相手が言いたいことがわかる。ならば、

「さて、あの目は何て言っているのでしょうか？」と、僕は以前、友人たちと勝手にミシェル・ウィー・クイズをやってみたことがある。

「絶対勝つ」と、言っている。自分に自信があるタイプだ。

「ミシェル・ウィーですけど何か問題でも？」唯一無二の存在感で、オーラがある。

「じゃあ、あんたの勝手にすればいいじゃない！」くだらないケンカを長引かせないタイプだ。

「あんたあいつの何なのよ」恋愛では、けっこう嫉妬深いタイプだ。

「あした天気になあ～れっ」純粋にゴルフを愛している。

「ざまあみろ」子供が大人を打ち負かすことの美しさを知っている、確信犯タイプだ。

「うっさいなあ、まだいいじゃん。寝かしてよ」朝に弱い、寝起きの悪いタイプだ。

「むにゃむにゃ言ってないでさっさとやって！」言い訳を許さないタイプだ。

「戦争反対！」美しい理想をいつも信じて生きているタイプだ。

「ラモーンズ最高！」パンク・ロックが好きだ。

……と、まあ、どれも妄想で、たいして面白くもなく、もっとくだらないのもたくさんあったが、要はあの目から察するに生ぬるいことを許さない性格のはずだ、というこ

とは皆が感じているようだった。やはり目はものを言っている。

車の中で本を読んでいたら、車酔いをしてしまった。船の上で釣りをしていて、手元ばかり見ていたら船酔いしてしまった。自転車に初めて乗ったとき怖いからと足元を見ていたら、ふらつくばかりで思うように前に進めなかった。そんな経験が誰にでもあると思う。足元がふらつく状況で、しっかりしようと自分の足元ばかり見ていても具合は悪くなる一方である。そういう場合の解決策はただひとつ。遠くを見ることしかない。「ミシェっている目」が素敵な理由は、その目がいつも遠くを見ているからなのだと思う。ひとりで遠くの理想を凛と見つめる目。まるで、満たされない者だけがその先に進めるんですよ、と言わんばかりの鋭い目つき。

僕は最近、眼鏡をかけ始めた。眼鏡をかけてみて気づいたのだが、長い間、僕は遠くどころか足元もよく見えていなかったようである。

正直、初めて眼鏡をかけたときには愕然とした。道ですれ違う人の顔など見えなくて当然だと思っていたのに、はっきり見えるのである。

そういえば、いつからか道で誰かにばったり会うことが減ったなあ、と思っていたのだが、それは単に僕の視力の問題だったようだ。知ってる人の顔も、改めてよく見てみたら、「えっ！　君ってこんな顔してたんだ⁉」ということさえ、ある。

急によく見えるようになると、いろいろと照れくさいものだ。すべてを直視できてしまうことの照れくささ。中でもいちばん照れくさいのが、ただの普通の会話だった。その理由は他でもない。相手の目が口ほどにものを言ってくるし、それを見ている僕の目も、ものを言ってしまっているからである。まったく、「普通に自然に振舞う」ということを意識的にやろうとすると案外、難しい。

相手の目を見て話していると、話している最中から、やけに相手の顔色が気になってしまう。まあ、そういうのはどれも思い過ごしなのかもしれないが、とかく人の表情というのはじっとしていないもので、相手の細かい変化がいちいち気になってうまく話が進まない。なんだかなぁ……である。

周りがよく見えたうえで、前をじっと見続けるのは、勇気と覚悟が要る。というわけで、僕は最近、ミシェル・ウィーが気になっている。たまに彼女の目を見て、自分の目つきをチューニングしなおさなければ、と思うのである。

僕たちの失敗

〝fly～見えない翼を広げて～〟

〝once upon a time〟

〝槙原敬之LOVE〟

〝ぐっばいふぉーえばー〟

〝素直にI'm sorry〟

僕は中学時代の卒業文集を開いていた。卒業生ひとことコメントのページ。直視出来ないほど若気の至りまくった文章がずらりと並んでいる。


久しぶりに実家に帰った。僕のふるさとは地元民の間でも「陸の孤島」と呼ばれていて、市内にJRの駅がない。隣の隣の町にある駅から路線バスを一時間以上乗り継いだところにあるドがつくほどの田舎町である。十数年前から始まった過疎化はかなり深刻で、町はもう完全に廃れている。メインの商店街は曜日にかかわらずほとんどの店がシヤッターを下ろしているし、たまに開いている店も十年前と同じものを売っていて、十年前と同じ人がたまに買っているという有様。近所を一時間くらい歩き回ってもすれ違う人は五人といない。まるで明日ダムの水底に沈んでしまう町か何かのように活気がないのである。

そんなふるさとのことを東京の友人に「最悪の田舎なんだ」と説明すると、誰もが「ええ？　いいじゃん、自然がいっぱいなんでしょう？」と言う。おそらくダッシュ村のようなのを想像しているのだろう。僕もダッシュ村出身だったらどんなにいいだろうと思う。そういう田舎なら、逆に誇りだ。だが、残念ながら僕のふるさとは昔はそれなりに町だったことがある町だ。つまり、町の死骸なのである。昭和の抜け殻。これといった観光スポットもなく、これといった特産品や名物料理もなく、海もない。山もない。娯楽もない。人がいない。仕事がない。覇気がない。プライドがない。夢がない。未来がない。nai nai nai 恋じゃ nai……。いや、この町では実際に恋もしづらいのだそう。ずっと住み続けている友人いわく、初めて出会った人でもよくよく話を聞くと実は知り合いの元カノでその知り合いの弟がまた別の知り合いの元カレで……という、町中が知り合いの重ね着のような状態で、知り合いの知り合いが今日も自分の知らないところでよろしく知り合ったりしているのだからもう、恐ろしくて誰とも知り合いたくなくなるのだという。

そんな何もない町。あるものといえば、総大理石づくりの工費一億円の公衆便所（全く必要ない）や、アウトバーンよりも飛ばせる巨大バイパス道路（そもそも道はどこも混まないから全く必要ない）、無数のドラッグストア（とにかく薬屋が多い。薬を飲んでみんな長生きだけはしたいんだ！）といった無駄なものばかり。何とも間違った町おこしの成れの果て。薄暗い町だ。そこいら中に朽ちたコンクリートの灰色と自然の緑色が混在している。

どんなものにも、それなりに正解というのがある。

3の2乗はいくつでしょう？　9です。正解。

スリランカの首都は？　スリジャヤワルダナプラコーッテ。正解。

朝、出掛けに雨が降りそうだった。念のため、傘を持って家を出た。帰るころには土砂降り。「ああ、傘を持ってきて正解だったなあ」そういう正解もある。

「わたし、あなたを選んで正解だったわ」結婚十年目で妻が言う。そんな素敵な正解もあるだろう。

そのときは何となくやったことも、振り返ると、正解だったり間違いだったりする。ものごとはそういうものだ。僕は卒業文集を読み進むうちに思った。町おこしでもそうだが、どうやら、こういう寄せ書きレベルにだって「正解」はある。以下、少し添削してみたい。

〝believe oneself!〟これはきっと英語の出来ない子が和英辞典を引いてそのまま書いたパターンだろう。背伸びしたせいで逆に妙なことになっている。基本的な間違いだ。

〝see you リゲイン〟〝耳からぼたもち〟これも基本的な間違いだが、面白い子と明るい子は似ているようでまったく違う。それを勘違いしてはいけない。

〝あばよ〟〝偉くなくとも正しく生きる!〟これは当時の流行語だった。ねるとんの柳沢慎吾と元気が出るテレビのエンペラー吉田のセリフだ。完膚なきまでに風化している。

〝ナイジェル・マンセル〟これはこの年に総合で四位くらいだったマクラーレンホンダ所属の髭のF-1ドライバーだ。この微妙な人選にセンスを感じる。しかし卒業になぜ、マンセル?

〝必ずふたりの夢を実現させようね〟〝君にしか言わない言葉……愛してる〟ニキビ面で坊主頭で指定のヘルメットかぶって雪の上でも必死に自転車乗るような男子が何を言ってんだか。こういう自由な人たちがいまごろ、世界の中心で愛を叫んでいるんだろう。

〝幸せすぎたのかもしれないね……〟〝涙の数だけ成長できるかな……〟同じ系統でもこっちは別れがテーマなだけに、幸が薄そうでリアルに怖い。怨念のタイムカプセルである。こういう重たい人たちがいまごろ、冬にソナタを聞いてハムニダろう。

〝天上天下唯我独尊〟〝豪陰愚舞兎鋭～我が道を行く～〟これは、ろくでなしぶるうすの読み過ぎだ。でも田舎のヤンキーは純度が高い。何となくいまでも怖いから、そっとしておこう。

〝夢をあきらめないで！〟〝夢も希望も抱いて未来へ羽ばたく！〟これは本気系だ。こういうタイプも違う意味でたちが悪い。そっとしておこう。

〝最大の敵は自分自身〟〝努力は不可能を可能にする原動力〟格言、名言系だ。話が面白くないくせに長そうなタイプだ。こういう人たちはいまごろ、飲み屋の隅でデッカイ夢を語って女を口説くような、しょっぱい大人になっていないだろうか。心配だ。

〝time is bird 時は鳥なり〟これは……訳がわからない。この子のその後は本気で心配だ。さかなクンの鳥バージョンにでもなってくれていたら幸いだが。

さて……。ここで不安がむくむくとわき起こる。僕は何を書いたんだろう……。まったく覚えがない。怖い。怖すぎる。僕は勇気をふりしぼって自分のクラスのページへ飛んだ。

〝2003年3月18日　おれの家で同窓会〟

お、おお……。ダメだ。案の定、僕も間違っていた。

卒業の日に早速、十年後の同窓会の告知をしていた。ちょっと気が利いているが、ダメである。というのも、その日付は一年以上も前に、しれーっと過ぎてしまっているわけで、つまりはまあ、普通にみんなに無視されていたわけだ。恥ずかしい。時を越えて、恥ずかしい。まあ、こんな文集など十年も経てば誰も読むわけもないわけで、当然といえば当然だが、とはいえ一抹の寂しさはある……。まったく。なんでこんなことしたんだろう、おれ。

卒業文集の寄せ書き。この場合の「正解」は、いったい何だろうか。僕は思う。こういうときは何を書いても駄目だ。寄せ書きという行為自体がもう痛いのだから、事実だけを書くべきかもしれない。今なら〝さよなら〟とだけ書くだろう。「いつまでも風化しない事実」はそれしかない。うん、それがいい。こういう場面で上品な引き算が出来るかどうかは大切なことだろう。

かつて太宰治はこう言った。「書くときに大切なのは正確を期することです。風車が悪魔に見えたら悪魔のようだと書き、やはり風車にしか見えなかったら風車と書くべきなのです。それを悪魔と書いた方が文学的だ、恰好がいいとロマンチックを気取るのは馬鹿のすることです」と。全くその通りだと思う。

イメージと未来の話

九回裏、一打出れば逆転サヨナラの場面。アルプススタンドからはブラスバンドの熱の入った演奏と、地鳴りのようなかっ飛ばせの大合唱。メガホンの乱打、応援団とチアガールの一糸乱れぬ動き。球場全体が清潔な願いに包まれる神聖な一瞬。

テレビの前で無責任に眺めている僕まで胃袋の辺りがングッとくる。夏の甲子園。今年はやけに接戦が多い。接戦になると技術よりも精神力の勝負になるから、高校生という年齢からくる青さは、思いがけないドラマを見せてくれる。面白い。無責任なことを言わせてもらえばまぁ、青春、ばんざい！　といった感じだ。

僕の友人に異常に怖がりな人がいる。彼女がどのくらい怖がりかというと、テレビを見ている間は常にリモコンをにぎりしめていて、ふいにホラー映画のＣＭが流れても瞬時にチャンネルを変えられるようにスタンバイしているというほどの重症だ。夏によくある心霊写真や怪談の特別番組などはもってのほかで、恋愛映画の『ゴースト』さえ見たくないという。

小さい頃からずっとそういった徹底したアンチ・ホラーシフトで暮らしている彼女。さぞかし、普段の暮らしも大変なのかと思いきや、それがまったく逆なのだという。

何が逆かというと、「怖い映像や怖い話を何も知らないから、逆に何も怖くない」というのである。彼女いわく、夜中にひとりでトイレに行くのなんて全然平気。薄気味の悪いホテルに泊まるのも平気。真夜中の学校に行くことさえ余裕だという。

考えてみれば霊にまつわる恐怖感なんていうのはだいたいどれも「気のせい」なわけで、こちらが勝手に嫌な予感を感じて怖がっているという場合がほとんどだ。そんな誰もかれもが霊感なんて持っていない。だから、怖い怖いと騒いでいても、そんなのは今まで見た怖い話を連想して勝手に心もとなくなって騒いでいるだけなんである。錯覚にすぎない黒い影に大げさに騒いだり、そういうのはもう、ただの「恐怖」の自給自足と言っていい。

つまり、自分の中に「オカルトやホラーにまつわるデータ」さえなければ、どんな不気味な状況だろうが「霊が現れる」というイメージに至らずに、平気でいられる。それを彼女は身をもって、実証してみせているわけだ。

彼女にとって、お墓はただのお墓。そこから幽霊が現れるなんてイメージは毛頭ない。

だから、夜中に墓場で運動会をするのも、昼間に公園でバドミントンするのも、何ら差がない。おかしな話だが、怖がりなおかげで怖いものがない。毎日ハッピー。そういうことらしい。怖いもの知らず、とはよく言ったもので、これは「無知」がイコール「無敵」を意味しているという、好例だ。

テレビ画面に映るピンチを迎えたニキビ面のピッチャーの顔のアップ。あどけない顔はいま何を考えているだろう。自分の中にある「一球の恐さ」にまつわるデータを呼び出して、そこから浮かんでくる恐怖のイメージと戦っているんじゃないだろうか。負ける恐怖を知っているからこそ、この少年は無敵になれない。

以前、金縛りにあったことがある。金縛りは心霊体験ではなく、「身体が眠っているのに脳が半分起きている状態です！」と僕は胸を張って言える。疲れすぎた日に見る、ただのイレギュラーな夢です、と。

なぜそんなことを言い切れるかというと、身をもって実験したことがあるからである。初めて金縛りにあったときのことだ。僕の足元から白装束を着た血まみれの老婆が這い上がって来た。やばい！　来た！

でも僕には持論があった。たぶん、金縛り状態になったときにみんなが霊を見てしまうのは、過去に誰かにどこかで聞いた金縛りにまつわる怖い話を、とっさに連想してしまうからなのではないか？　という理論。金縛りにあってしまったという一瞬の恐怖心が、勝手に心の奥の「怖い話」のデータを思い出して、勝手に映像化しているんじゃないか？　と。そのときついでに、誰かに爪を立てられたときの感触、首を絞められたときの感触、というデータも思い出せば、老婆はよりリアルに実感出来る。そんなふうにして結果的に「霊みたいなもの」を見てしまうのでは？　と普段から思っていたのだ。

だから僕は、老婆が僕の喉元まで這い上がって来たとき、目を閉じて「カツ丼に変われ！」と念じた。数秒後、ゆっくりと目を開ける。するとどうだろう。老婆は消え、代わりにカツ丼がほかほかと美味そうな湯気と匂いを漂わせながら僕の胸板の上に乗っかっていた。やっぱりだ。世界広しといえども、カツ丼の霊など僕は聞いたことがない。

イメージはとても重要だ。

僕は「謙虚な気持ちで強く願えば願いは叶う」と漠然と思っている。金縛りの例じゃないが、何となく、思い描いたとおりにいままで現実を生きて来た気がするのだ。

成功の明るいイメージを強く持っていれば、成功という明るい未来がやって来る。でも、自分の心におごりがあるときは、いくら成功をイメージしたところでまったく叶わない。逆に、そもそも自信がなくて失敗のイメージが強かったりしたら当然、失敗という未来がやって来る。その繰り返しだった気がする。そんなの単純すぎると言われるかもしれないけれど、本当にそんな感じだったのである。

今年の夏は世界中で相次いで旅客機の墜落事故が起こった。一説には、過熱気味の運賃値下げ競争による整備費削減の影響だなどと囁かれているようだが、それでも以前から航空機の事故というのはなぜか連鎖的に起こりがちだった。

もしかしたら、それも航空会社スタッフや乗客の「イメージ」が原因なのかもしれない、と僕は思う。スタッフも乗客も最近の墜落事故のことは当然気にかけていて、知っているだろうから、ふとした瞬間に嫌な予感が頭をよぎることはあるだろう。整備士はネガティブな未来をイメージしながら整備したかもしれない。パイロットも操縦中にネガティブな未来をイメージしてしまったかもしれない。さらに、管制官も、乗客も、客室乗務員も……。そして、その結果みんなのイメージが見事に一致してしまった、そのときに悲惨な未来が現実化した、と。

九回裏、一打サヨナラの緊張の一瞬。ピッチャーがセットポジションから渾身の一球を投げ込んだ。バッターの一振りに何万人ものイメージが注がれる。中には、もうダメかもしれないと思いながら声を張り上げている人もいるだろう。心の底からこいつは打ってくれると信じて目を輝かせている人もいるだろう。さて、未来はどっちに転ぶだろう。

キーン！

球場にこだまする金属音。さまざまな想いを乗せて、白球が高く舞い上がる――。

わー、わー、ドン、ドン、ドン……。がんばれ、若人！　イメージが未来をつくるんだ！

うれしい悲鳴をあげてくれ

この連載も三年半を越えて、このたび単行本化が決まりました。心のひろいロッキング・オン社の皆さん、そして、何より読んでくれていた皆さんのおかげです。ありがとうございます。

それにしても三年半。当初、この連載がこんなに長く続くとは誰が予想していたでしょう。振りかえって考えてみても、三年半前はかなり昔のことです。そのころ、僕はまだあのバンドにいたし、あの街に住んでいたし、まだあの子と付き合っていたし、ドラえもんの声はまだ大山のぶ代だったし、ホリエモンは近鉄バッファローズの買収に失敗していた。そんな時代です。

歳をとると時間が経つのが早い、とよく言うけれど、そんなのは嘘なのかもしれない。たかだか三年半だってこの有様ですから。まるで、何だか「時間」がカメで「僕」がウサギにでもなったような気分がしてくる。たしか一緒にスタートしたはずなのに、時間のほうが遅すぎて、こちとら何だか虚しくなってくる、みたいな。まあ、だからと言って、じゃあここらで休憩を。と、いざ悠長にぼやぼやし始めたら、すぐに時間に置いて行かれるのでしょうが。いやはや。考えただけで息が切れる。

以前は、僕は四人組のバンドの一員（しかもフロントマンでもない目立たないメンバー）だったわけで、ということは当時は必然的に何をやりとげたって体感する達成感は気分的には何となく四分の一か、それ以下でした。いい意味で平等だったんですね。うちのバンドは。そして、その後にバンドを解散して、いざ「ひとり」になって、作詞だプロデュースだ、と僕もそれなりに息み始めたのですが、やっぱりそれだって「まずアーティストありき」のパラサイトのようなオシゴトなわけで、そう考えると今回のこの単行本刊行というのが、本当の意味で初めての「ひとり仕事」なんじゃないかと思います。三十歳のひとりだち。三十歳にして、風太くん、立った。そんな感じです。

単行本のタイトルはこの連載タイトル「Opportunity & Spirit」でなく、「うれしい悲鳴をあげてくれ」としました。打ち合わせ中、担当の兵庫さんに「タイトル何かないすかね？　好きな言葉とかは？」と問われて、とっさに僕は「うれしい悲鳴」と答え、結局それがタイトルに。

「うれしい悲鳴」。これを辞書に載っている意味そのままにとってもらってもいいのだけれど、僕の中ではむしろ、韓流スターが来日したときに空港に集まったファンの様子だったり、大学の合格発表の掲示板の前だったり、試合終了間際に逆転ゴールが決まった瞬間だったり、江頭2：50が客席にダイブした瞬間だったり、そういうものも想い浮かぶ。もしかしたら女の子のあえぎ声だってそうかもしれない。とにかく「うれしい悲鳴」というのは、どれも気分の悪いものじゃないんですね。だいいち、うれしさが爆発して金切り声になっているなんて素敵なことです。出来ることなら、今こうしている瞬間だって僕はうれしい悲鳴をあげたいし、聞きたい。それが溢れている日々は間違いなく素敵な日々なはずですから。

何度も言うようですが三年半前。僕はまだバンドにいて、ロック・ミュージシャンでした。その頃すでに還暦を越えていた僕の親父には、息子が作るやかましいロック・ミュージックのよしあしなどわかるわけもなく、やれニューアルバムだ、ニューシングルだとこちらが意気揚々と渡したところでリアクションはゼロ。もしくは、仏頂面で「うるさいから聴きたくない」と一蹴されるだけ。僕としてはそれが、どこか申し訳ないような、でもそれはそれで気が楽なような、アンニュイな気分でいました。僕は大人社会で暮らしながらも、いわゆる「大人」のジャッジメントの及ばない「ヤングなロック」

という治外法権の中でずっと暮らしていたのです。

ところが、僕がバンドを解散したときのこと。音楽に興味はないが雑誌で息子を見るのもこれで見納めかもしれない、と親父は記念のつもりで僕のバンド解散のインタビューが載ったJAPANを買った。そして偶然、この連載を見つけてしまった。以来、親父はこの連載を毎号読み、ちくりちくりと内容や出来についてメールを送って来るようになりました。治外法権が崩れ去った瞬間です。いや、自分からノコノコと、その外に出て行ってしまったと言うべきかもしれません。慣れない「文章」なんか書いてからに。

親父は学生の頃、物書きになることを夢に見ていた青年で、昔から実家にはおびただしい数の書籍が積み上げられていた。いまでも暇さえあれば図書館に通っている。そんな親父からの「先月のほうがマシだった」のひとことは、身震いするほど恐ろしい言葉ですが、でもそれは僕が初めて大人社会に参加できた証でもあるわけで、つまりこれも僕にとっては「うれしい悲鳴」のひとつなわけです。

人生でいくつのうれしい悲鳴をあげられるか。何だか、それがすごく大切なことのような気がするこのごろです。

V　ボーナス・トラック

ＣＤ屋敷

TSUTAYAという店がある。

店がある。などと私だけが知っているような書き方をしてどうなるわけでもないが、私はこのＣＤとＤＶＤと書籍の販売およびそのレンタル業務を行う店に心から感謝しながら、どっぷり依存して暮らしている。

というのもこう長い間、ロックに身も心も捧げて暮らしていると、嫁や家族を持つ夢もまるで叶わず、かつロック男子が整頓上手でどうするというアウトロウな気概も手伝って、部屋はぐちゃぐっちゃんに散らかりＣＤだらけになる。

毎日ＣＤをこしらえる仕事を終えて家に帰り、溢れるＣＤの上に座って、ＣＤに飯をよそって食い、それからＣＤの上を歩いて風呂場に向かい、ＣＤで体を洗い、風呂上がりにＣＤで肌を保湿、ＣＤを使った簡単なダイエット・エクササイズを行ってから、目覚ましＣＤをセットして、今日も疲れたぁと敷きＣＤの上に寝転がって、掛けＣＤをかぶって眠る。そんな日々。

ゴミ屋敷ならぬＣＤ屋敷。

というのはさすがに嘘だが、つい最近まで、我が家のキッチンにある一人暮らしのくせにやたらと馬鹿でかい備え付けの食器棚には、びっしりとＣＤが入っていた。食器も鍋もほとんど持ってないから、そこにＣＤを押し込むことにしたのだが、おかげでかつお風味のほんだしと、スティック・シュガーと、メタリカのＣＤと、ル・クルーゼの鍋は我が家では同じ棚に収納されていた。

いや、それでも、少々イレギュラーな収納法ではあるけれども、まだひとところにすべてのＣＤが収まっていてくれさえすれば、ああ、我が家のＣＤはキッチンにありけり。と曲がりなりにも心の整頓のほうも出来ようというものだが、時が経つにつれ、その馬鹿でかい食器棚からも安々とＣＤは溢れ出し、廊下、階段、段ボール、リビング、倉庫、車庫という具合に年々ＣＤは我が生活スペースを蝕んでいくから不思議だ。なぜだ。なぜそんなにもＣＤは増える。

さてはもしかしたらＣＤってやつはやたら性欲の強い生き物で、雄のＣＤと雌のＣＤが私の知らないところで勝手にバンバン交配して、新たなＣＤを生み、息子、孫、曾孫、玄孫という具合に棚の中で増殖しているのだ。と思いついて、驚かせないようＣＤにそうっと耳を当て、しーんとしてみたがＣＤが呼吸をしているような気配はなく、用意していた252！　生存者あり！　のセリフは宙に浮いた。

こうなって来るともはや、聴きたい時に聴きたいCDをすぐに見つけるという、ほんのささやかな願いさえ簡単には叶わず、途中で「あれ？　本当に持ってたっけ……？」と自分で自分を疑い出す始末で自己嫌悪、自暴自棄、ああなんでおれはこうなんだ。となってひどいときは枕が濡れるほど悲しい。

CDを探す度にそんな風じゃあ、ああだめだ。いつもいつも1時間も2時間もかけて探すくらいならTSUTAYAで借りて来た方が早いじゃん。とあるとき気付いて、意気揚々TSUTAYAに出向き、レンタル・コーナーで探してみると、なんてことはない。ものの数秒で見つかった。

はて。ということはTSUTAYAのレンタル棚にあるCDと、かぶって私が所有しているCDはすべて処分してしまっていいのではないか。

と思いついたが吉日。翌日、私は大量のCDを処分していた。さらには。走りだしたら止まらないぜい。と、銀蝿よろしく鼻歌まじりで不動産屋に走り、都内でもトップレベルの大型TSUTAYAがある街に照準を合わせ、かつ「TSUTAYAから徒歩3分以内限定」という条件一点のみで部屋を探し、今の家に引っ越した。

おかげで私の生活は大変に快適になった。

TSUTAYAの店員は日々、私のためにあいうえおもしくはアルファベット順に、さらにはジャンル分けまでして完璧にCDを管理してくれているのである。

これはすごいことだ。もし私が「整頓が面倒だあ！」と嘆いて家政婦を雇ったところで、その家政婦の婆さんがロック・ミュージックに明るいはずもなく、ともすればスーパーカーの「プラネット」というCDを手にしてもはてな。どっちがバンド名でどっちがタイトルですかいや。と、固まったきり、自分の無力さに涙をぽろぽろとこぼして震えてしまうに違いない。それは切なすぎる。

そう考えると、私は家政婦を雇うより安い金で私は聴きたい時に聴きたいCDをすぐに手に入れる権利を手に入れたのだ、ということに等しいわけで、これはたいした発明だと思う。ちょっと屈折したアイデアだけれど、でも、快適であることこの上ない。

だが、この名案もいいことばかりではないとすぐに気付いた。

だからこれを読んでいる皆さんにひとつお願いが。

どうか、あまりTSUTAYAからCDを借りないで頂きたい。いわばTSUTAYAはもはや我が家の一部である。勝手に持ち出されては私が聴きたい時に困る。

そして、このTSUTAYA依存生活を始めて以来、実の我が家のCD棚のアングラ化が甚だしい。廃盤のCDばかりと言っても過言でなく、ちょいと遊びに来た友人などは、その棚に並んだ意味不明で非ポップなラインナップを眺めてしばし絶句する。それもそのはずだよ、メジャーどころは全部 TSUTAYA にあるんだから仕方ないのだよ！　いっひひい。というようなことを一生懸命に説明すればするほど、相手の眉間に徐々にしわが寄って行く。

だからこれを読んでいる親愛なるマイ・ファミリー、TSUTAYA の店員さんたち。皆さんにもひとつお願いが。

どうか、私のために積極的にアングラで不人気なCDをレンタル棚に揃えて頂きたい。私は決して奇人ではないから、皆に誤解されたくない。よろしく念……と、書きながら、TSUTAYA にCD棚を持ったら、同時にたくさんの家族も手に入ったのだ、という一石二鳥、うれしい誤算に気付いた。わーい。

一時間、語れることはありますか？

一緒に仕事をするバンドに初めて会うとき、必ず訊くことにしている質問があります。それは「一時間、語れるものはありますか？」という質問。

その人が個人的に「それ」にとてつもなく興味があって、日々「それ」を追究していて、「それ」を調べている間は時間が経つのも忘れて没頭してしまう。そんな「自分だけが特別に詳しいこと」を持っていますか、という質問。

ある人は「ビートルズ」と答え、ある人は「漫画」と答え、またある人は「麦茶」について熱く語ってくれました。僕はそういうのが個性の正体だと思うのです。いちばん素敵なのは、その人にしかない「いびつさ」ですから。

いわゆる「恰好良いこと」をいかにも「恰好良いと思ってやっている人」はどういうわけか恰好悪く見えるもので、むしろ普通に考えたらすごく「恰好悪い」はずのことを「なぜか恰好良く見せられる人」が、本当の意味で恰好良い人間なんじゃないかと思うのです。

さかなクンという人がいます。子供の頃から魚のことが好きで、自分で漁港を歩き回り、漁船に乗せてもらい、魚に触れ、魚の図鑑を読みあさり、世界中の水族館を巡り、魚の絵を描き、今では国立大学の准教授になり、テレビで魚について語ったり、とにかく魚とふれあうことを生業にして暮らしている。その情熱。魚に対する愛情。個性的すぎる個性。頑張っている自覚のない無限の頑張り。どれもが本当に恰好良いと思います。

彼に直接会ったことはないですからこれは僕の想像ですが、テレビなんかで見る限り、たぶん彼は心優しい性格で人を恨んだり傷つけたりあまりしないタイプなんじゃないかと思います。自分勝手に好きなことをとことん追究していながら、性格も真っ直ぐに育っているなんて。妙なハコフグの帽子をかぶったり、早口のハイ・トーン・ボイスで喋ったり、ピギャーとか奇声をあげたりするから、だいぶわかりにくい仕上がりにはなっていますが、さかなクンという生き物は、ものすごく恰好良い生き物だと僕は純粋に思うのです。

それに比べたら、ミュージシャンはどうでしょう。職業自体が恰好良すぎて肝心の「生き物」としての恰好良さがうやむやになりがちな気がします。人前でそれなりに楽器を弾いて歌ったら、「キャー」と声援があがったりする。もしそのとき「キャー」ではなく「ピギャー。あなたは僕が魚を好きなくらいに音楽が好きですか?」とさかなクンに問われたとき、「はい！」と胸を張って言えるミュージシャンは果たしてどれくらいいるでしょう。

先日、ちょうど歳が一回り違うバンドの仕事をしたときのこと。メンバー全員が平成生まれで、あまりにも共通言語がなくて思うように会話が続かない。大槻ケンヂ、堀内孝雄、森田童子……どれも「誰ですか、それ」。往生しました。なんとなくよそよそしい感じで、お互いがお互いに気の遣い方も分からないまま当てずっぽうに気を遣っている空気がスタジオに漂っていました。

これではいけない。ということで、僕はメンバーに「自分の携帯に入っている写真でいちばん面白いやつを見せて」とお願いしてみた。

友達がふざけて女装している写真、変顔、男同士のキス・シーン。「これ、どうですか！　あははー」と、皆が代わる代わる楽しげに携帯を差し出して来る。でもどれもそんなに面白くないし、平凡だった。違うんだよなあ。僕は「明るいと面白いは違うんじゃない？　カメラを向けてそれっぽくおどけることが出来るのはただの明るい人。そんなんじゃなくさ、自分にしかわからない、自分だけの〝面白さ〟が知りたいんだけど」と言った。

すると、メンバーのひとりが「これは……どうですか？」と、エビチリの写真を見せて来た。まだ学生で福岡に住んでいる彼らは、レコーディング期間中は東京のウィークリー・マンションで自炊して暮らしている。そして、昨日初めてエビチリを作ったら思いのほか上手く出来たから写真に撮ったのだという。

精一杯見栄えよく盛りつけてあって、皿の前には箸が綺麗に並べてある。一目見て、面白い写真だと思った。きっと撮る前はどうでもよくないような出来事だったはずなのに、写真に撮った瞬間、完全に風化してどうでもいいオーラに包まれてしまっていた。「うわー。くだらないねーこの写真。でも、そう。こういうのが面白いよ！」と言うと、そのエビチリ野郎は「じゃあこれは？」と、何かを摑んだ様子で次の写真を差し出す。見ると、とんでもなく地味なビジネス・ホテルの建物の写真と、その窓から見えたしょぼい夜景の写真だった。訊くと、今まで泊まったホテルは一応全部撮っているのだという。面白い。その「意味のない使命感」がいい。そのあと「最近バイク買ったんです」と言って、無表情で跨っている自分とバイクを、アングル違いで何枚も見せられたときには、そこに潜んでいる恰好悪すぎて恰好良い美意識に僕はメンバーと一緒になって爆笑した。

小学生のとき、さかなクンは母親に「誕生日プレゼント何が欲しい？」と訊かれて「金目鯛！」と答えたそうです。そしてその目玉がビー玉みたいであまりに綺麗だったから、目玉を取り出して机の引出しに仕舞って鍵をかけたのだそう。それを聞いて僕はすごくいい話だと思いました。「あとで腐って異臭が出て怒られたんですぅ」とさかなクンは笑って話していたけれど、このときの母親の対応こそがプロデュースの基本なんじゃないかと思ったのです。そのとき母親は彼をどう怒ったでしょう。誕生日に金目鯛を買ってあげる感覚を持っているくらいですから、きっとすごく粋な、愛のある怒り方をしたはずです。

僕は「ロック版さかなクン」のようなミュージシャンと仕事がしたい。言うなれば、「ろっくクン」に会いたい。だからいつも「さかなクンの母親」的でありたいと思っています。いびつな情熱をちゃんと個性に磨いてあげられるような人でありたいと思うのです。

「お」の道は険しい

ポップってなんだろう。なんかポップって、漠然と良いことかなと思っていたけど最近はそうでもないケースもあるよう。

ある日、ニュースを見ていたときのこと。

「次のニュースです。警視庁少年事件課は13日、中学生に暴行をしたとして江戸川区に住む無職の17歳と16歳の少年を逮捕しました。調べによると少年らはショッピングセンター内の広場で、知り合いの12歳と13歳の中学生に、両肩、上腕部を殴るなどして暴行を加え、全治二週間の怪我を負わせた疑いです。少年らは〝じゃんけんをして勝ったら肩を殴った。周りからは、じゃれあっているように見えると思った。ただのいじめだった〟と話しているということです」

フジテレビの全国の昼のニュースでした。アナウンサーが真面目な声色で淡々とニュースを読み上げていきます。

「このじゃんけん肩パンチ、いわゆる〝肩パン〟で逮捕者が出たのは初めてのことです」

ニュースはそれで唐突に終わりました。ご存知、肩パン。みたいなノリで。えっ。僕は固まりました。肩パンって……何？　何だ、そのポップな響き。フジテレビ、なんかそれ、流行らせようとしてない？　いいの？　いじめをポップにしちゃマズくない？と思って、その後、〝肩パン〟をウィキペディアでウィキってみたら、結構メジャーな遊びのようで、今の子供たちには普通に浸透している言葉なのだそう。でも。こんなポップな呼び名じゃなかったらその遊びの浸透もある程度は阻めたのではとも思う。

ここ最近で急激にポップになったのは、他にもいくつかあると思っていて、例えば普段何気なくバラエティ番組を見ていてもすぐに、

「80歳まで入れてお葬式の費用も負担してくれる」

という保険会社のCMが流れる。これはすごくポップだと思う。何がポップって、死がポップ。死もポップにするなんてすごいことです。これを見て、

「葬式か。ああ、婆さんや。そろそろうちらも……これ入ろうか」

と辛気くさい会話をしながらも、その数秒後には老夫婦はCM明けのバラエティ番組

を見てげらげら笑うのでしょうか。いやはや。お年寄りの精神力っていったい。それが年の功ってやつか。違うか。

他にも、中年の男性のモテたいスケベ心を〝ちょいワル〟と呼ぶのもポップ化のひとつなのかもしれません。下心もちょっぴりポップに。そんな時代。

そこへ来て、「お」のポップさの登場です。

おバカの「お」。これがたぶん、いちばんのポップでしょう。今は空前のおバカブームなのだそう。でもそれは今までざっくりと「天然」でくくられていた人たちの中から「知識が足りない人」というジャンルが独立しただけ、という気もします。おそらく東大にだって「リカちゃん人形の足をかじると救急車の味がするの1」と言い出すような天然タイプの人はいるはずですが、それを「おバカ」とは呼ばないわけで、だからやはり今まで天然というカテゴリーに甘んじて属していた「おバカ」の皆さんが、ようやく正しくカテゴライズされた、ということだと思います。

「お」の一文字を発明しただけでジャンルが生まれてブームになった。あらためて「お」のポップさってすごいです。「お」によって確実にいくつものタブーがクリアになってますから。「おブス」や「おデブ」っていうのも同じ原理で、今までアンタッチャブルだった何らかの深刻さがクリアに、あるいはうやむやになっている気がします。そのうち、「おケチ」や「おハゲ」や「お茶」や「お菓子」や「お相撲さん」や「お母さん」が現れる日も近いでしょう。……あ、すみません。なんだか途中から僕もおバカになってしまいました。

もしかしたら今頃、毎日クラスメイトの肩に肩パンをパンパンやって遊んでいるような全国の勉強の出来ない子供たちは、おバカタレントを見て「ああ、バカでもいいんだ!」と、ノアの方舟でも見つけたような想いを抱いているのかも知れませんがそれは誤解です。

おバカの本当の意味は、「バカでもいい」ではなく、持ち前のバカに「お」を付けてもらえるような人になれたら誰からも愛される、という意味なのです。

考えるのが得意じゃないからすぐにまあ何とかなるさというような行き当たりばったりの言動を本気でする。そこに迷いなし。目つきに曇りなし。失敗しても笑顔。いつも青空のように清々しい笑顔。だから、いつも周りを明るくポジティブにしてくれる。考え過ぎの人たちを癒してくれる。それがおバカ。

ただの「知識の足りない人」が無条件で周りから愛されるわけもなく、むしろそれだけでは、ただの面倒くさい奴です。そういう人とは話すのが疲れるだけですから。

「お」の道は険しいのです。

だから、勉強なんて出来なくてもいつも笑顔でキレイな心で暮らして「お」のポップさをゲットするんだ！　というのは、本当に恰好いい生き方だと僕は思うのですが、どうでしょう。

ポップにもいろいろある。良い意味でずっとポップでいるために、僕もなるべくいつも笑顔で、キレイな心で暮らしたい。自分のどうしようもない欠点にも、いつか誰かにそっと「お」をつけてもらえるように。

銀色の鍋

「王手。はい、詰み。だははは、あーあ、また勝っちゃった」

「あいだだだ。いやあ、なんぼやっても勝てねぇな」

　久しぶりに青森の実家に帰った。北国の冬は思った以上に寒く、僕は高校時代に着ていた上着をタンスから引っ張り出した。当時古着屋で買ったそのデニム地のジャンパーは、ただ仕舞っておいただけのはずなのになぜかさらに風化しており、デザイン的にも質感的にも時の流れを感じさせる劣悪な洋服へと変貌していた。しかし背に腹は代えられない。渋々袖を通すと、タンスの引き出しの隅に将棋盤と駒の入った箱を見つけた。すっかり古ぼけて飴色に変色した懐かしい将棋盤。小学校の頃は、晩酌をしている親父とよく将棋をしたものだ。勝てば少しの小遣いがもらえた。毎晩勝負を挑んでは撃沈した。

　あれから十五年。酒を飲みながら親子で将棋をする。いいアイデアだと思った。きっと親父も喜ぶに違いない。駒と将棋盤を持って居間へ戻り、親父に「将棋やろうぜ」と持ちかけると、親父もまんざらでもない笑顔を浮かべた。そこまではよかった。

「あーあ。昔は強かったのに。普段頭使ってないせいじゃない？　ボケた？　ははは」

実際に対戦してみると、十五年という時の流れは僕にばかり味方をした。

「はぁ、わぁも六十五だもの。年金も貰ってらんだもの。ボケるべさ、そろそろ」

親父が言葉の尻を苦笑いで噛み潰す。

「さみしいねぇ。いひひ、小さい頃は全然かなわなかったのに」

「うるせぇ、はやぐ並べろじゃ。もう一回っ、勝負だ勝負っ」

すっかり酒も回っている親父は顔を真っ赤にして再び駒を並べ出した。僕の負けず嫌いは父親ゆずりなのだと知った。

気付けば僕の四連勝。勝った直後は親父になんだか申し訳ない気もするのだが、いざ再び勝負が始まるとまた真剣に勝ちに行ってしまう。もっと気を使うべきなのかもしれないが、親父も僕に手を抜かれるほどの屈辱はないだろうから、これでいいのだという気もしていた。

——ぱち。ぱち。ぱち。

五度目の勝負が始まった。淡々と駒の音が響く。初めのうちは十五年前の思い出話をしながらの和気藹々としたものだった。それがいつからか互いに会話も減り、久しぶりに会ったというのに相手の顔もほとんど見ずに互いが将棋盤を凝視していた。

「ほら、焼げだど。砂肝。好ぎだべ?」

台所で料理していた母親が塩こしょうで味付けされた鶏の砂肝を持って来た。テーブルの上にはすでに茄子の揚げ浸し、山菜の天ぷら、鰈の煮付け、いくつもの料理が並んでいた。僕も酒を飲むようになって気付いたのだが、晩酌のときに料理を出す母親の間合いは絶妙だ。親父は毎日のことで気にもしていないだろうが、いまや客同然の立場である僕にとって、それは新しい発見だった。

何も変わっていない実家の中で酒を飲んでいると、ふいにタイム・スリップしたような感覚がする。座っている椅子も、テーブルも、料理が盛られている皿もコップも、欠けたり傷んだりはしているものの、どれも当時と同じ。自分が手にしているコップに牛乳やジュースではなく酒が入っているのはなんだか少し照れくさく思えた。

――ぱちん!

長い沈黙を破って、親父が威勢よく駒を動かした。

「王手飛車取り!　どうでぇ。だははは」

「えっマジ?」

親父の「角行」が9×9の枡目をダイナミックに移動して、僕を最も苦しめる位置に止まっていた。まったく想像もしない一手だった。

「おおっ。調子出て来たがなぁ?　がんばれぃ、おどぅ」

台所から母親が弾んだ声をあげた。おどぅ。それは、「おとうさん」が訛った、僕のふるさと特有の父親の呼び方だ。僕も昔はそう呼んでいたような気がする。がんばれ、おどぅ。その一言で母親が僕よりも親父と親密なように思えた。なるほど、僕はアウェイで戦っていたのだと気付かされる。

「参ったなぁ……」

「早ぐやれじゃ。悩んでも駄目だべや。王が逃げるしかねぇべさ。だははは」

「そうだねぇ。そっか……仕方ない」

僕は渋々、「王将」を逃がし、「飛車」をプレゼントした。

結局僕はそこから調子を崩し、あっという間に負けてしまった。十五年ぶりの勝利を手にした親父は、満面の笑みで僕のコップと自分のコップに酒を注ぎ足した。

「ぶぁふぁふぁ！」

ご満悦の親父を見て僕も内心ほっとした。これでいいのだ。これでこそ親孝行というものだ。分かっている。分かっている、が正直、このままでは後味が悪い。

「ラスト！　最後にもう一回だけやろうよ」

「いいどぉ。はぁ、負げねぇどぉ」

「いやあー、気分がいいどころで止めどいだほうがいいんでねぇの？」

将棋の分からない母親は台所で陽気に笑っていた。

いつもは親父と母親はふたりで台所に立ち、一緒に晩飯を作っている。僕が小さい頃、父親は単身赴任ばかりでほとんど家にいなかった。その罪を償うかのように、親父は僕が十八歳のときに早期退職で会社を辞め、退職金で小さな畑を買った。とうもろこし、じゃがいも、さつまいも、かぼちゃ、豆、トマト、オクラ、きゅうり、茄子、茗荷、ネギ、桃、栗、スイカ、メロン、とにかく食欲の赴くままに夫婦ふたりで食べたい野菜を育て、それをふたりで収穫し、家に持ち帰って、ふたりで料理し、ふたりで食べる。そんな仙人のような暮らしを始めたのだ。

——ぱち。ぱち。ぱち。

再び駒の音だけがリビングに響く。親父は調子に乗ってか、さっきとまるで同じ手順だった。負けず嫌いの僕も同じ手順で応戦した。

「んふふふ。さっきと似てるねぇ」

「ん？　んだが？」

親父がとぼける。が、その言葉とは裏腹に盤上の駒は明らかにさっきと同じ配置になっていた。そろそろ勝負の分かれ目が近づいている。そう。さっきはここでダイナミックに「角行」が移動して、王手飛車取りという惨事に遭ったのだ。

「あれ？」

何かがおかしい。さっきと同じ配置のはずなのに、盤上の「角行」の位置がおかしいのである。

「あれ？　さっきさあ、この角行って、ここからここに動いたの？」

「ん？」

一瞬、無言になる親父。ぴたっと時間が止まった。親父はばつが悪そうに酒を一口すすった。

「ねえ、角行って、どう考えても……ここには来れないよね？」

ほどなくして親父の不正は判明した。いや、正確に言うと本人に不正の意識はなかったのだが。老化のせいなのか、酔いのせいなのか。親父はわずか三十センチ程度の距離を平行に駒を動かすことが出来ず、隣の列へ動かしてしまったようだ。

「ああ、んだが……。さっき、わぁ、ズルしてまったのが？」

親父が恥ずかしそうに額を掻いている。

「おどぅ、はぁボケでまったんでねえのが？　あははは」

母親は台所で茶化しながらげらげら笑っている。明るい笑い声。それは彼女一流の慰めかただ。僕も昔、何度となくこの明るさに助けられた。

四連敗の後に不正で勝利。真面目な親父はそれが相当ショックだったようで、すっかり意気消沈した親父はその直後、最後の一番もあっけなく負けた。幻の一勝を挟んでの屈辱の五連敗だった。

「はぁダメだじゃぁ。歳とってしまって、なぁんも頭が働がねぇもの」

じゃらじゃらと投げやりに駒を片付けながら親父が言った。

「そんなことないよ。おれも何回かピンチあったしさ、勝てたのは……まあ、たまたまだって」

「いや、先の手だの、はぁ、ぜぇんぜん読めねぇおん。ボケるびょん、このまま」

親父が低いトーンのまま自嘲気味に喋る。

「なぁ、おめぇ、男の平均寿命いくつだが、知ってらが？」

「え？　寿命？　知らないけど？」

「七十五歳だ。いいが？　おめぇが一年に一回帰って来るどして、あと十回顔見れば、わぁも、はぁお仕舞いだべなぁ」

親父が駒を片付ける手をぴたりと止めて言った。

「ははは。なぁに、また、そんな暗いことばっかり言ってらの！」

将棋なんてもう忘れなさい。嫌なことはさっさと忘れなさい。とばかりに母親によってテーブルの上から将棋盤が勢い良く片付けられ、代わりにカセット・コンロと見慣れない銀色の鍋が置かれた。

使い込まれた食器を押しのけて食卓の真ん中にでんと置かれたぴかぴかの鍋は、おそらくまだ数回しか使われていないのだろう。何とも調和することなく明らかな異物感を放っていた。

両親がいつから家でしゃぶしゃぶなんてものをやるようになったのかはわからない。少なくとも十五年前にはこんなものはなかった。僕が小さい頃は貧しかったから、しゃぶしゃぶなんて食べたことがなかった。

両親の嬉しそうで得意げな表情から察するに、おそらく今日のために張り切って用意したのだろう。仙人のような自給自足の暮らしをしている彼らにとってしゃぶしゃぶは、ご馳走なのだ。

しゃぶしゃぶなんて東京でも食べられるのに。どちらかと言えばふたりがいつも食べてるような家の畑で採れた田舎料理のほうが断然ご馳走なのに。心の奥に、しゃぶしゃぶを素直に受け入れられない自分がいた。

「んあ？　暗いも何も、んだって、そうだべよ。あと十年で死ぬんだすけ、十回見だらお仕舞いなんだすけな、おめぇもいまのうちに顔ば、よぉぐ見どげ」

父親が静かな口調で母親に向かって言い返した。感情的になって思いつきを言っているのではない、普段から考えていたことを当たり前に口にしているような、冷静な言い方だった。

「ちょっと、やめてよ。何？　どうせ、おれが年に二回帰ってきても、それはそれで、あと二十回会えば……なんて言うんでしょ？　そんなんじゃあ、キリがないよ。ははは」

「まあぁな……。だははは」

僕が笑って誤魔化そうとしたら、親父もつられて笑った。

「ほーら。いっぱい肉買ってきたんだがら、どんどん食え。おめぇ肉好きだべぇ？」

大量の豚肉と牛肉のパックで母親が鍋の脇に塔を作った。

「……ありがとう。全部食べるよ……ははは」

もうすでに、つまみやら酒やらで僕の腹はすっかり膨れている。肉も子供の頃ほどは好きじゃない。到底全部を食べられるわけがない。でも、

「わっ、美味い！」

一口食べて僕がそう叫ぶと、親父も母親も嬉しそうに笑った。

「んだべ？　もっと食え、食え。だははは」

しゃぶしゃぶにつける胡麻ダレも、ポン酢も、全国のどこのスーパーでも売っているごくありふれた市販のものだった。ごくありふれた肉を、ごくありふれたタレで食べる初めての実家のしゃぶしゃぶは、やっぱりごくありふれた味だった。食べれば食べるほど、もっと美味しいしゃぶしゃぶを両親に食べさせてあげたいと思うような味だった。

「ねえ、しゃぶしゃぶなんて、普段、どれくらいやるの？」

やけっぱちで肉を頬張りながら親父に訊ねた。

「年に一回あるかないか、だな。お前が来たときぐらいだ、食えるのは。だははは」

親父がほんの少しだけ肉をつまんで湯に浸した。僕に肉を食わせたくて遠慮しているのか、歳のせいで肉が苦手になっているのかはわからない。

「へえー。こんな鍋が家にあるなんて、うちも変わったねえ」

「んだが？　なーんも変わってねえべよ、うちは」

そう言いながら親父は嬉しそうに肉を口に入れた。その言い草は、昔は食べられなかったしゃぶしゃぶが今は食べられるんだぞ。こんな鍋がいまはうちにあるんだぞ。そう誇らしげに言っているように聞こえた。

「まあ、たしかに。何にも変わってないよね。このお椀もおれが小学生の頃から使ってるもの。ははは。これ、いつまで使う気？」

「ええーっ？　んだの？　いやーだ、恥んずかしい。んだーって、まだ使えるんだおん、使うべよ、そらあ。あははは」

母親が目を丸くして驚いていた。何のこだわりもない安い食器。そんなものを二十年以上も使っている自覚などまったくなかったのだろう。

「うん、まだ全然使えるし、懐かしくて、逆に良いよ、これ。ははは」

いつからか訛り方さえもすっかり忘れてしまった。実家に帰っても方言に戻るということはもうない。

僕はいま、目の前のベテランの安ものの食器のように昔と同じ変わらない笑顔を出来ているだろうか。それとも見慣れない銀色の鍋のように、僕自身がこの空間で異物感を放ってしまっているだろうか。

鍋から上がる湯気が、ふたつの眩しすぎる笑顔を丁度よく隠してくれて、それだけはこの見慣れない銀色の鍋に感謝したい気分だった。

文庫版あとがき

文庫版あとがき

普段は誰かに歌詞を書いたり、誰かの音楽をプロデュースしたりということを本業にしているのですが、過去に自分が手掛けた音楽を聴き返して恥ずかしいと思ったことは一度もなかったように思います。「ポエムを書く」という、世間からすれば少し痛い作業を仕事にしているのに。

それがどうでしょう。今回、文庫化にあたって自分の本を読み返してみた率直な感想は「わお、恥ずかしい」でした。文章で爪痕を残したい！というハングリーさと若気の至りとが複雑に混じり合って所々でずいぶん苦々しい味を醸しています。食べられる野菜なんだけどサラダで食べちゃいけない苦い葉っぱをドレッシングだけ変えてずっと出され続ける感じ、というか。

草食系なんていう言葉が流行している昨今、こんな青臭い味を好んでくれる方がひとりでも多いことをただ願うばかりです。このあとがきまで読んでくれた皆さん、本当にありがとうございました。

ロッキング・オン・ジャパン誌で連載『Opportunity & Spirit』が始まったのは２００４年の４月のこと。当時担当だった宇野さんに「いしわたり淳治が主人公なような、そうでないような、事実とフィクションが７：３くらいの温度感の、エッセイのような、小説のようなものをお願いできませんか」という依頼でした。

しかし実際に書き始めてみると、自分だけど自分じゃない人の書くエッセイというのは、どちらかというとフィクションの物語を書くことに近く、連載が進むうち、エッセイではなく一話完結のショートショートの小説も書くようになっていました。振り返ってみると、エッセイの形をしたものと小説の形をしたものとは、割合的にほぼ半分半分だったと思います。

この本が小説とエッセイとで分かれているのは、そういう理由です。原稿の中には小説ともエッセイともつかない回もあって振り分けが難しく、この本を読みにくいと感じた方もいらっしゃるかもしれませんが、それはもう、こういうものだと思って理解して頂けたらと思います。

連載『Opportunity & Spirit』はスタートから三年半が経った２００７年にロッキングオン社から「うれしい悲鳴をあげてくれ」として単行本化されました。その後も二年間、トータルで五年半連載は続いたので、残りの二年間に書かれた原稿の中からいくつか、文庫版にはボーナストラックとして追加しました。

連載前半の三年半にあたる２００４年から２００７年、それは僕がバンド

SUPERCARのメンバーの一人でしかなかった時期から、バンドを解散して、駆け出しの作詞家・プロデューサーとして右も左も分からず毎日もがいていた時期です。その頃はとにかく必死で周りがよく見えていませんでした。なるほど、あらためて当時のそんな様子がよく出ている、奇妙な本だなと思います。

あれから時が経って僕も三十六歳になりました。相変わらず二十歳そこそこの若者たちと日々スタジオに入って、馬鹿みたいに笑って騒いでああでもないこうでもないと音楽を作っていますが、若いつもりでいた僕もいよいよジェネレーションギャップのようなものを感じるようになってきました。

なるべく彼らと同じ目線で物事を考えたいと思っていても、それでも彼らの若さからくる青臭い考え方というのは、大人の想像をはるかに超えるもので、同じ曲の同じ箇所について、一緒に考えていたのにいったいどうしてそんな結論になるのだい？　と驚かされることもしばしばです。

それもそのはず、いつだって若者たちは怖がりなのに怖いもの知らずで孤独は嫌なのに人付き合いに心底疲れていて携帯電話がないと不安なのに携帯電話が煩わしいと思っていて皆より目立ちたいけども目立ちすぎたくはなくて笑わせるのはいいけど笑われたくはなくて表面上は楽しくしていても内心はナイーブで傷ついていたりして皆と違うことをする勇気はないけど皆と同じだとは思われたくなくて……といった具合にとにかく複雑で、若さから来る日々の色々な問題に、若さゆえの色々と問題のある考え方で一生懸命に挑んでいる、不思議な生き物なのです。

やれやれまったく面倒くさい奴らだなあと思っていたのですが、今回この本を読み返してみてびっくり。自分の若い頃の面倒臭さやナイーブさ、理屈っぽさに比べたら目の前の若者たちなんて可愛いものでした。ああ、若者たち、ごめんよ。おじさん、自分のこと棚に上げてたよ。自分じゃ手が届かない高い高い棚に、脚立使って登って、自分のこと仕舞って、鍵をかけて、降りて、鍵と脚立を捨ててたよ。で、すっかり忘れてたんだ、そこに仕舞った自分のこと。でも、筑摩書房さんがある日突然現れて、その鍵と脚立をくれたんだ。つい出来心でその棚、開けちゃったよ。そしたらもう、いやあ驚いたなあ。若者たち、今まで本当にごめんな。おれ、明日から皆にもっとやさしくなれる気がするよ。

思いがけずやさしくなるきっかけを下さった筑摩書房の窪さん、連載時や書籍化の際にお世話になったロッキング・オン社の皆さん、文庫版の解説文を書いて下さった鈴木おさむさん、文庫版の表紙に写真を提供して下さった林ナツミさん、そして、この本を読んで下さった皆さん、本当にありがとうございました。

いしわたり淳治

解説

本のあとにつく解説というのは非常に難しいものです。どうせだったら、ここまで読んでくれた人に、この解説を読んで、僕に共感したり、その逆の気持ちも持って貰いたい。解説とはおまけであるべきだと思うので、僕も放送作家として、こんなことを発表させていただく。いしわたり淳治さんの『うれしい悲鳴をあげてくれ』の中で僕が好きだった物語ベスト5！

そうです。僕が個人的に好きだな～と思う話のベスト5を発表させていただきます。どうですか？「同じだ～」と思うかもしれないし「お前、それ?!」と思うかもしれない。

これぞ、おまけ。あくまでも個人的な意見なので、怒らないでね。

第5位：密室のコマーシャリズム

ある殺人犯が捕まる前に着てた服が話題になったりしたこともありました。CMだけがコマーシャルではない。カップラーメンが爆発的に世に広まったのはあさま山荘で機動隊が食べてたシーンが報道番組で映ったからなんて言うし。テレビに流れる全てがコマーシャルになりえる。そしてまた逆もある。
こんな話を聞いたことがある。とある人気芸人さんが好んで着ていたブランドの服。自腹で毎回着ていた服。なのに、そのブランドさんから「イメージにあわないから着ないでほしい」と言われた。そんなことを言うブランドにひどいな!と思うべきか。その芸人さんが着ていたことで逆広告、数億円分だと思うと気持ちが分かるか? いしわたりさんだったらどっちの気持ちに感情移入するのか?

第4位：面白い服
いしわたりさんの描く物語は、見事なまでに、僕が今まで思っていたこと、脳味噌のどこかにひっかかっていたことが多い。偶然過ぎて笑ってしまう。この物語もそう。僕はおしゃれというのは非常に難しいと思っている。おしゃれな服を着てたらおしゃれなのか? 似合ってる服を見つけられるからおしゃれなのか?
おしゃれすぎる人って困る時ありますよね。いや、確かにパリでは流行っているんだろうけど、お前が着てたら似合ってねえよ!って。笑っちゃいそうな時がある。そういう時、いくら親友でも言えない自分。この物語を見て考える。おしゃれって何かね?

第3位：大きな古時計の真実

みんながハッピーエンドだと思ってる物語がそうではない。これも僕が常に思っていたことだ。恋する短針と長針にとってはまさかのお爺さんがうざい存在という。この設定がかなり素敵だ。哀しいと言えば哀しいんですけど。

週刊誌で悪役扱いされてる人でも、話を聞いてみると、違ったりして。世の中自分がどこに感情移入するかも結構大切なんだなと思えたり。くれぐれも僕はおじいさんのような最期は迎えたくない。

第2位：偶像崇拝

悪魔に見える人が神様で神様に見える人が悪魔。

僕は妻と結婚する前に、占い師に言われた。「今年、あなたにとって天女が現れるわよ」と。

その直後、凄く綺麗なモデルさんと付き合ったので、占い師にテンション上がって電話した。「生年月日を教えて」と言われたので教えたが、あまりいい反応ではなかった。その数か月後、妻と交際0日で結婚した。結婚した後に占い師さんに電話すると、同様に生年月日を聞かれた。すると「天女よ」と言われた。今、まさしく妻は僕にとって天女だと思うのだが、まさか天女が荒川良々さんや蛭子さんに似ている女性だなんて気付くわけもない。

この偶像崇拝を見て、そのことを思い出す。この物語に書いてあることは真実であり、読んだ皆さんも肝に銘じてほしいですね。

第1位：笑ってはいけない温泉

お気づきだと思いますが、5位から2位までは小説からのランクイン。いしわたりさんの小説はどれも大好きだ。物語がある。そして結末がある。オチがある。ふわふわと進む物語の小説も多いが、いしわたりさんの物語はそうではない。最後にナイフでズバッと切るような感じと言うかね。痛みがある。

本を全部読んで思ったことは、この人は「物語」が好きなのだということ。エッセイを読んでいると、その視点には全て「物語」の種が転がっている。その種を育てて「物語」にする。

僕は芸人さんが大好きだが、自分の人生自体を物語にしている人が大好きだ。だから妻にも、自分の人生で見せていく芸人さんになってほしいと思っている。いしわたりさんもそうなのではないか。自分の人生もそうありたいと思っているのではないか？

エッセイには沢山の物語の種があったが、この「笑ってはいけない温泉」は種ではなく、この話自体が物語であり、ある種ファンタジーである。

喜びと悲しみ、おもしろさと切なさ、全て薄皮一枚で繋がっている。そうなんだ、これなんだ。いしわたりさんの描く物語は薄皮一枚で対峙している二つの世界があって、そこを突き破ってくる感じがある。気持ちよさと辛さをほぼ同時に感じさせてくれる。なんか、この話がいしわたりさんという人間の大切な部分を見せてくれている気がする。

これからもいしわたりさんの紡ぐ「物語」、楽しみにしています。小説なのか曲なのか、生き方なのか？　そのために探し続けてください。「面白いこと」を。笑いながら。時には哀しみながら。そしてまた笑いながら。

鈴木おさむ
（すずき・おさむ　放送作家）

初出一覧

ロッキング・オン・ジャパン　連載『Opportunity & Spirit』

I　小説

顔色

顔色　2006年12月号・第31回
さみしい夜は　書き下ろし
幽霊社員　書き下ろし
コイバナシュールリアリズム　書き下ろし
大きな古時計の真実　2007年7月号・第38回
人間のオーバースペック願望　2007年10月号・第41回
偶像崇拝　2007年1月号・第32回
どなたかお客様の中に　2007年11月号・第42回
永遠に続くもの　2006年7月号・第26回
待ち合わせ　書き下ろし
世界の中心　2007年2月号・第33回
共通の敵　書き下ろし

Ⅱ　エッセイ

似合う色の見つけ方

浮き浮きウォッチング　2004年9月号・第4回
ヒラメキの4B　2006年1月号・第20回
チャレンジ運転　2004年6月号・第1回
from 新居 with love　2005年1月号・第8回
ポケットから生まれた男　2005年2月号・第9回
DANCE IN THE BOOOOOM　2005年3月号・第10回
誕生日を祝う理由　2004年10月号・第5回
第一印象を終わらせろ　2006年5月号・第24回
はやく人間になりたい　2006年10月号・第29回
made in 自分　2005年4月号・第11回
笑ってはいけない温泉宿　2006年3月号・第22回
快適な暮らし　2005年6月号・第13回
数字の話　2004年11月号・第6回
窃盗のすすめ　2004年12月号・第7回
似合う色の見つけ方　2005年11月号・第18回

Ⅲ　小説
うれしい悲鳴

うれしい悲鳴　書き下ろし
面白い服　書き下ろし
小鳥の歌声　2007年5月号・第36回
賞味期限が切れた恋の料理法　2006年9月号・第28回
密室のコマーシャリズム　2006年11月号・第30回
正義の見方　2007年4月号・第35回
男の持ち物　2007年6月号・第37回
真面目なプレゼント　2007年9月号・第40回
死んでも直らない　2007年8月号・第39回
あくびをしたら　2005年12月号・第19回
わからない儀式　2007年3月号・第34回
新時代小説　書き下ろし
ある研究成果　2006年8月号・第27回

Ⅳ　エッセイ
NEW MUSIC
NEW MUSIC　2005年5月号・第12回
殺人タクシー　2006年6月号・第25回
空き巣さんいらっしゃい　2006年2月号・第21回
我輩の辞書には　2005年7月号・第14回
フジヤマインマイヘッド　2004年7月号・第2回
あくびとファンタジーに関する考察　2006年4月号・第23回
デパートの超魔術　2005年8月号・第15回
少年よ、大志をミシェれ！　2005年9月号・第16回
僕たちの失敗　2004年8月号・第3回
イメージと未来の話　2005年10月号・第17回
うれしい悲鳴をあげてくれ　2007年12月号・第43回

Ⅴ　ボーナス・トラック
CD屋敷　2009年2月号・第57回
一時間、語れることはありますか？　2008年11月号・第54回
「お」の道は険しい　2008年6月号・第49回
銀色の鍋　「papyrus」VOL. 27 DEC. 2009（幻冬舎）

本書は二〇〇七年一一月にロッキング・オン社より刊行されました。
文庫化に際して、加筆・修正を行い「ボーナストラック」を追加しました。

ちくま文庫

うれしい悲鳴《ひめい》をあげてくれ

二〇一四年一月十日　第一刷発行
二〇一四年十月十日　第九刷発行

著　者　いしわたり淳治（いしわたり・じゅんじ）
発行者　熊沢敏之
発行所　株式会社　筑摩書房
東京都台東区蔵前二―五―三　〒一一一―八七五五
振替〇〇一六〇―八―四一二三
装幀者　安野光雅
印刷所　星野精版印刷株式会社
製本所　株式会社積信堂

乱丁・落丁本の場合は、左記宛にご送付下さい。
送料小社負担でお取り替えいたします。
ご注文・お問い合わせも左記へお願いします。
筑摩書房サービスセンター
埼玉県さいたま市北区櫛引町二―六〇四　〒三三一―八五〇七
電話番号　〇四八―六五一―〇〇五三

ISBN978-4-480-43122-6 C0193